蘇東坡之湖州夢碎

易照峰 著

主要人物表

蘇　軾（一〇三七—一一〇一）字子瞻，號東坡居士。四川眉山人。宋嘉祐二年（一〇五七年）進士。最高官為內丞相。

蘇　轍（一〇三九—一一一二）蘇軾弟，字子由。與兄同年進士。最高官副丞相。

歐陽修（一〇〇七—一〇七二）字永叔，號醉翁，謚文忠。江西盧陵（今吉水）人。宋天聖七年（一〇二九年）進士，是蘇家恩人。

趙　頊（一〇四八—一〇八五）宋神宗，詔命王安石變法之皇帝，曾希望重用蘇軾，又終於捕蘇軾入獄並令蘇軾躬耕東坡五年。

王安石（一〇二一—一〇八六）字介甫，封荊國公。著名變法宰相，與司馬光和蘇軾既是政敵又是文友，關係極微妙複雜。

司馬光（一〇一九—一〇八六）字君實，贈溫國公，謚文正。宋仁宗寶元初年（一〇三八）進士，大學問家，編《資治通鑑》。

王　詵　字晉卿，畫家，駙馬都尉，宋神宗趙頊之姐夫。一生與蘇軾交好。

蘇小妹　蘇軾妹，聰慧美豔，三難新郎，與秦觀結髮。烏台詩案發生，秦觀被連累抄家，小妹時患肺病，壽夭而終。

王閏之　蘇軾第二任妻子，王弗之堂妹。生蘇迨、蘇過，四十六歲病故於京都汴梁，時蘇軾在朝為「內丞相」。

王朝云　曾名胡笳、大月，京城歌伎，後為蘇軾私家歌伎，被蘇軾納妾，數十年無悔。四十二歲病逝於惠州。

楊威　蘇家自蘇洵父親起之老管家，武功卓絕，在蘇軾蒙冤下獄時，他假雷神之名處死奸佞李定等，為蘇軾報了仇。

小琴　原名羌笛，係蘇家歌伎，曾為蘇軾暗妾，在蘇軾蒙冤入獄時千方百計營救於他。後遁入空門。

陳慥　字季常，號方山子。陝西鳳翔知府陳希亮之子，武功超群。看破朝廷腐敗，放棄入仕，蘇軾作《方山子傳》讚譽他。

秦觀（一〇四九—一一〇〇）　字少游，又字太虛，號淮海居士，江蘇揚州高郵人。蘇門四學士之一，蘇軾妹丈。

蜀僧去塵 四川高僧。蘇軾發蒙老師道士張簡易的師父。去塵乃與蘇軾終生有密切關係之高僧，是禪佛教善的代表人物。

參寥上人 杭州高僧。係佛界與蘇軾終生交往的關鍵人物，多次幫蘇軾化險為夷。直至蘇軾臨終，參寥才向其透露全部底細。

陶德配 歐陽修之外甥女婿，其曾幫助蘇軾完成杭州修井、修河等勛業工程。他的徒子徒孫與蘇軾的交往直達蘇軾晚年。

呂惠卿 字吉甫，福建泉州晉江人。是北宋大奸臣，後被其親生兒子呂坦揭破其奸佞面目而身敗名裂。

章　惇 字子厚，與蘇軾同年進士，是見風使舵之奸佞小人。後落一個「終身廢棄不用」的罪臣下場。

楊楊、柳柳、鶯鶯、盼盼、瓊芳 與蘇軾有過關係的妓女。

全書出場人物共四百餘人，除上述簡介者外，尚有曾鞏（唐宋八大家之一）、文同（墨竹畫大師）、梅聖俞（才俊高官）、范純仁（范仲淹之子）、邵雍（易學泰斗）、黃庭堅、晁補之、張來（三人為蘇門學士）、陳師道、李之儀（二人為蘇門君子）、王安國、王安禮（二人為王安石之弟）、沈括（《夢溪筆談》作者）、程頤（程朱理學主帥），以及大奸相蔡確、蔡京等。

目錄

37 商人騙局西湖畫扇 忽來時疫驚動子瞻

公元一〇七一年，宋朝神宗趙頊熙寧四年。

深秋時節，蘇軾赴任通判到達杭州。「通判」之意是共同署理公事。換言之，他是杭州知府的副手。

蘇軾時年三十五歲，隨行的奶媽任采蓮六十二歲，蘇軾第二任妻子王閏之二十五歲、蘇軾侍妾大月十八歲，蘇軾第一任妻子王弗所生之大兒子蘇邁十二歲，第二任妻子王閏之所生之二兒子蘇迨未滿一週歲。這便是蘇軾一家主要人口。

當時杭州知府柳暮春，已經是風燭殘年的老者。趙頊皇帝接受宰相王安石舉荐，詔令蘇軾「通判杭州」，自然有讓蘇軾取代柳暮春擔任知府之意。

蘇軾一家人七月十三日從京都汴梁出發，一路停停走走，又在河南陳州時停留二十天，與先期被貶出京，時已在陳州官學任教授的弟弟蘇轍晤面；既是爲了暢敘兄弟分別二年的親情，又將自己在京都代爲撫養的七個九歲以下侄兒侄女交還弟弟。

因爲一路上耽擱太久，蘇軾心裡稍感歉疚。他先把家人安置在驛館住下，把一路送自己來的僕役領班李敬等四人打發走，這就清理一下自己的家底，他目前還相當富厚。兩年前聽從任媽建議，派老管家楊威帶同李敬回了四川眉山老家，將所有的田產、屋宇、紗穀行產業賣了出去，得銀上萬兩。一年多來在京城，雖因被誣爲「往復賈販私鹽」而「暫停視事」，但薪俸並未稍減，可以養活一家。所以賣祖業的銀兩迄未動用。

此次他路經陳州時，本要與蘇轍平分銀子。蘇轍堅決不依。說是自家七個孩子由哥哥在京城撫養一年多，理應給哥哥以補償。讓來讓去，結果是蘇軾得六成，蘇轍分四成。

如今蘇軾手頭有銀子六千兩。他不是吝嗇之徒，給李敬等四僕役每人贈銀二百兩，打發他們返京另謀生路。

蘇軾因遲到而內疚，決定先微服私訪一下知府衙門，看看有無值得注意的大事。

蘇軾個子高躰，絡腮鬍子，眉濃眼大，國字臉膛，頗爲英武。他穿著一身寬鬆的藍色民間便服，腰紮一根紫色寬帶，頭上用黑緞巾綰好頭髮，黑緞更增添了黑髮的亮光。這裝束正像一個讀書而未能入仕之人的打扮。這樣不引起人們注意更不會招惹麻煩。

蘇軾像閒逛似地來到府衙門前，一看有許多人在圍看一張告示，便也擠進去瞧。

關於刺史蘇軾久未到任告黎庶書

奉：聖諭蘇軾通判杭州已半年之久。通判即刺史，為本太守署理政務之副手。

聞：蘇軾為我朝嘉祐二年之進士，並入制科第三等，卓著文名。未知是否因久負文名而狂傲，蘇軾迄今半年未到任視事，殊為反常。

告：本太守年老體衰，近期更病情加劇，故告之以黎庶曰：本州內舉凡投訴、薦舉、吏治等諸多事宜，均候蘇軾刺史到任後由其料理。

特此示告，布以周知。切切此諭。

熙寧治下杭州太守　柳暮春

年　月　日

蘇軾一看傻了眼，這下壞了大事！從布告所署日期看已有三天，就是說近三天杭州無人主政，說是衙門癱瘓也未嘗不可。萬一這三天出了大事，朝廷怪罪下來，自己怎能擔當得起？應該趕快視事以作補救。

反轉一想也正好，這一下使自己成爲杭州的實際太守了，自己可以獨自主政，功過是非就讓歷史去作品評。

想著走著，蘇軾沒注意自己已經走到杭州府衙門口來了，抬頭便要往裡走。

猛聽兩個衙役攔住吼罵：「你是瘋了怎麼的？這衙門也能讓你想進就進？」

蘇軾本想發作一通：豈有此理，剌史來了不讓進衙門？低頭一看才明白：自己原是一襲文人的藍色便服。自己錯怪衙役了。一想身上也沒帶表明自己身分的朝廷詔書，於是二話沒說，退了出來。

蘇軾本想回家穿了官服來視事，急急往驛館走去。一想何不順坡下驢，來一次實際的微服私訪試試，看一看人間冷暖、世態炎涼。

蘇軾回到驛館，二話沒說，揣上詔書就往外走。

大月一把拉住他說：「老爺！妾身要是猜得不錯，老爺今天是要去微服私訪斷公案！」

蘇軾十分驚喜：「愛妾猜得眞準。難道這有什麼不好嗎？」

大月說：「老爺！好倒是好。但是，有你這樣自己揣著詔命微服私訪的老爺嗎？起碼也得有個書童吧？」

蘇軾一想也是。但卻只能說：「道理是不錯，可這一時半時到哪去找一個書童？」

大月說：「我們家現成就有，虧你是進士還想不起來。老爺你稍等片刻，妾身進去叫叫。」

大月說完便進屋去了。

蘇軾直是納悶：我們家哪還有什麼書童？李敬當年跟爹當書童都早八輩子的事了。不多久卻見屋裡走出一個細皮嫩肉的書童來。大月女扮男妝好俊俏，走攏蘇軾行一個拱手禮說：「書童大日參拜老爺！」

蘇軾很驚詫：「愛妾突然不叫大月叫大日了嗎？」

大月說：「白天我當老爺的書童當然叫大日，晚上我當老爺的妾身自然又是大月；外人問『大月』

『大日』何以長得完全相同，只說是一對雙胞胎姐妹好了。老爺說這不好嗎？」

蘇軾一迭連聲：「好好好！我的『大月大日』可眞聰明。那你幫我揣好詔書上衙門裡去！」

蘇軾把詔書交給大月，轉身又要往外走。

大月又攔住他說：「老爺！這樣平步行走能闖進公堂去麼？只要來一個衙役便把你拽住站在門外了。」

蘇軾又一驚：「對呀！未必就沒有法子闖進衙門裡去？」

大月說：「老爺不會騎馬嗎？章惇大人送的四輛馬車，現成就有四匹好馬。老爺策馬闖衙門，誰個衙役能攔阻？妾身我也會騎。」

蘇軾說：「果然好法子！」

於是蘇軾和大月各騎一匹馬，直奔知府衙門而去。

兩匹馬一前一後來到衙門跟前。

衙役一看又是那個穿藍色禮服的文人，忙又上前來阻止。

忽然蘇軾韁繩一拽，雙腿一夾，策馬小跑起來，一下便把攔馬的衙役絆倒在地。

大月也照樣策馬小跑進了門，把另一個來攔馬的衙役也絆倒了。

蘇軾進得大門，把馬拴在廊檐柱子上，逕自朝大堂上方走去，在正中的虎座太師椅上坐了下來。

大月也學樣子拴好馬，來到蘇軾身邊站下。

門前被馬衝倒的兩個衙役，一個繼續守門，另一個進衙內找主簿邵伯懷告狀。

邵伯懷出來一見是兩匹馬衝進來，以爲是來了瘋子。於是馬上集合了一、二十名衙役，團團圍住了蘇軾兩人。

邵伯懷上前吼道：「呔！高個絡腮鬍子！你擅闖公堂，私坐虎椅，你就不怕砍頭嗎？你是瘋了不是？」

蘇軾從從容容答道：「瘋是瘋了，尚知砍頭就沒了性命。這椅子寬大舒服，坐了要砍頭，哪還有誰敢坐？」

邵伯懷說：「只有懷揣朝廷詔書的太守、刺史可坐！」

蘇軾說：「不就是一份詔書嗎？」轉臉吩咐大月：「大日書童，給他們亮亮！」

大日斯斯文文打開紅皮包袱，亮出一張皇帝詔書說：「杭州通判蘇軾大人駕到！還不快快拜見！」

邵伯懷一聲招呼，一、二十個人全都在堂中跪下說：「參見刺史大人！」

蘇軾趁此機會故意宣講：「本官其所以遲遲未到任，是因曾借到任之前的閒暇，去本州治下多處微服私訪，瞭解政情民情。今天便服到任，乃爲了以正視聽。」

「現在爾等可廣爲宣講，讓本州治下黎庶農商，各守本份。凡有投訴、舉薦、吏治、動議等各方面情由者，即日起由本刺史親自視事處理。諸位各盡其職去吧！」

「可向黎庶宣布：本官對作奸犯科而能自首者，將予寬宥。對隱瞞罪責者嚴懲不逮！」

於是，一傳十，十傳百，「蘇軾刺史微服公幹」的傳聞，迅速遍及城鄉郊野。

傳聞自不免添油加醋，逐漸形成為一股壓力，逼得那些曾經作奸犯科的犯人前來自首，生怕被刺史大人私訪揭發出來受嚴懲。

這樣一來，杭州治下這兩三個月內所發生之案件，幾乎全有了著落。

蘇軾的威名一下擴展開來，和他原先的文名相結合，深深扎在了杭州黎庶的心中。

眼看八月將完，蘇軾到任杭州也已十多天了，前來投訴和自首的人漸漸少了下去。蘇軾想：正好可以輕鬆一下了。

忽然有兩個人扭扭打打進了大堂，一起跪在蘇軾面前，同樣口稱：「有案投訴，請大人替小民作主！」

蘇軾一拍驚堂木喊：「你們都叫什麼名字？」

瘦高個回答：「我叫李小乙。」

矮胖子回答：「我叫洪阿毛。」

蘇軾又問：「誰是原告？是什麼事件？」

瘦高的李小乙說：「我是原告。我和洪阿毛是西湖街兩鄰居，原先很要好。我幫工打雜好不容易積下了二十兩銀子。五個月前的初夏期間，他洪阿毛說是要做折扇生意，向我借了這二十兩銀子做本錢。我見他是好鄰居，就說了不要他的利息。但說好了不能超過四個月就要還。一來過四個月夏天已完了，折扇生意也做到了頭；二來我打算初冬結婚要用這筆銀子。可是現在五個月都過去了，他洪阿毛一兩銀子也沒還給我。我眼看結婚就要用錢，所以我把他洪阿毛扭來告狀，要他還錢。請大老爺爲我作主！」

蘇軾又一拍驚堂木問洪阿毛：「李小乙說你五個月前向他借二十兩銀子，有沒有這件事？」

矮胖的洪阿毛回答：「回大人話：我借李小乙二十兩銀子是實。」

蘇軾又問：「你是否答應過不超出四個月就還錢？」

洪阿毛說：「是。我答應過不超出四個月還錢。」

蘇軾又說：「可是至今已五個月了，你還沒有還錢，對嗎？」

洪阿毛說：「對對，是沒還錢。」

蘇軾說：「欠帳還錢，天經地義。洪阿毛你不得抵賴。」

洪阿毛說：「稟大老爺：小人不是抵賴，實在是因爲今年春夏之間天氣不好，陰雨綿綿，我進的紙折扇全都霉了，賣不出去，生意虧本，我沒有錢還帳啊！請大老爺跟我做主！」

李小乙堅持說：「大老爺！我是把錢借給洪阿毛，又不是和他合夥做生意，他虧不虧本與我有何相干？我娶親急需錢用，我的二十兩銀子一定要洪阿毛還來。請大老爺跟我做主！」

蘇軾在堂上爲難極了，一邊習慣地捋著絡腮鬍子，一邊在想心思：李小乙娶親要用錢是實，他借出去的二十兩銀子不能不還；洪阿毛做生意虧了本也是實，他又確實還不起錢。這可怎麼辦？就算一紙判決書下去，也會因洪阿毛無錢還帳而枉然。

忽然蘇軾想到：關鍵是那霉壞了的紙折扇賣不出去；如若能夠賣得出去，什麼事情都沒有了。

於是，蘇軾一拍驚堂木問：「洪阿毛！你說那發霉的紙折扇賣不出去是嗎？」

洪阿毛說：「是。」

蘇軾問：「一共有多少把？成交價錢怎樣？」

洪阿毛答：「一共有一百把。那紙折扇子進貨一兩銀子進五把，二十兩銀子共進一百把。賣得出去，每把可賣五錢銀子，一百把賣得五十兩銀子。我還去二十兩本錢，還可賺得三十兩。可是如今發霉了一把也賣不出去，血本無歸，求大老爺作主！」

蘇軾說：「洪阿毛！那你快快回去，取四十把發霉的紙折扇來吧！」

洪阿毛高興得連蹦帶跳，一溜煙回家取了四十把發霉折扇來。

蘇軾當堂在發霉的折紙扇上作畫。

那霉印子大塊大塊的，畫成假山盆景；那霉印子小點小線的，畫成松、竹、梅歲寒三友；同時，每把扇上未霉部分都題了一首詩：

刺史本蘇軾，
書蟲兼畫痴。
送君一小軸，
伴有風徐徐。

大約是一個時辰吧，四十把霉折扇全部畫完，蘇軾說：「李小乙！你拿二十把紙畫扇去，每把賣一兩銀子，洪阿毛欠你的二十兩銀子就算是他還你了，再不要問他。」

「洪阿毛！你拿餘下的二十把畫扇去，也賣二十兩銀子做本錢，你小生意也做得了。」

「這樣！李小乙結婚不愁錢，洪阿毛的小生意也做得下去了。你們走吧！」

李小乙、洪阿毛二人慌忙拜謝了，各拿二十把畫扇出了衙門。說不出的歡喜。

由於蘇軾素有文名，書畫皆絕；現在又加上有「微服公幹，清正廉明」的官名；所以，李小乙、洪阿毛二人各自的二十把畫扇，不到一個時辰便賣光了。每人得了二十兩銀子，喜不自勝。

蘇軾何曾想到，這李小乙、洪阿毛二人「打官司」竟是一場「假戲眞做」。

原來這兩個商人精明透頂，一看市面上紙折扇霉壞的不少，便想到巧借蘇軾「文名加官名」的雙重聲威，以「打官司」爲名騙得蘇軾「眞跡畫扇」，再僱文人臨摹作畫作書，以圖賺上一大筆。所以把市面上霉變了的紙扇似「廢品處理」爲名，幾乎沒花錢便弄來了二、三百把。

今天即使蘇軾自己想不出這「畫扇息官司」的主意來，李小乙、洪阿毛二人也會拐彎抹角引到這個事情上去，總之非得到「刺史畫扇」不可。

眼下他們請人將蘇軾的題詩手跡雕成了刻版，在每把霉扇上加蓋。那些僱來的文人便根據霉跡作畫，忙得不亦樂乎。

杭州市面上出現了許多「刺史畫扇」的消息，很快傳到了知府衙門。

蘇軾不信，便派大月仍扮作書童去察看實情。

大月來到西湖街，原來李小乙、洪阿毛兩家各開了一個雜貨店。只見兩家大門上掛著一個長長的橫幅：

兩店聯署共賣刺史蘇軾畫扇

大字底下，還寫上了蘇軾在畫扇上題的那一首五言絕句詩：「刺史本蘇軾，書蟲兼畫痴……」各色人等，出出進進這相鄰兩店。進去的全都兩手空空，出來時都拿著一把紙折扇，生意相當的好。

大月心想：果然這「李記」、「洪記」並非官司冤家，而是聯手做「刺史畫扇」生意，肯定事先已有串通。起碼那個「原告李小乙」並非靠打雜幫工過活。他兩人既能合夥騙得刺史蘇軾畫扇，我何不也詐他們一回？

大月暗暗記著數，先前的不算，光是她來監看的一個時辰，已賣出去畫扇三十五把。我若再進去假裝要訂購一百把刺史畫扇，料他就沒法子而穿幫了。

於是大月走進「李記」雜貨鋪，她猜想這場假官司中李小乙應該是主謀人。進去一看果然是那個李小乙坐店當老闆，還有兩個小伙計在幫忙賣東西。

大月一逕走攏李小乙說：「李老闆！在下是南門錢莊的管事二爺，正在爲一百位銀錢大戶主顧準備禮物，每戶送一件。今聞得貴寶號有刺史蘇軾大人親作之畫軸小扇專品，想與你訂購一百把如何？」

李小乙好不高興，連聲說：「好好好！承管事二爺關照。一百把刺史畫扇明天上午午時以前交貨。請管事二爺先交十兩銀子作訂金。」

大月吃一驚：就依上次洪阿毛在公堂上所說總數是一百把，扣除剛才賣出三十五把，上次蘇郎在公堂上畫扇已經是四十把，剩下的只有二十多把了，那麼一百把如何明天上午就有呢？可惜身上沒帶銀子……想想便有了托詞。

大月笑笑說：「李老闆此言差矣！寶號刺史畫扇你並非專門爲我們訂購一百把才去加工製造。哪有收訂金的道理？就算萬一我們訂購這一百把畫扇臨時不要了，你不是照樣賣得出去麼？你硬要訂金我只好另去訂購禮品了。」

大月果裝出要走的樣子。

李小乙慌忙起身攔住說：「管事二爺莫要見氣。二爺想事周到有理，我的『刺史畫扇』別說是一百把，就是二百把、三百把也不愁賣不出去。管事二爺不必交訂金，只須明日上午來取就是了。」

大月又起驚疑：怎麼一下子又有了二百把、三百把？於是問道：「李老闆！這下子叫我又甚不明白了，未必他刺史蘇軾大人什麼公務都不幹，專門爲你李老闆畫紙扇了嗎？」

李小乙毫不驚慌，穩穩重重地說：「此乃我商家與官府交深的內情，恕在下不能明白以告了。」

大月迅速回到了府衙，向蘇軾稟明一切，二人都甚覺稀奇。

蘇軾想了想說：「大月你再跑一趟，再向洪阿毛的雜貨店也訂購畫扇一百把，也是明天上午要貨，看他們如何下台？到時候可能揭一個冒牌作假的大案子。這次你帶十兩訂金去，交不交隨你了。」

大月依計而行，照樣是女扮男妝到了西湖街的洪記雜貨店，對洪阿毛說：「洪老闆！我是東城綢緞莊周老闆的管事二爺。我家周老闆爲酬謝今年夏秋來本莊做大買賣的一百個主顧客戶，決定給他們各送一件禮品。今聞得貴寶號有刺史蘇軾大人親作詩畫的折扇，特來訂購一百把，明天上午來取貨。這裡是十兩訂金銀子。」

洪阿毛收下訂金高興得不得了。他和李小乙商量後，暗地派人到各雜貨店賤價購買發霉之折扇，兩人準備把這畫扇生意做到底。

可是李小乙、洪阿毛二人第二天始終沒見到前來取扇的「管事二爺」。

說是巧也不巧，大月第二次冒充東城綢緞莊周老闆的「管事二爺」，向洪阿毛交下十兩銀子，訂購好一百把畫扇往回走著，突然看見巾子巷的巷子口上圍了好多人在看什麼東西。大月也就好奇地擠進去看。原來是巾子巷口子上有個藥店很排場，藥店取名爲「濟世藥號」，綴一行小字曰：「金百萬莊」。旁邊有一張新出的告示：

濟世藥號　憑保賒藥　告示

本杭州城內近日不幸有時疫流行，又嘔又瀉，痛苦難堪。

本濟世藥號特配製有專治此時疫的良方：「時疫散」。每付一兩銀子，三付可包治好一人。

因有部分窮苦弟兄無錢抓藥，得了病只有在家裡苦熬。

為憐救貧苦病人，本藥號決定實行憑保賒藥之辦法。月息三成。

金百萬莊濟世藥號　啓

進進出出藥店的人很多。看得出賒藥之人都面有憂色。月息三成太重了。每人需三兩銀子才買得三付藥去，過一個月便要息九錢，三個月後光利息便是二兩七錢，幾乎翻了一倍。難怪人們憂心忡忡。

大月攔住一個中年漢子問話：「這位大哥請了。請問你爲家裡什麼人來賒的藥？」

提藥大哥說：「我老婆得了時疫病。」

「都是些什麼症狀？」

「頭重腳輕，咳嗽作嘔，又嘔不出什麼東西；大便脹痛，猶如下墜，卻又解不出大便來。」

大月暗暗記在心裡，又問了：「大哥認爲這藥貴嗎？這月息重嗎？」

提藥大哥說：「依我的家境，這藥再便宜一半我都嫌貴了，月息一錢我也嫌重了。爲了救人，藥再貴息再重也是顧不得了。」

大月說：「大哥願不願告訴我你的姓名和住址呢？說不定到時候我可以幫你一點小忙。」

提藥大哥一看女扮男妝後的大月英俊異常，猜想他是一個大戶人家的書童或僕役，喜得連聲說：「願意！願意！在下名叫黃東順，住在西湖邊上蕉荷村。小哥哥你們大戶人家不會往那麼偏遠地方去吧？」

大月說：「有心要去，千里不遠。何況黃兄就住在西湖邊，還是本州地段。」

大月迅速返回衙門，向蘇軾敘說了這件大事，認眞地說：「老爺！這件事可是小看不得。老爺自稱上任之前已微服私訪了許多地方，現在竟然連屬下許多百姓得了時疫病都不曉得，豈不讓那『微服私訪』穿了幫，叫人看出那話是假？」

「這個金百萬用這麼高的藥價，這麼高的月息搜刮窮苦老百姓，你刺史大人也不能不管！」

蘇軾也頓覺事態嚴重。他立即引著大月進了內堂，與夫人王閨之共同商議。他說：「夫人你聽聽這些症狀：頭重腳輕，咳嗽作嘔，大便脹痛，猶如下墜。這好像可以用峨嵋山巢元修道長弄來的『聖散子』治得好！你說呢？」

王閨之說：「子瞻！你說的有道理。不過這事馬虎不得，治病可不同兒戲，人命關天啊！我看你明天眞的去微服私訪一次吧！還由大月扮作你的大日書童陪同，你帶上家裡的『聖散子』，親自到西湖邊蕉荷村那個黃東順家裡去一趟。要是黃東順他老婆已經吃了賒金百萬的藥不好再作試驗了，就另外找幾個人試試『聖散子』行不行。那地方肯定不止黃東順老婆一個人得了這時疫病！」

於是，第二天大月陪蘇軾到西湖邊黃東順家裡去了。她怎麼還能去取二百把折扇呢？

38 蘇軾勤政微服私訪 高僧協助藥業振興

蘇軾又是穿了那一套藍色民間便服，由扮作書童的愛妾大月陪同，一路走一路問，到了西湖邊蕉荷村。

這裡其實就在杭州城西不遠處。村裡只有二十幾戶人家。黃東順家很好找，便是正中間那一家。

黃東順家只有三間茅草屋子，家裡沒見其他家具，只是看見了各種捕撈魚蝦的網子。看來他家以「漁」業爲生。這或許是西湖邊上人家的共同特點吧！

黃東順當時不在家。家裡只有他患病的老婆，一個人躺在床上。地上是一個十二歲左右的小男孩，在招呼著生病的母親。

蘇軾二人還在府衙出發之前就已說好了，不到萬不得已的時候，不能亮出眞正的身分。提防亮了出來，好奇心重的百姓一傳十，十傳百，那微服私訪就失去了意義。

事先約好的身分是把蘇軾叫做查秀才，這個「查」字的意思就是私查暗訪。大月自然便是侍候查秀才的「書童大日」。

蘇軾二人進得黃東順家大門，只見那個十二、三歲的小男孩傻呼呼瞪著眼，好像萬分驚慌失措。

大月飛快走上前去，摸著他的頭說：「小朋友你不要害怕，我是你父親的朋友！你父親到哪裡去了呢？」

小男孩結結巴巴說：「我爹……爹……到湖裡打魚……打魚去了。」

大月又問：「你媽媽在哪裡？她吃了藥好些沒有？快帶我去看看她。」

小男孩馬上跑進房去叫：「媽媽！媽媽！爹的朋友來看你了。」

大月和蘇軾也隨即跟進房去。

躺在床上的黃大嫂「嗯」地答應兒子一聲，掙扎著往起坐；一下子沒坐得起，又頹然倒了下去。

大月急忙奔過去，想伸手去扶她。

蘇軾及時咳了一聲，厲聲叫著：「書童看座！」

這自然是在提醒大月不得輕舉妄動！

大月低頭一看自己，才記起是女扮男妝，這樣子豈能去扶一個病婦？連忙給蘇軾搬過一張凳子來說：「相公請坐！」隨又轉身對床上的女人說：「黃大嫂！我先介紹一下自己：我是你丈夫黃東順大哥的朋友，這位是我服侍的查家秀才，我是這位查秀才的書童小子大日。昨天下午，我在巾子巷口遇見了東順大哥，他從金百萬莊濟世藥號給你賒了三付『時疫散』，想必大嫂你已經服過一付了。怎麼樣？身體好點了嗎?查秀才要我領他來看看你的病。」

黃大嫂說：「承得查秀才和大日兄弟掛心，專門跑來看我。我昨晚服了金百萬的一付藥，今天果然好些了。上邊咳嗽停了一多半，下邊內墜鬆動了許多。金百萬的藥是眞不錯，可惜太貴了，息高了。」

大月說：「黃大嫂見好些就好，藥貴點也沒辦法，先治病要緊。黃大嫂！你知道這村子裡還有哪家人得了你這號病，又沒有前去賒藥吃的嗎?」

黃大嫂說：「有。我家再往西走三家，是任海春家裡，任海春老婆也得了我這號病，他家連去賒藥吃的膽子都沒有。」

大月很奇怪，瞪大眼睛問：「怎麼?這賒藥吃還要有膽子嗎?」

黃大嫂說：「不怕大日兄弟見笑，我們這個蕉荷村太窮。要說是農夫吧，又沒有田可種；要說是漁人吧，魚蝦又賣不起價錢。」

「也難怪。聽老輩子的人一代代傳下來說，我們這杭州是江海之地，水都鹹苦，居民也很稀少。」

「西湖原來是錢塘江一個回水灣，泥沙逐漸淤積，隔斷了，就成了一個湖。這個湖最初有好大好大，後來逐漸淤積減小了。到唐朝代宗李豫的時候，杭州刺史李泌才一修西湖，還挖了六口井，老百姓才有不鹹不苦的水喝。人也慢慢多了。」

「又經過百把幾十年沒有修，西湖又淤積得越來越小，六口井毀爛，好水也沒得喝。直到唐朝晚年，白居易作了杭州刺史，才又二修西湖，使西湖與大運河連通起來，才又魚米豐足。」

「白居易死了有一百多年好遠了，西湖再沒修過。如今沿西湖周邊走一圈，才是三十來里路，不知比

106-

台北市新生南路3段88號5F之6

揚智文化事業股份有限公司　收

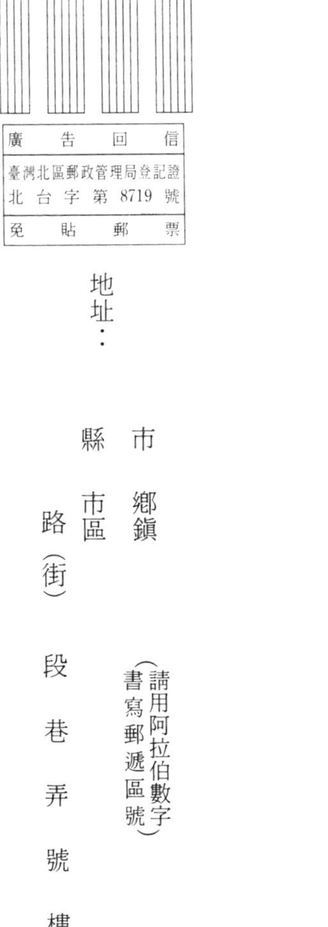

□揚智文化事業股份有限公司 □生智文化事業有限公司

謝謝您購買這本書。

爲加強對讀者的服務，請您詳細填寫本卡各欄資料，投入郵筒寄回給我們(免貼郵票)。

E-mail:tn605541@ms6.tisnet.net.tw

網 址:http://www.ycrc.com.tw

（歡迎上網查詢新書資訊，免費加入會員享受購書優惠折扣）

您購買的書名：________________________

姓　　名：__________

性　　別：□男　　□女

生　　日：西元______年___月___日

TEL：(　　)__________　　FAX：(　　)__________

E-mail：請填寫以方便提供最新書訊

____

專業領域：________________________

職　　業：□製造業　□銷售業　□金融業　□資訊業

□學生　□大眾傳播　□自由業　□服務業

□軍警　□公　□教　□其他______

您通常以何種方式購書?

□逛 書 店　□劃撥郵購　□電話訂購　□傳真訂購

□團體訂購　□網路訂購　□其他______

☞對我們的建議：

老古輩子小了多少！」

「如今湖裡到處淤積成洲。是洲不是田，莊稼種不得。是湖又缺水，魚蝦慢慢稀。這樣的日子混幾張嘴巴吃都困難，哪還有錢積下來還帳？便沒得膽子去賒藥吃！」

「我家孩子他爹還年輕體壯，說是拚著命打一個月魚，想法子湊足三兩九錢銀子，可以還了金百萬的藥帳。任海春年紀又大些，身體又不好，他怕還帳不起呢！」

大月深情地說：「謝謝黃大嫂介紹這麼多西湖的事情。我這也告訴你：我這位查秀才他家正有一個祖傳秘方，他配了一些藥想來試試看，治這種時疫病行不行？黃大嫂你既已服了金百萬的藥見了效，就不能再試了。我們只好請黃大嫂體諒，我們這就到任海春家裡去。東順哥要是回來了，叫他到任海春家裡來。」轉身叫蘇軾：「相公！我們走吧！……」

「朋友，不能走不能走！」門外傳來黃東順歡天喜地的叫喚聲，他一陣風似地進來了，手提魚網，腰繫魚簍，好一副爽利的漁人打扮，一見大月就大喊：「小兄弟！果然是你！剛才我在湖上打魚，聽人說有個好年輕英俊的朋友在找我，我猜是你，果然半點沒錯！」指指蘇軾：「這一位是……？」

大月說：「他是我的主人查秀才。我是他的書童小子大日。」

黃東順對蘇軾恭恭敬敬施禮說：「查秀才安好！」

蘇軾說：「彼此安好！黃大哥！你回來得正好，剛才聽黃大嫂說，村子裡還有任海春妻子也患了時疫病，沒去賒金百萬的藥來服；除了她是不是還有別人生病？我主要是問沒賒藥吃的家戶。」

黃東順說：「有，有。我們蕉荷村總共二十五戶人家，一百多口，包括我老婆在內共有十一個病人，包括我家只有兩人賒了金百萬的藥吃，其餘九人都沒去賒藥。」

蘇軾說：「那就這樣吧，我這裡帶來了十個人服用的『聖散子』，這『聖散子』是我家的私藏秘方，是四川峨嵋山巢元修道長所傳授。也不知道這『聖散子』治時疫病行不行，反正先要試。我把十個人的藥全交給你，請你發給九個病人，剩一人的留作備用。」

「我這藥也是每天一付，服三天即可大見療效，以後慢慢就痊癒了。」

「不過有一條，已服用其他藥物的人，我這『聖散子』就服不得。」

黃東順稍有疑惑地說：「查秀才！你這『聖散子』貴不貴？貴了他們不敢吃。他們不去賒金百萬的藥，就是怕日後還不起，驢滾蛋的利息受不住啊！」

蘇軾說：「黃大哥！我這『聖散子』還在試用階段，尚不知效果如何，一分錢不要。就是以後服用效果好，我們也不收病患者分文，完全免費療治！眞要製藥成本，我們寧願去募捐，絕不要病患者本人出。」

黃東順喜不自勝說：「好好好！那我先代表窮苦病人謝謝查秀才的大恩大德。」拱手行禮還覺不夠，又單膝跪了下去：「謝謝救命菩薩！」

蘇軾連忙扶起他說：「黃大哥禮重了。『聖散子』療效還不知如何呢！」

黃東順說：「秀才大人有這份愛民施捨之心，就已經是大恩大德了。但不知尊下貴處在哪裡，我怎麼去報告藥效呢？」

蘇軾說：「在下是遊走四方，結交文友，居無定處。不要你來找我們，我這位大日書童，隔三天就會到你家裡來看療效。大日！你把十人服的『聖散子』交給黃大哥吧，省得我們一家一戶的跑了。」

大月一邊取出藥來交給黃東順，一邊解說：「這個『聖散子』是先配製了藥方，再研成了粉末，不用再煎湯煮水；每天服用三次，每次服用一小包；三天九次九小包，都已經分別包好了。請黃大哥趕緊給各家各戶送去，囑咐病人，收到藥馬上吃。吃藥是每天早、中、晚各一次。服藥以後不怕多喝開水，莫喝茶；每天要喝九碗以上白開水，這樣藥效就會更快些。」

黃東順接過藥就要出門，忽又想起來停步說：「好歹你們二位莫嫌棄，到我家吃一頓簡單乾飯吧！我今天打了好幾斤魚！」說著又亮一亮已解開放在地下的魚簍：「秀才大人你看：光是金鯽魚就有十多條呢！」邊說邊把魚簍遞過來，一直遞到蘇軾眼下。

蘇軾一瞧，果然有半簍子魚蝦，內中十多條小金鯽煞是耀眼。便笑笑說：「多謝黃大哥一番好意。聽黃大嫂說，你正要加勁多打魚蝦，積夠三兩九錢銀子，還金百萬的藥帳呢！這頓飯就留在你還帳之後來吃吧！」

「黃大哥你放心，你這位朋友我是交定了。我還想聽你說說唐朝李泌刺史一修西湖，白居易刺史二修西湖的故事呢！」

黃東順好不驚喜：「秀才大人知道先朝李刺史、白刺史兩修西湖的故事？」

蘇軾說：「剛才你沒在家，是黃大嫂跟我們說的呢！」

黃東順很不以爲然地說：「她呀！她能知道多少？一個婦道人家，聽人家傳來傳去說的一丁點。我比她知道多幾千幾萬！」

「唉！可惜如今沒有一個新刺史來三修西湖！聽說新來刺史蘇軾，本來最喜歡微服私訪，體察百姓苦情；我還眼巴巴盼他到我們西湖邊上來訪一訪，告訴他西湖眼下正需要三修！」

「唉！不知蘇刺史迷了哪門子心竅，如今白天黑夜只顧跟西湖街什麼『李記』、『洪記』雜貨店畫紙扇賣了去賺錢！都怪他上了李、洪兩個奸商的大當了！」

大月連忙把話岔開說：「黃大哥！你先送這些藥去要緊。等過兩天我再來時，你再詳細告訴我其他的故事，好嗎？」

黃東順這才急急的分頭送藥去了。

蘇軾和大月從蕉荷村往州府衙門回返。大月說：「聽黃東順話裡的意思，老爺你為李小乙、洪阿毛『畫扇息官司』是上了他二人的當。你看怎樣治他們一下才好？」

「現在，已過了昨天約好去取二百把紙扇的時間，你看我是去好還是不去好？」

蘇軾稍為想了一下，捋著絡腮鬍說：「我看暫時不去為好。過了三天，看看『聖散子』治時疫見效不見效；見效了我對李、洪兩家雜貨店和金百萬藥店有一種處治方法，不見效了我對三家又有另一種處置方法；反正不能便宜了他們……。」

三天以後，大月騎馬到了黃東順家，蕉荷村九個時疫病人服了「聖散子」都康復了，全聚集在黃東順家，要大日書童代向「查秀才」道謝。

大月騎馬迅即返回了府衙，向蘇軾詳作稟報。

蘇軾當機立斷說：「大日書童聽令：速帶一百九十兩銀子到西湖街，到李、洪二家雜貨店各取回畫扇一百把。」

「魏班頭聽令：你帶兩、三個衙役，只待大日書童在兩家雜貨店取走畫扇出了門，速將李小乙、洪阿毛二人拘傳到本堂問話！」

女扮男裝的大日來到西湖街，先進了李小乙的雜貨店，取出一百兩銀子說：「李老闆！我來取我南門錢莊訂購的一百把畫扇！」

李小乙瞇縫著笑眼說：「管事二爺記性是不是太差了一點，你訂的貨，三天前就應該來取，今天怎麼還會有呢？」

大日說：「既然我訂的貨三天前就有了，怎麼過了三天反而沒有了呢？」

李小乙說：「這事我可是早就有言在先，管事二爺你更說得明白。那天二爺你來訂購畫扇一百把，我請你交十兩銀子作訂金，自是怕你變卦。二爺你說：『訂金不付，萬一我那一百把畫扇沒來取，你不照樣賣得出去！』二爺你果然沒來取畫扇，未必我還留著扇子過冬天？」

就在二人談話之時，這店裡又賣出去三把畫扇。

大日見機行事說：「聽李老闆話裡的意思，我訂購的那一百把畫扇已經賣出去了。」

李小乙說：「當然已經賣出去了。」

大日說：「那你叫我在南門錢莊老闆那裡怎麼去交差？」

李小乙笑出聲來：「呵呵！用不著再打啞謎，『南門錢莊』不過是你這位小哥隨意杜撰的罷了。我們早派人打聽過，根本就沒有什麼『南門錢莊』！」

「你這位管事二爺不知管了多少事，你在隔壁洪老闆那裡，是不是胡謅了一個『東城綢緞莊』？還留下十兩銀子訂購了一百把畫扇？」

大日說：「李老闆說我管事太多太寬，你自己就不覺得也管事太寬太多了嗎？我出錢，你賣貨，至於有沒有一個『南門錢莊』，或是『東城綢緞莊』，又有何關係？既然你李老闆這邊一百把畫扇賣出去了，我就到隔壁洪老闆那裡去取那一百把畫扇。」

隔壁洪記雜貨店老闆洪阿毛就不同了，他收了人家十兩銀子做訂金，一百把畫扇時刻都準備著。他收下大日遞上的九十兩銀子，二話沒說，立刻點了一百把畫扇給大日。

大日把扇子抖開看了一把又一把，才看清那「刺史題詩」是雕成印版印上去的，只是在印刷有缺漏或是不甚明顯的地方，才進行了精心的手工補繪。

大日心裡直是讚嘆：「果然是精明透頂的商人！這雕版印刷不是可以要多少有多少嗎？」

大日回到府衙不久，魏班頭等四人便把李小乙、洪阿毛二人拘傳到公堂上來了。

奇怪的是，李小乙與洪阿毛毫無畏懼之心神，他們跪在公堂裡反而質問蘇軾：「刺史大人！不知我們犯了什麼法，被大人拘傳到公堂上來？」

蘇軾狠狠地拍了一下驚堂木說：「呔！李小乙、洪阿毛！你們竟敢沆瀣一氣，狼狽為奸，假扮『官司』

紛擾，騙得本刺史作四十把畫扇。然後你二人又假冒本刺史之筆墨，先後賣出畫扇數百把之多。本刺史這裡就有一百把畫扇可為佐證，你們這不是犯了欺詐之罪嗎？」

李小乙毫無懼色，侃侃而談：「刺史大人容稟：我二人雖然『沆瀣一氣』，卻並未『狼狽為奸』。我們想個法子，討得大人賜以畫扇並非欺詐；我們巧借大人的聲名作小生意更無罪可言。這無非都是商人的精明手段而已。其結果是我們既賺得了銀錢，也弘揚了大人你的功德！」

蘇軾又一拍驚堂木說：「李小乙！不聽你的狡辯。你們用打『官司』的方法騙取本官畫扇，難道不是欺詐嗎？」

李小乙說：「回大人話：我們不用那個打『官司』的法子，光憑我們兩個素不相識的平頭百姓來求請刺史大人畫扇，我們能得到嗎？只怕連衙門都進來不了。所以說，我們騙請大人畫扇並非欺詐罪行，只是不得已而為之的精明手段。」

蘇軾說：「就算這事沒錯了。但你們得了本官所畫四十把畫扇，賣得四十兩銀子，也夠一個普通百姓之家生活很久了，你們應該知足。為何又假冒本官筆墨，粗製濫造數百把畫扇出賣？」

李小乙說：「回大人話：一般老百姓有四十兩銀子夠兩家人過好一陣子。但我們是商人，商人只想把生意長長久久做下去，怎麼能只賣四十把畫扇就罷手？」

「大人！要說粗製濫造更非實情。我們把刺史大人的題詩雕成刻版印在扇上，與大人的原作完全相同，全不走樣，這怎麼是『粗製濫造』呢？不信請大人打開案桌上那一百把畫扇看看，看哪把扇上的題詩與大人原作有出入！」

蘇軾早知這是實情，說他不過，便換一個角度說：「你兩個假冒我的名義製賣畫扇，使黎民百姓以爲我和你們同流合污，畫扇賺錢，不理政務。這是對我莫大的侮辱，還談什麼頌揚了我的功德云云？」

李小乙說：「刺史大人畫扇斷案，止息官司，這功德早在百姓當中傳頌。其中有少數人有誤解，說大人從賣畫扇中賺了錢，事實證明沒有這回事，大人的功德就更爲光大了。要說大人的詩詞歌賦，不也是一種功德麼？大人詩歌出現在畫扇上，不是出現得越多就功德越大嗎？」

蘇軾說：「你這是強詞奪理！」

李小乙說：「回大人話：要說這是強詞奪理也未嘗不可。不過這『強』的是『好詞』、『奪』的是『正理』。不信請看看大人自己的詩詞集吧！別的先且不說，當年大人與令尊蘇洵大人，還有令弟蘇轍大人，三位大人初出四川，赴京求取功名時有許多詩作，由大人你親自編定爲《南行集》出版，那起碼也是成百上千冊吧？詩集不是印行越多，功德越大嗎？這功德化做文名，不然大人今天怎麼能名滿天下？」

蘇軾眞沒想到，這個商人李小乙竟是如此精明，他剖白的道理簡直無從駁倒。好在自己拘傳他們來的目的，並非眞要懲處他們什麼罪行，而是想要他們爲救治百姓「時疫病」出錢出力。於是轉而說：「如此說來，你二人眞的沒有坑害本官名聲的不良想法？」

李小乙、洪阿毛二人爭相表白：「下民不敢坑害刺史大人，只希望弘揚大人的功德！也借大人的功德名聲賺點錢。」

蘇軾說：「那很好。我再問洪阿毛：你那天在公堂上說了，你的扇子原先準備賣五錢銀子一把，對嗎？」

洪阿毛答：「對，是賣五錢銀子一把！」

蘇軾又問：「如今加上本官的詩畫，每把可賣多少銀子？」

洪阿毛答：「可賣一兩銀子。」

蘇軾一拍驚堂木，厲聲說：「李小乙、洪阿毛二人聽判：你二人以欺騙手法獲得本官『字畫補扇』以賣高價，念其本意非爲惡毒，故不予追究刑事責任。」

「但是，爾等所賣畫扇之超價部分即每把五錢銀子，收歸官有。著令李小乙、洪阿毛二人，在本府屬下魏班頭率人監督之下，清理已賣畫扇之數目，逐日彙總，以每扇五錢銀子繳款歸官。」

「此繳官之款非作他用，而是著令李小乙、洪阿毛二人，在本城巾子巷口附近租一門面，開辦一家『惠民藥局』。」

「本府則獻出能治眼下時疫之『聖散子』秘方，由本府派人保密調製藥劑，給患上時疫之病人施捨治療，務必把巾子巷口金百萬莊之『濟世藥號』氣焰打壓下去。」

「本府已查明：該『濟世藥號』以每人三兩銀子之高價發賣『時疫散』，又以月息三成之高利賒銷，實爲對貧苦百姓之盤剝。」

「李小乙、洪阿毛！你二人得有本府支持，施捨藥物之成本不夠者，由府衙籌措撥給，你二人有信心鬥垮『濟世藥號』嗎？」

李小乙簡直喜不自勝了，歡快說：「謝刺史大人抬舉，有大人提攜支持，我們一定能把金百萬的盤剝氣焰打下去！不過對大人還有一點請求。」

蘇軾說：「你說吧，只要不是壞事，本官定當支持。」

李小乙說：「為得使刺史大人所作畫扇生意更加名正言順，更加活水長流，以確保大人施捨藥物救治窮苦病人之善行能繼續下去，懇求大人恩准我李記、洪記二家雜貨店合並為一家，專營畫扇，兼營文品。本店經營，除超價部分照繳歸官用於民眾之外，另從我與洪阿毛盈利中捐出三成，支持『惠民藥店』，對貧苦患者長期實施救助善行。」

「本店誠邀大人派魏班頭協助辦理。」

蘇軾十分高興：「本官同意以上請求。」

洪阿毛說：「請大人給本專營扇店賜名。」

蘇軾稍作考慮之後說：「杭州以西湖著名，你李、洪兩家又住在西湖街上，就叫做『西湖扇店』吧，下綴『兼營字畫文品』。」

李小乙說：「感謝蘇大人賜名。還請大人將店名賜以墨寶。」

蘇軾說：「准其所請。」

隨即由大日書童研墨展紙，蘇軾當場揮毫，寫下了「西湖扇店，兼營字畫文品」和「惠民藥局」兩幅字，然後說：「魏班頭！你挑選兩、三個人把這一百把畫扇帶上，去協助李小乙、洪阿毛兩位老闆，儘快把兩個店鋪辦起來。尤其是『惠民藥局』，不能超過三天，就要成立並向窮苦病民施藥治病。」

「本府『聖散子』調製秘方，特派書童大日去掌握。」

又是兩天以後，與金百萬莊「濟世藥號」隔巷相望的「惠民藥局」掛牌開張，正式向窮苦病人施藥治病，一下子便把「濟世藥號」的生意全搶過來了。

但是根本沒有想到時疫病人會有如此眾多，「惠民藥局」前面排起了要求捨藥的長長隊伍；隊伍從店門口排起，拐彎進了巾子巷，在巷子裡一直延伸到盡頭。

負責維持秩序的魏班頭很負責任，他大致清點一下人數，排隊的有四、五百人之多。他到裡面去問大日存藥還有多少。大日清點了一下說：「已製成的可供三百多人用，成藥儲存夠八百多人用。今天頭一天就有這麼多人來求藥，還不知道這時疫病要延續多少天。但起碼怕要準備四、五千人服用的『聖散子』。麻煩魏班頭趕快回府衙去向刺史大人稟報。」

魏班頭騎著快馬，不一會兒便到了府衙，向蘇軾作了稟報。

蘇軾一想，這就不僅僅是藥材貨源問題了，還要籌集藥材成本。雖然眼下自家積蓄還有幾千兩銀子，但是歲月悠悠，還不知道日後會怎麼樣，必須從長計議才行。

良久，蘇軾作出決斷說：「魏班頭！你馬上想辦法製幾百個號牌子，依次發給排隊的人。叫大日今天發藥到二百號為止，留些藥明天接著號牌往下發。這樣號牌一直往下推。等過幾天我想法子弄到大批藥材之後，再敞開施捨，取消號牌。你去妥善辦理吧！」

蘇軾打發魏班頭走了以後，走進後堂居室，和王閏之商議說：「夫人！按剛才魏班頭稟報的情況來看，我們至少還要準備五千人的『聖散子』，以每人服藥成本二錢銀子計算，還需銀一千兩。一時沒有其他法子，我看先從我們賣祖業的積蓄中支一千兩辦了這件大事。夫人以為如何？」

王閏之說：「子瞻這是愛民勤政，為妻怎會攔阻呢？」銀錢保管是內室的事，蘇軾當然要問王閏之。王閏之說完就動手。她打開一個黑漆櫃子上的明鎖，又開了櫃門上掛著的明鎖。開了櫃門，又打開了裡面的暗鎖。這樣三道鎖打開，才取出一個小鐵匣，又把鐵匣上的暗鎖打開，才取出一包銀子，交給蘇軾說：「這一包正好是一千兩，子瞻快拿去救人要緊。」

蘇軾接過銀子說：「謝謝夫人深明大義！」轉身就要往外走。

不意門外有人大笑：「哈哈哈哈！不要謝夫人，先謝貧僧的托缽吧！阿彌陀佛！」

進來的是一個偉岸的托缽僧人，渾身整潔，面容慈祥，眉目清秀。

蘇軾不認識他，更不知他何以能直接闖入內室來了。但既是能直闖內室，定非等閒之輩，難道這就是一貫隨意來去的蜀僧去塵嗎？

蘇軾於是謹慎地問：「請問大師法號如何稱呼？賜步內室有何見教？」

托缽老僧說：「貧僧法號並不重要，重要的是我賴以棲身的寺觀年久失修，正需要一千兩銀子去修繕，求刺史施主把手中的一千兩銀子賞捐了吧！」

蘇軾不無驚訝地說：「以高僧能隨意來去，避開眾多衙役直進內室的本領，應已知曉蘇某此一千兩銀子的用處。」

托缽老僧說：「當然知道。刺史蘇軾大人不是準備去買成藥配製『聖散子』，透過『惠民藥局』去施捨救治五千時疫病人嗎？」

蘇軾更吃一驚：「哦！高僧確乎已全知曉，那當知道救治病人應該在先，貴寺觀修繕理應靠後。」

托鉢僧人說：「不不不！蘇大人難道忘了，尊夫人小鐵匣裡，不是還有賣出貴府四川眉山紗縠行祖業積存的五千兩紋銀嗎？」

蘇軾內心更爲驚訝：這高僧非同凡響，什麼都心中了然，於是回頭對王閏之說：「夫人，你拿一千兩銀子給高僧吧！我這一千兩救五千人要緊！高僧請諒解，本官現下無暇奉陪。他日定當有後會！」拱手致禮欲走。

誰知王閏之叫住說：「子瞻慢走！這位高僧並非是來化捐之人，乃是來幫助你的朋友！」

蘇軾停步回頭，驚詫說：「噢？是這樣嗎？」

托鉢老僧說：「夫人所言，何以見得？」

王閏之說：「我聽說高僧多係俠士，多取不義之財以行大義。天下多的是不義之財，高僧豈會盯著子瞻你賣祖業的些許積蓄？如其不然，憑他的本領，恐怕全部取走這區區六千兩紋銀，也是易如反掌，而令我等渾然不知。大師！我說你正是『取不義以行大義』之高人絕不會錯！」

托鉢僧人說：「阿彌陀佛，善哉善哉！好一個聰惠賢淑的夫人，好一套『取不義以行大義』的道理！老衲不再作耍，子瞻你聽我仔細說來。」

「我是蜀僧去塵之摯友，法號參寥，雲遊四方。今受蜀僧去塵之委托，來助你解脫眼下之危難。子瞻你初任杭州刺史，就遇上時疫流行，需要你施捨救治的不止是五千人而將是八千人以上。你必須丟下手頭其他公務，親去惠民藥局坐陣指揮，加快配藥，趕緊施捨，以防疫情擴大。」

「所需銀兩，倒無需你自己破費。正如你夫人所說，我此來正是要『取不義以行大義』。」

「巾子巷口那個金百萬莊濟世藥號，高價賣藥，高利賖銷，不義之財多矣。我將向他們索取捐銀一千五百兩。其餘缺額部分，自可由『西湖扇店』盈利補齊。」

「子瞻你這一千兩銀子先交夫人再收起來吧！你的銀子不該在此時此事花銷。將來自有花銷的時候。」

蘇軾、王閏之夫婦施禮謝過參寥大師，送他走了。

王閏之又將銀子收好。但她收起這銀子反而心神不寧。因爲從參寥說話的神情來看，說我家銀子「自會有花銷的時候」，很可能那「時候」我家將遭受莫大禍災！王閏之的心思實在夠細密了。

蘇軾要粗放得多，根本無暇去想以後的災難不災難。他一逕奔惠民藥局去了。

托缽僧人參寥走進巾子巷口西側的金百萬莊濟世藥號，指名要見金百萬本人。

金百萬此時正在內堂咬牙切齒，謾罵東側那個隔巷相望的「惠民藥局」，遲不開，早不開，正在自己這邊以每人三兩銀子、每月利息三成的高價高利賖藥正熾之時出來個「惠民藥局」，分文不收，施捨治病，把自己這邊生意全搶走了。

忽然站櫃伙計小桂進來說：「金老闆！店前來了一個托缽化緣的和尙，他非要見你本人不可！」

金百萬沒好氣說：「不見不見！這樣下去我自己都要化緣了，還有什麼銀子化給他？說我不在！」

小桂出來對參寥說：「大師！金老闆沒在裡面，怕是幾時出去了。」

參寥冷笑一聲說：「嗯？剛才他在裡邊不是對你說了：『不見不見！這樣下去我自己都要化緣了，還有什麼銀子化給他？說我不在！』小桂你怎麼不敢直說？你再去問問金老闆，是他出來呢？還是叫我進去？」

小桂這才一溜煙又進去了，報告說：「金老闆！這老和尚有『隔屋聽話』的本事，剛才你對我說的話，他聽得一字不差。你再不出去他就進來了。」

金百萬這才不得不走了出來，裝做一副病懨懨的樣子說：「大師既有『密室攝聽』的本領，就應該知道我自己都已經病了，你還來纏我做什麼？」

參寥說：「阿彌陀佛！金老闆你是眞的病了，需要把你盤剝百姓的不義之財，吐出一千五百兩，你的病才會好。你是自願捐出一千五百兩呢？還是要用每付藥一百兩銀子的高價，花一千五百兩銀子，到巷子對面惠民藥局，買十五付藥來治好你自己的病呢？」

金百萬狠狠地吐一口痰說：「呸！誰聽你胡言亂語？我一兩銀子也不出。」扭轉身子要往裡面走。

參寥站在藥櫃前一動不動，只朝金百萬的背上吐一口遠痰：「呸！積德免災，損德禍來！」說著已經走了。

正朝裡面走的金百萬，忽覺身後有人推一猛掌，踉踉蹌蹌好幾步，幾乎摔倒了。

小桂趕忙跑過去攙住他說：「金老闆怎麼了？怎麼了？」

金百萬已痛得汗流滿面，哼哼連聲：「唉喲喲！唉喲喲！……快看我背上！看我背上有什麼？」

小桂扳過金百萬身後一看，忙說：「沒有啊！沒有啊！金老闆背上什麼都沒有，和平時一模一樣。」

金百萬吼起來：「混帳！看衣服裡邊的肉背，肉背！」

小桂忙幫他解開扣子，脫下衣服，大叫道：「啊呀！金老闆！你左背上什麼時候長一個這麼大的背花？有酒杯大，中間紅，四邊黑，好兇的背花哦！你先前就一點不知道？」

金百萬又吼一句：「蠢豬！我先前生什麼背花了？是妖和尚剛才施了法術！」一想又自己傻了眼：左背上方生背花，正是對著自己的心肺部位。這還了得，痛得又哼：「唉喲喲！唉喲喲……」又一想，喊起來：「小桂！小桂！快給我貼一張專治背花的膏藥，另給我煎一付治背花的湯藥，我內服外貼，還怕一個『背花』嗎？唉喲喲喲喲！」

可是藥服了，膏藥也貼了，不但沒有好轉，反而痛得更厲害了。金百萬像殺豬般的哼叫起來：「唉喲喲……小桂！快快，快拿一千兩銀子，到惠民藥局買十付藥來。快快快！」金百萬想：省下五百兩是五百兩！

小桂拿了一千兩銀子來到巷子對面的「惠民藥局」。惠民藥局早聽參寥安排，給金百萬準備了藥，但只是十五張膏藥而已，一張要一百兩銀子。今見小桂只拿來了一千兩，一時不知如何是好。

還是大日有主意，她說：「小桂！參寥大師有言在先，尊號的金百萬金掌櫃，那背花麼，非得捐出一千五百兩銀子，換了這十五張膏藥去貼不可！如今金老闆想省下五百兩，只怕背花好不利索！你既來了，我也不爲難你，先用一千兩換十張膏藥去吧。每天貼一張，貼十天再說。」

十天之內，金百萬背花由參寥調製的膏藥貼著，慢慢見好。但總也不封頂結痂。到第十一天，無膏藥可貼，那背花竟又潰爛流膿，其痛無比。金百萬無計可施，只好又要小桂拿了五百兩銀子到惠民藥局去換取餘下的五張膏藥。

這天，蘇軾遵照參寥的交代，也來到了惠民藥局，親自參加「聖散子」的調製。一聽到櫃臺前說金百萬又派小桂帶五百兩銀子來換取膏藥，便走出來說：「小桂！你家金百萬老闆是否眞有痛改前非的想法啊？」

小桂說：「稟刺史大人，我家老爺確實想通了，他已下定決心改惡行善，積德救人。」

蘇軾說：「那好，你先用這五百兩銀子換取五張膏藥，去給他貼治吧！不過他是眞改惡從善還是假意敷衍，我要看實際行動。小桂你聽好了：金百萬那賒銷之藥，成本不過三錢銀子。本官不會蠻橫無理，不會讓他也施捨奉送，還容許他有一些盈利以謀生路，特准許他賒出之藥每人收五錢銀子，也就是盈利兩錢。至於那外加月息三成，那是高額盤剝，絕不容許。」

「小桂你回去告訴你家老爺，如果他眞要改惡從善，就叫他出一個告示：叫打了賒欠條子的人在五天之內前來貴號，交五錢銀子，將原欠條當眾銷毀。如若一時沒錢，另打一張欠五錢銀子的欠條，原欠三兩、月息三成的條子定要銷毀。就看金老闆願意不願意吧！」

大月沒忘記補充一句：「小桂！你告訴金老闆，參寥大師說：金老闆若是不照刺史大人的話去做，只怕拿了這五張膏藥回去也貼不好，最後只有前胸穿透後背，一命嗚呼！」

金百萬聽了小桂如實傳達的這些話就大哭起來：「嗚哇！我好痛啊！我好痛啊！」

小桂連忙給他貼上膏藥說：「金老闆放心，這膏藥一貼就不痛了！」

金百萬說：「你知道什麼？背花不痛心裡痛。這裡花了一千五百兩銀子買膏藥不說，三百多張賒欠條子一燒，又燒掉我一千多兩啊！」

小桂說：「金老闆心痛那一千多兩銀子就不要燒了嘛！」

金百萬說：「唉！心痛又不如命要緊。那參寥和尚確實本領高強，這刺史大人更得罪不得！也罷，出一張告示吧！」

濟世藥號　燒毀欠條　告示

本號為救治時疫病人共賒藥三百六十三人……現本號決定：當眾燒毀三百六十三張原賒欠之條據。每人改收五錢銀子之藥劑成本。

特告：有請各欠藥費之人戶各帶五錢銀子前來了結舊帳。時間：五天之後的本月十九日午時前。

望友鄰君子互告周知。

金百萬莊濟世藥號　謹啓

有了這樣的好事，人人爭相傳頌，迅速傳遍了杭州大街小巷，及至城郊。

五天之後，巾子巷口可眞是人山人海。那三百六十三個打了欠條的人持五錢銀子前來結帳不說，來看熱鬧的更是數以千計。

時疫病已被制止，由蘇軾倡辦的惠民藥局施捨「聖散子」治好的幾千人，有一小半都來了。

一個巾子巷口怎麼盛得下四、五千人，熙熙攘攘擠滿了整個街道。

魏班頭帶領衙役維持秩序。

蘇軾早早地就來了，他坐在惠民藥局內，向西湖扇店老闆兼任惠民藥局董事的李小乙和洪阿毛說：「李、洪兩位老闆！如今杭州時疫病已被止住，病人都已施藥治療。本府施捨『聖散子』之舉到此結束。魏班頭和書童大日等，全都撤回府衙。這個惠民藥局就全部交由你二人經管。你們二人的西湖扇店，本府也不再抽成用於施藥治病。由你們獨立經營，你們二位有什麼打算？」

李小乙說：「刺史大人如此清正廉明，實乃我杭州黎庶之大幸。我西湖扇店將取消高利，守法經營。惠民藥局將繼續辦下去，微利經營，繼續壓倒濟世藥號。」

蘇軾連連搖頭：「不不不！李、洪兩位老闆！濟世藥號金百萬已痛改前非，便不可再與之爲敵，你們應該和他聯合起來……」

話還未了，濟世藥號的小桂過來說：「稟告刺史大人：濟世藥號金百萬老闆爲表示痛改前非的決心，特要小的前來邀請大人前去共同當衆燒毀欠據。金老闆還說，希望和惠民藥局的李、洪兩位老闆聯手合作，共舉杭州藥業。」

蘇軾高興萬分，提醒說：「李、洪兩位老闆聽清楚了，這可是個好事，我們就一同到濟世藥號去會會金老闆吧！」

金百萬已經痊癒，他跪地迎接擠開眾人進來的蘇軾說：「參見刺史大人！小商過往痴愚，承蒙大人教正。望大人不究既往，撮合本商號與李、洪兩位大老闆之惠民藥局聯手合作，共掌杭州藥業大局。未知大人肯於恩准否？」

蘇軾攙起他來說：「金老闆知過能改，善莫大焉。我想只要金老闆辦妥了燒毀賒銷字據的大事，李、洪兩位老闆絕不會拒絕與你合作！」

李小乙說：「那是自然！那是自然！」

於是清理燒毀賒欠條據的場面出現了。小桂每念一個名字，人叢中便走出一個人來，交上五錢銀子，領回欠據，當眾燒毀。

小桂念名字是按當日賒藥的次序念。蕉荷村黃東順賒藥次序很靠前，不久就輪到了。

一聽小桂念到自己的名字，黃東順從人堆裡擠進濟世藥號，拿起五錢銀子往桌上一放，瞟眼一看蘇軾坐在桌邊，同時邊上還坐著李小乙和洪阿毛兩個老闆，馬上嚇得戰戰兢兢，朝蘇軾跪下去說：「參見……見……見刺史大人，小民知罪。」

蘇軾大笑：「哈哈哈哈！你我素不相識，你何罪之有？快起來！快起來！」

黃東順說：「大人不必過謙了。那天你微服私訪我們蕉荷村，你化名查秀才和大日書童一道來送藥，十套『聖散子』治好了我全村的時疫病人。那天我不知你就是蘇大人，說了你的壞話，是犯了大過錯。大人不饒恕我，我不敢起來。」

蘇軾說：「東順！你那天並沒說我什麼壞話啊！快起來吧！」

黃東順站起來，指指李小乙和洪阿毛說：「那天我說刺史大人只顧和李、洪兩位老闆合夥做畫扇生意賺錢謀私利。這不是壞話是什麼？沒想到李、洪老闆賣畫扇賺了錢，是拿來施捨『聖散子』做好事、救窮人。不似這位金百萬老闆只知道盤剝我們老百姓！」

蘇軾縱聲大笑：「哈哈哈哈！東順，你這下子可就錯怪金老闆了。其實金老闆在這次救治時疫病人中，貢獻最大。他一個人捐了一千五百兩銀子呢！沒有他捐的一千五百兩銀子買藥，光靠一個西湖扇店的賺項，根本治不好八千多名的病人。」

「今天呢，金老闆更是徹底改過了，他今天要燒毀三百六十三人的欠條，每人三兩，共是一千多兩，三成的月息又是三百多兩。這麼多銀子他一火要燒掉，只收你們每人五錢銀子的成本，這是本官核准他收的價錢，你們應該知足了。」

黃東順是個直性人，忙朝金百萬拱手施禮說：「在下誤會金老闆了，還請金老闆原諒！」

金百萬說：「黃老弟你教訓的好。剛才刺史大人表彰在下捐了一千五百兩銀子救治時疫病人，說起來我眞慚愧。那一千五百兩銀子起初我並不願意拿，是刺史大人教誨加強迫的結果。刺史大人反而表彰我，眞使我無地自容。經過一連串的事情我終於想通了：我生意人的衣食父母正就是百姓顧客。我已下定決心，和惠民藥局李、洪兩位老闆聯手，從今以後，藥材生意一律薄利經營！」

眾人一起驚喜反問：「這是眞的？」

蘇軾站起來對大家說：「是眞的！現在本府正式宣布：由李小乙、洪阿毛、金百萬三位老闆領頭，成立一個杭州藥業行會，將全杭州的藥店團攏起來，共同執行薄利經營的方略。你三位老闆向大家說句話吧！」

李小乙、洪阿毛和金百萬爭相說：「一定遵照刺史大人的教誨去辦……。」

39

東海西湖孕育險惡
一團和氣暗伏殺機

聽了組建杭州藥業行會這好消息，黃東順又趴地跪下說：「參拜刺史大人！請大人像關心杭州藥業一樣，關心一下我們西湖邊的窮苦百姓吧！」

蘇軾一驚，忙問：「黃東順你此話是從何說起？」

黃東順說：「稟請刺史蘇大人，學先朝李泌刺史和白居易刺史的榜樣，做一個第三次整修西湖的好刺史！」

蘇軾恍然大悟說：「好好好！黃東順你快快請起。我正在準備組織一個西湖現狀考察團，計畫對西湖作一個冬天的考察，以詳盡擬制整治西湖的計畫。到時候請你作考察團的嚮導，你同意嗎？」

黃東順說：「隨時恭候大人們駕臨西湖！」

發源於浙江西部的衢江，流過蘭溪縣之後叫做富春江；再流過富陽縣之後改稱爲錢塘江，然後一瀉直下；過海寧縣的鹽官鎮而入杭州灣，從此匯入了浩瀚無邊的東海。

杭州處在錢塘江的中部地帶。自古叫做餘杭。這名字可有些來歷。

相傳在遠古夏禹治水時代，夏禹駕舟治水到了這個地方，已經水歸大海，大功告成，於是把他的航船留繫在這裡，以後也一直未曾取去。「餘航」餘航，剩餘之舟船也。久而久之，又演變爲「餘杭」了。

再後來，又把這裡叫做了杭州，而將「餘杭」縣治移到了東北邊三十公里之外的內陸，與錢塘江相去甚遠了。

西湖，原是錢塘江向北邊窪地漫溢的一泓餘水。後因河裡泥沙淤積，形成一片陸地，將一窪餘水與錢塘江隔開，那窪餘水便成了湖。

宋時杭州府（又叫杭州郡）已十分繁盛。府郡治下有錢塘縣、餘杭縣、仁和縣、富陽縣、臨安縣、于潛縣、常州縣（今屬江蘇）、潤州縣（今江蘇鎮江）這八個縣和一個海寧州（今海寧縣）。在全國六路當中屬於兩浙路。

所謂「兩浙」，就是浙東、浙西。這是因爲錢塘江古時又稱浙江的緣故。浙江以東爲浙東，古稱會稽，晉朝書聖王羲之作《蘭亭集序》，序中所說「會稽」，就在這裡；浙江以西爲浙西，古稱上杭，也就是三國時孫權所立吳國的地方了。

杭州因有錢塘江的舟楫之便而發展起來，又因有西湖的秀麗而把州城建在湖邊不遠。西湖的名字是與東海錢塘江對稱而來，說是東有海西有湖可以，說是東有江（錢塘江）西有湖也行。杭州城就建在錢塘江與西湖之間的沖積平原地段上。

杭州城因此而與別處不同。別處城池多是東西南北四座正門，其東北、西北、東南、西南各有一座便門的格局。杭州不同，其東、南、北各有一座正門，唯有西邊有三座正門，分別叫做「清波門」、「湧金門」和「錢塘門」，全都直接面對著西湖景色。

蘇軾雖說有心考察西湖，但因前期忙於施捨「聖散子」救治時疫病人，前前後後一、兩個月耽誤了公門中的政務，後期不得不擠掉其他一切雜務來加以處理。這包括決斷刑獄，催繳稅賦，迎送來往官員等等。

好不容易到了臘月冬天，清閒下來了。蘇軾決心考察西湖。他約好了四個朋友一同前往。

第一位朋友是孫覺，字莘老，原京官同修起居注。記得那次皇帝趙頊在南郊禦苑接見蘇軾，蘇軾酒後向皇上進諫，說皇上變法「求治太急，聽言太廣，進入太銳」。酒醒後深悔自己失言。所以，當孫覺來探問皇帝接見他的具體情節時，蘇軾只給孫覺十六個字的答覆：「山南海北，海闊天空，品茶論道，議論古人。」孫覺後來也因不滿王安石的急劇變法而被貶出京都，出任湖州知府。時間比蘇軾被貶離京還早一年零三個月。

孫覺擔任太守的湖州有條苕溪河，河因苕草多而得名，水卻因苕草淤塞而不暢，使兩岸河堤常被水毀，洪水常常氾濫而危害黎民。孫覺到任後，將一百多里的土堤全換成石堤，使苕河水不再危害百姓，乖乖地流入了太湖。

蘇軾與孫覺交好淵遠流長，當年蘇洵買南園蘇宅時，孫覺就曾捐助過銀子。如今蘇門四學士之一的黃庭堅，又是孫覺的女婿，蘇軾與孫覺的關係便更非一般了。

當然，蘇軾請孫覺來考察西湖，主要還是想向他學習治水的經驗。孫覺一聽蘇軾說邀他來「遊覽西湖」，忙不迭地就來了。

蘇軾邀請的第二位朋友是柳子玉。他是蘇軾堂妹的親家翁，又是杭州實際上已致仕的太守柳暮春的堂兄。柳子玉官居戶部郎中，是管理車、騎、門戶的高官大爵。也因爲不滿意王安石的變法而被貶官。他年已六十，連被貶之官也不要了，請長假在老家丹徒縣休息。丹徒縣屬浙江西路的潤州管轄，也便是杭州府的治下了。蘇軾極欣賞柳子玉的草書，多次寫詩讚頌，邀他來理所應當。

蘇軾邀請的第三個朋友是陳襄，字述古。他本是京官知諫院，因說王安石的《青苗法》於民不利，被貶出京，任陳州知府。陳州是蘇轍任官學教授的地方，蘇轍自是陳襄的屬下。陳襄尚未到陳州上任，趁空來看望老友蘇軾，所以他是不邀自來，趕上蘇軾考察西湖也是巧合。

蘇軾邀請的第四位朋友是杭州剛卸任的杭州知府柳暮春。蘇軾抵達杭州府衙時，看到那個《關於刺史蘇軾久未到任告黎庶書》，便是柳暮春所張出。如今他因年老體弱而請求原地「致仕」（退休），手續尚待批覆，但他實際上已沒做事了。蘇軾目前是杭州的實際長官，他想修西湖很願意聽聽這位前任知府的意見。

孫莘老、柳子玉、陳述古、柳暮春這四位朋友，在蘇軾陪同下，在蕉荷村黃東順嚮導引領之下，步出杭州西城的涌金門，朝西湖慢慢走去。

出了涌金門之後，走到西湖邊上之前，黃東順說：「請問刺史大人，是不是先沿湖邊走一圈看看？」

蘇軾說：「這樣當然是好，周邊一轉，西湖情狀便一目瞭然。但不知這周邊多大，要走多久？」

黃東順說：「周邊總共是三十里路，我們走一個多時辰就走完。」

蘇軾倒抽一口氣：「哦？有三十里遠？莘老、述古四十多歲應無問題。子玉公和暮春公都六十多了，要二老走這麼遠不妥吧？」

柳子玉高大威猛，身體很好，拄一根壽仙頭絳漆木拐棍，不過是老年人的標誌而已，並不去撐持它，走起路來還是如飛的健步，他說：「子瞻！這拐杖不過是你妹丈我兒子強加給我，其實我走路根本不要拐棍。三十里走一遭也行！」

蘇軾連忙問柳暮春：「暮春公以爲如何？」

柳暮春矮小瘦弱，他打退堂鼓說：「子瞻你約我來遊西湖，我當時想像和往常那樣坐船轉幾圈而已。要走三十里，我是沒這本事了。」

蘇軾問陳襄說：「只有述古是遠客，我先時說你四十多歲走得，是太不尊重你了。你看如何？」

陳述古說：「我是客隨主便，子瞻你看著辦吧！」

蘇軾說：「我們主客五人，乾脆來個少數服從多數。美髯公孫莘老你的意見如何？學學你當年遠祖孫仲謀作個決斷吧！」

孫覺有一部大鬍子，樂意別人叫他「美髯公」，因爲據傳是他遠祖的三國時吳國君主孫權也是「美髯公」。他嬉嬉笑著說：「哈哈！說三國，就三國。我看當年三國鼎立的精髓，就是互相妥協。我也來個折中處理他。五個人中已經是二個要走路，一個要乘船，一個持中立，乾脆這樣：先沿邊走一個時辰，走多遠算多遠，再僱船下湖。豈不是兩方面意見全照顧到了。」

蘇軾說：「莘老意見高超。」又回頭再問柳暮春：「暮春公是不是走一個時辰試試看？」

柳暮春見事已至此，不便再爭，便說：「走一個時辰可以，只要不太快太急就行。」

於是五個人一同走路。黃東順對地形瞭如指掌。他有意地領著大夥循著湖邊朝西南方向走去。這方向有吳山、紫陽山、鳳凰山、將台山和玉皇山這五座並不太高的小山，全都是森森古木，郁郁蔥蔥，冬天裡都沒有多少肅殺的氣氛。

幾個人緩緩行來，穿過一片古柏樹林子，冬天不減其蒼翠。柳子玉是書法家，尤善於行草，他從樹皮上似乎看出了草書的風韻。便說：「這些古柏也不知是幾代先人種植的了，眞是虎爪獅鬃，鶴骨龍筋，多像祖先們在樹皮上寫下了遒勁的狂草！」

蘇軾大爲感慨：「啊！難怪得，子玉公的草書如此奔放騰越，原是從山川靈氣吸取了精華。果然是：柳侯運筆如電閃，鶴龍獅虎共飛騰。哈哈哈哈！」

柳子玉說：「仁者見仁，智者見智，從另一個角度看，這些古柏樹皮，條紋紐紐，鼓鼓凸凸，更像是一個瘦削老人的手筋腳筋。」扭臉問身體瘦小的堂弟柳暮春說：「暮春！像不像你的手腳啊？哈哈！」

柳暮春乾脆把兩隻手抬起來讓大家看，一邊說：「像不像大家說嘛！哈哈！」

果然那瘦骨嶙峋的手上青筋鼓暴，猶如蚯蚓盤曲，和面前古柏樹皮相差無多。眾人一起大笑，有人湊趣說：「像極！像極！」

柳暮春似乎正想藉著笑聲開溜，他說：「可不是嘛！人老體衰，身不由己。手腳蚯蚓爬，我是該回家。哈哈！」

蘇軾生怕他走了，覺得整修西湖有許多事要問他，便忙著順話接話說：「暮春公此言差矣！你老這雙手腳嘛：蚯蚓發老憤，活血正有神。談何歸家去，遊伴無獨行。」

柳暮春只好隨聲附和說：「子瞻賢弟眞是出口成章，老朽只好捨命陪君子！」

幾個人越更走入柏林深處，一群喜鵲唧唧喳喳唱喏起來。似乎和他們互相呼應，啄木鳥在遠處嘟嘟嘟嘟敲啄起來。色彩斑斕的雉雞長尾鳥，在樹林中穿來穿去。

畢竟就在湖邊，柏樹林很快走完了，來到西湖邊上。這時天正陰沉，大約因爲湖水蒸發，氣霧上升，雖然人眼瞧不見，卻能結凝爲可見的白雲浮於西湖上空。

孫莘老說：「好天！好天！」

陳述古頗爲不解說：「哦？髯翁莘老，這樣陰霾滿天，何以爲好？莫非個中藏有奧秘嗎？」

孫莘老得意地捋著長長的美髯，慢條斯理說：「不管春夏秋冬，湖水總要蒸發，春天結爲霧，夏季淡爲靄，秋到氣飄高，寒冬凝陰霾，這都是湖上今天不會有雨的象徵，豈非好天矣？」

漁民黃東順驚詫接話說：「這位大人對我們西湖天氣變化好熟悉，只怕在杭州主過政，是小民無緣結識了。」

蘇軾連忙解釋：「東順，這位是湖州知府孫大人。湖州緊鄰太湖，境內苕溪河正是向太湖流去。孫大人半年多內將苕溪河一百多里土堤換成石堤，功德黎庶稱頌。孫大人素知太湖，當然能推斷出西湖天氣變化了。哈哈！」

黃東順說：「眞難得孫大人降福湖州黎民。如此一說，孫大人定能看出西湖過兩天的天氣變化了。」

孫莘老抬頭望望天說：「不知西湖如何，要依我們那邊太湖來說，這樣的陰霾冷涼，過兩天可能要下雪了。」

黃東順飛快地說：「對對對！孫大人所見不差，西湖和太湖相去不遠，是眞會下雪了。」

孫莘老修治湖州境內的苕溪河堤，得到了黎庶的稱頌，作爲相鄰州治杭州知府的柳暮春早有耳聞。柳暮春看今天孫莘老對西湖天氣變化的判斷推測又如此準確，得到了西湖漁民的首肯，便覺內心有所歉疚。

柳暮春自己心裡明白：出任杭州知府兩年多，不僅沒有爲修治西湖出過一分力，而且……爲了彌補自己的疏懶吧，柳暮春突然歡聲叫了起來：「諸位請看，諸位請看：西湖水多麼清悠，岸邊水下，石頭歷歷可數，魚兒穿梭往來。別看魚們冬天游動得少些慢些，許是還更悠閒自在些。就像我們今天一樣吧，結伴慢慢遊走，多麼閒適舒心。看看，西湖特多的金鯽魚成群游來，歡迎各位大人了！哈哈！」

果然，西湖水是如此清秀，柳暮春所描述的眼前景致半點不差，石可見，魚可數，紅彤彤的金鯽魚，大的似有巴掌大，啊啊，有幾尾竟佇立水中不動，好像在諦聽什麼聲音……

「嘭」地一聲水響，眾人抬眼望去，原是靠南面的湖邊，一漁人正向湖中撒網：此時他一邊拍著網邊，一邊把網慢慢收了攏來。

黃東順好不羨慕地說：「啊！好一網滿魚。」他知道眼前岸邊魚兒這麼多，撒網那裡也少不了；他還知道拍網邊收網是個打魚行家，拍網的目的是趕著網內魚兒亂跑亂鑽，通通鑽進網兜裡去。

那漁人已沉沉穩穩地把魚網收提上來，只見網兜底四邊都是泛紅泛白，鼓鼓囊囊。黃東順感慨說：「乖乖！他這一網至少有五斤魚！」

孫莘老詫異說：「哦？我知道太湖是嚴禁私人漁釣。子瞻！你西湖沒有禁漁嗎？」

蘇軾上任不久，一到任便忙於救治時疫病人的大事，半點沒注意西湖的事情。此時他只好轉臉問柳暮春說：「柳大人！這事我還得請教大人了：西湖禁漁釣嗎？」

柳暮春一時語塞，支支吾吾：「這個，這個……禁漁禁釣，早有成文。只是山野鄉民難以教化，不聽管束啊！」

蘇軾一下猛省過來，忙對黃東順說：「東順，這是怎麼回事？虧你是我的朋友，難道禁漁禁釣你不曉得？」

黃東順照實回答：「曉得！」

蘇軾說：「既知禁令，你怎麼也在西湖裡打魚？」

黃東順說：「蘇大人新到任有所不知，西湖周邊有許多小溪流流入，寬則三四丈，窄處不足一丈，那裡是不禁漁釣的。我們早年都遵守西湖禁漁禁釣的禁令，到那些小溪流中去打魚。只是有禁令還得有人監督執行。衙門裡一放鬆監管，自有小鳥試飛，偷偷打一網兩網，逮著了不算大事，沒逮著正占便宜。」

蘇軾又問柳暮春：「柳大人！這事下官就不懂了，既有禁漁禁釣的禁令，何以不派人嚴加管束，監督執行？」

柳暮春來氣了，反唇相譏：「蘇大人年輕有爲，今後自可嚴加管束。老朽無能，過往管束不嚴格，已經致仕下野，似乎也不該由蘇大人來追究往昔之責任吧？」

蘇軾碰了鼻子趕緊拐彎，回身對黃東順說：「東順！莫怪我老朋友不講情面了，明天起本府將重新頒布諭示，西湖嚴禁捕漁垂釣，違者作盜魚論處。將有專人監管巡邏，到那時被逮住便不是小事而是犯法了。東順能諒解執行嗎？」

黃東順興奮地說：「蘇大人容稟：下民完全可以代表西湖全體漁民說一句話，我們都正盼著一位關心西湖的父母官。要說禁令嚴格，那就都要嚴格。蘇大人知不知道西湖除了禁漁禁釣，還有禁止葑田的禁令？」

蘇軾十分驚詫，反問：「葑田禁令？不是怪了嗎，西湖滔滔湖水，怎麼能夠葑泥種田呢？既不能葑泥種田，又何須葑田禁令？」

黃東順說：「蘇大人比我們更熟悉歷史，西湖自晚唐白居易第二次修浚以來，又是一百八十多年了，這能淤積多少塵泥？早都可以葑泥圍墾，栽種深水稻穀了。」

「在太先主仁宗慶曆新政年間，就下了不得在西湖內葑泥種田的禁令。起初管得好嚴，二、三十年下來慢慢鬆垮，近年更沒人管了。」

「不信，請大人們再往南走二里路看看，那裡光是錢伯溫一家的葑田，就有三千多畝。這事只怕柳太守柳大人很知情吧？錢伯溫不正是柳大人的兒女親家嗎？」

蘇軾驚詫莫名，忙問柳暮春說：「柳大人！這事如何說？」

柳暮春終於露出了本來面目，他陰沉著臉說：「蘇大人！我犬子謀順娶了錢家小姐秀果做媳婦是不假；未必結兒女親家，還要先查實她娘家是否葑了湖田多少多少畝？」

「對不起諸位大人，老朽已無心遊湖賞景，先要抽身回家了。」果眞抬腿要走。他先時急著溜回家，其實也就爲了這件事想避開蘇軾。

柳子玉手腳俐落，伸出手中紫絳色壽頭木拐，勾住了柳暮春的右手小臂，擺起了堂兄的架子說：「暮春！愚兄尙且未走，賢弟怎可獨行？他錢伯溫縱是你兒女親家，他違禁葑田也與你並無多大關係。」

「愚兄倒是有一事不明，這位黃東順說光是錢伯溫一家葑田就超過三千畝，那是說還有別個葑了田。那麼，究竟西湖總共有多大面積？其中葑田又有多少面積？作爲杭州府剛卸任的太守，暮春你對這些數字總該是清楚的吧？」

柳暮春便不得不說了：「承兄長問話，西湖四周一圈是三十一里半，穿心直徑是十里半，總面積二萬七千四百多畝。至於其中被人違令葑田多少畝，小弟確實不知，不能亂說。」

蘇軾便問黃東順：「東順你一定知道，究竟葑了多少湖田？」

黃東順說：「官家不管，百姓操心，早有人算計過了，西湖已被葑田二十五萬一千多丈，總數是四千六百多畝。按柳大人剛才所說西湖總面積，葑田已占將近二成。如今每年增加葑田三百多畝，西湖用不了三十年便沒有了。唉！我們西湖邊百姓最焦心。」

柳子玉感慨起來：「啊！這可是大事，子瞻絕不會小看吧？」

陳述古也是個愛民如子的好官，他每到一處地方官任上，總是興辦學堂，整治公益事業。這時他以客賓身分說：「這事本不該我管，子瞻今天盛情，相邀遊覽西湖，怕是有備而行吧，莫非有意修治西湖？依本官看來，如此秀麗的西湖，若是在我等手中慢慢消失，難免成爲歷史的罪人。」

孫莘老是做「同修起居注」出身，對數字十分敏感，他反問黃東順說：「聽你剛才說話的意思，每年新增葑田三百多畝，是不是說近幾年西湖葑田速度逐年在加快？」

黃東順說：「正是。早先還只是有人像小鳥試飛一樣試種一畝、二畝，自慶曆年間以起，三十多年總計葑田不到兩千畝。可是近幾年來，由每年新增一百畝、二百畝到三百多畝，快得嚇人。再不管住，每年新增葑田還會多！」

二里來路很快走完了。大家一看湖裡，果然水中殘留著大片大片的高腳稻。

蘇軾估算一下，田埂之下的水，至少還有五六寸，於是問黃東順說：「東順，這深水稻苗架到底有多高？這裡看得很清楚，水中有一二尺，水上總還有一二尺吧，這麼高的稻子我在四川沒見過。在我老家，超過四尺的稻子很少不倒伏！」

黃東順說：「這種深水稻都是粳稻，米質好慈和，稈子梆梆硬，高的有六、七尺，像蘆葦一樣，人站在稻田裡低一大截啊！大人四川老家種什麼稻種？」

蘇軾說：「在我四川眉山老家那邊，農民種的都是不慈和的秈稻，稈子最多是三、四尺。插秧時秧苗頂多七、八寸，大田裡水都放光，頂多留一層薄薄的『洗手水』，意思是可隨時洗一洗手上的稀泥。啊！對了，這西湖裡總不能把水放光再插田吧，那秧子要多長？」

黃東順說：「這種深水粳稻秧苗，插田時就已二、三尺長了。水裡淹了二尺多，它總冒出苗尖，絕淹不死。」

蘇軾順眼向湖中望去，遠處似有一個小島，島上似乎還有廟宇樓亭。忙問黃東順說：「那是什麼地方？怎麼像有亭台樓閣？」

黃東順說：「那個小島叫小瀛洲，上面有好幾座樓台寺院。」

忽然，眼尖的陳述古又喊了：「呵！這裡的魚好像比剛才柏樹林前湖邊還多！」

蘇軾低頭一看，可不，湖邊水淺，清清晰晰，到處是一陣又一陣的魚兒在遊蕩，不少還是紅色鯽魚。

蘇軾說：「魚們眞是怡然自樂，悠哉游哉。」

話還未了，竟又「噗」「噗」兩聲，下方不遠處有兩個人在同時撒網。再低頭一看，水邊魚兒早逃得無影無蹤。

孫莘老說：「這可是大煞風景了，魚兒們悠哉游哉，時不時會被噗噗的打魚聲嚇走。這在我們太湖那邊，是看不到的奇怪景致。」

蘇軾又問黃東順：「剛才柏樹林前才是一個人撒網打魚，這裡打魚人怎麼又多一個？」

黃東順說：「這裡葑田種稻，稻子收割，總有穀粒掉落，還有種田人總要撒一些豬牛羊糞草做肥，魚兒尋食，這裡魚比柏樹林前多。你看你看，他兩個人魚網裡的魚比剛才那個人打得還多。」

蘇軾又覺奇怪了：「東順，怎麼西湖裡葑田都在這附近？你是說錢伯溫家三千多畝葑田都集中在這一片吧？」

黃東順指指身後說：「大人請看，這上面就是鳳凰山，那邊是將台上，兩座山每年要沖刷多少泥沙下湖去，全集中在這西湖南邊，自然葑田就集中在這裡了。」

「再看那鳳凰山與將台上，兩山之間那片沼澤地，沼澤地邊大片丘陵便是錢伯溫家的祖業。錢伯溫自稱是吳越王錢鏐的七世孫，他自然也把緊挨他祖業的西湖南邊看做他的地盤了。上邊葑田禁令不得執行，他霸占了南西湖這一小半水面，誰敢與他爭執？別看這深水粳稻產量不高，每畝才收一百多斤吧，總田三千畝就是三十萬斤，堆成山都好幾座！」

隨著黃東順的講解，眾人注視著身後半里之遠的沼澤地。那裡蘆葦枯凋，寒風蕭索，似乎沒有任何生氣。突然就見好幾隻野兔蹦跳而出，像被誰人追趕，加緊逃奔，那幾個跳躍的白點，正是要證明沼澤裡仍有生命在活動。

只聽「嗖」的一箭，一隻白兔中箭落地，死不甘心，又蹦跳掙扎，唧唧出聲，純然是絕望的哀叫。不多久，一個緊身裝束的獵戶，從枯凋的蘆葦中躥了出來，舉起鞭子，朝掙扎的小兔猛甩下去，「啪啪」兩聲，中箭白兔再不動彈了。

心慈的蘇軾感嘆說：「唉！小兔臨死，再加鞭箠，人心何其殘忍！」

柳暮春似乎找到了一個發洩的機會，訕笑道：「蘇大人一片拳拳之心，愛民不夠，尚須愛兔嗎？未必這沼澤叢藪中，射獵活動你也要禁絕？」

蘇軾心裡好不是滋味，自己眞想不出，在哪個地方得罪了這位前任同僚。回想三個多月前自己剛來杭州上任，這位前任竟出了一個《關於刺史蘇軾久未到任告黎庶書》，實際是一張告示。這告示出在自己到任之前三天……萬一這三天內出了大事，自己這麼久不到任的刺史難辭其咎……這張告示，不等於是他柳暮春在我完全不知情的情況下射來的一支暗箭嗎？蘇軾至今想來還覺得有點害怕。可是百思不得其解，這位素未謀面的前任同僚，何以今天還挖苦我「愛民及兔」？

想想也有些明白，先前的事暫且不說，眼下的挖苦諷刺，大約是自己決心嚴禁西湖葑田這件事引起。這一葑田，將使柳暮春的親家錢伯溫每年喪失三千畝稻田三十萬斤稻穀的收成。

蘇軾於是順著這思路反唇相譏說：「柳大人譏諷本官『愛民及兔』，未必就不怕別人笑柳大人『兔死狐悲』？本官向重然諾，言出必行，明年嚴禁西湖葑田，令親家錢伯溫先生將減少三十萬斤稻穀收入，柳大人先替他傷心了吧？」

一次愉悅的遊覽，變成了一場唇槍舌箭的互相攻擊，這氣氛何以協調？

柳子玉以長輩的身分來收拾這個殘局了。他既是蘇軾的親翁叔伯之輩，又是柳暮春的同宗堂兄，他喊著兩個人的名字說：「子瞻、暮春！遊湖賞景，扯什麼意氣紛爭？那些政爭意氣，你們到衙府公堂上去爭辯吧，今天只賞眼前景致。我來帶個頭，作一首詩，罰子瞻步原韻和詩三首。」

柳子玉稍作沉思，吟詠而出：

問子瞻

何江湖，

勝景感觸君豈無？

誠將詩句寫物象，

且與陪侍相招呼。

「子瞻你聽清了，你把今天大家一同觀賞到的景物，用我上面這歪詩的原韻，次和三首。誰叫你是今天西湖賞景的東家！」

蘇軾這才靜下心來，將眼前的景致，和今天一路所見所聞串連起來，用上面柳子玉詩中的「湖」、「無」、「呼」作韻腳，凝聚成爲相應格式的詩句。

漸漸有了腹稿，蘇軾於是說：「子玉老德尊年尊，我晚輩敢不從命？只好將今天諸位一同看到的風景事物，串連應付，勉強成爲三首，吟哦以求諸公教正。」

西湖冬景　次子玉原韻

其一

天欲雪，
雲滿湖，
樓台明滅山有無。
水清石出魚可數，
林深無人鳥相呼。

其二

獸在藪，
魚在湖，
一入池檻歸期無。
誤隨弓旌落塵土，
坐使鞭箠環呻呼。

其三

東望海，
西望湖，
山平水較細欲無。
野人疏狂逐漁釣，
刺史寬大容歌呼。

40 夜半驚魂作威作福 天明報信不惱不驚

柳暮春回到家裡，已經精疲力竭。他萬萬沒有想到，今天結伴遊西湖，竟是新任刺史蘇軾預有籌謀的一次考察。偏偏蘇軾又邀了堂兄柳子玉作伴，使自己幾次想帶氣衝走均未走成。直到幾人泛舟湖內，逛了一圈才散。柳暮春回家時已是申牌時分了。

柳暮春到家時臉色鐵青，嘴皮烏黑，累得一句話也不想說。

家丁僕人見老爺回家，紛紛迎門問候，迎廳問候。柳暮春一概不答理，好似根本未聽見似的。逕直走到臥房，往床上撲通倒去，柳暮春才鬆弛了，踏實了，嘆一口大氣說：「唉！總算挨到家了。」

夫人郭氏連忙走攏床邊，關切地問：「老爺！哪兒不舒服吧？」說著便去摸丈夫的額頭。

柳暮春沒好氣地說：「不曉得先幫我脫鞋子蓋被窩，摸我額頭有什麼用？我一不發燒，二不打顫，沒病沒痛只是累了，氣了。讓我涼著了倒真是要大病一場。」

郭夫人二話沒說，早在丈夫的責罵聲中，幫他脫了鞋子，蓋上了被窩。

柳暮春無名之火又起，又罵夫人說：「不幫我脫了衣服就蓋被子，未必叫我和衣睡一晚上？」

郭夫人又不言語，把被子掀掉，扶丈夫起來，幫他脫掉了棉衣棉褲，放他睡下。

柳暮春幾乎一挨枕便鼾聲大作。

郭夫人嘆息一聲：「唉！老爺今天眞的累垮了。」

可是睡到半夜，柳暮春突然吵鬧起來，大喊大叫。

一時是喊：「蘇子瞻你不要欺人太甚！」

一時又叫：「啊啊！蘇子瞻要殺死我！我，我，我！我不怕我不怕！……來人，來人！把蘇子瞻拿下！拿下！」

郭夫人不答理他。她知道丈夫向來就有說夢話的毛病。

柳暮春休息好了，一抽身起來，飛快穿衣下地，一邊高喊：「來人啦！」

郭夫人根本沒睡沉穩，丈夫夢中大喊大叫，使她根本無法入眠，只是迷迷糊糊而已。此時被丈夫吵醒，一聽他像以前辦公事一樣喊公差，心裡想笑又不敢笑，只好答話說：「老爺！你已經退官致仕，這裡也不是公堂，沒有衙役聽你差遣了。」

柳暮春說：「你以爲本官不知道自己已經致仕退休？你以爲本官不知道這不是公堂之上？老爺現在叫的就是你！」

郭夫人驚得爬坐起來，尖聲驚叫：「啊？老爺叫我？叫我有什麼事？」

柳暮春說：「蘇子瞻欺人太甚，老爺我嚥不下這口氣，我要給他一個下馬威！」

郭夫人一聽事態嚴重，迅速穿衣下了床，心想先探探口風再說，於是小心翼翼數落起來：「老爺！小題大作了吧？他蘇軾縱是有名的才子，頂多在詩文方面強過別人一點點，未必他還敢和前任知府大人過不去嗎？」她忙點上燈。

柳暮春似乎清醒了一些，說話不再懵懂粗魯了：「夫人怎能得知，這個蘇子瞻來者不善，他要向我們親家翁錢伯溫開刀，禁種他那西湖的葑田三千畝！這不明明是小瞧我柳某人嗎？」

郭夫人一聽十分嚴重，又怕丈夫把夢境和現實混做一談，丈夫以前犯過這種毛病，令晚不得不提防一些。於是試探著問：「老爺！你昨晚上沒有睡好吧？」

柳暮春氣憤不平地說：「哼！我昨晚上睡得好不舒服，偏偏蘇子瞻不讓我睡安穩，他手拿尖刀，要來殺我。幸好我早有提防，派了重兵守衛，硬是把蘇子瞻生擒活捉了！哈哈哈哈！」笑得好不開心，把夢中的「勝利」拿來自娛自樂了。

郭夫人心裡猛一驚：這可怎麼辦？看來蘇軾查禁湖田的事確然屬實。這口氣丈夫肯定是嚥不下去了，可他一個致仕太守沒有任何權柄，他能拿現任刺史蘇軾怎麼樣？便說：「老爺眞會說笑話，夢裡的事情，說得活靈活現。」

柳暮春插斷話說：「你以為我是在說夢話？我叫你是有事情差遣。」

郭夫人說：「老爺有什麼吩咐儘管說。」

柳暮春說：「快去把謀順兩夫婦叫過來！」

郭夫人噗哧一笑說：「哈！老爺你是怎麼了？現在還不到五更！」

「什麼什麼？」柳暮春簡直不敢相信，「還不到五更？怎麼這麼大的亮？」

郭夫人指指房中多處的燈燭：「老爺你不看是我點的亮麼？老爺又不是不知道我膽小，晚上一起來最少要點四個燈。不然有一處黑影我就怕。老爺！不管公事私事，總得天亮了才能辦吧？」

柳暮春發了大火：「什麼？這麼大的事也要等到天亮？蘇軾一句話，親家翁少了葑田三千畝，一年少收稻穀三十萬斤！謀順他能不為岳父老子著急？他媳婦能不為父親傷心？快去叫！快去叫！」

「好好好！我去找去！」郭夫人口裡這樣答應，只是防止丈夫越更發火。她端著燈盞走出門，門外黑鼓隆冬嚇了她一大跳，慌不迭地退進屋裡，唉聲嘆氣不知怎麼辦。

老夫妻吵吵鬧鬧招來了丫鬟婆子三、四人，紛紛前來探問。這下子給郭夫人解了圍。她於是叫四個人拿了四個燈燭大亮，兩在前，兩在後，她走中間，浩浩蕩蕩往兒子房裡去。

兒子柳謀順不到三十歲年紀，正是貪睡的時光，反正天塌下來有父母頂著，無憂無慮慣了。晚上一對年青夫妻綿纏夠了，天亮前睡得正香。母親在房門外又拍又打又叫喚，叫兒子叫了好一陣，起來開門的還是媳婦錢秀果。

錢秀果匆匆掩胸扣衣說：「婆母！有什麼急事嗎？」

郭夫人說：「快叫謀順起來，他爹叫他好像有什麼急事。」她不想在媳婦面前說得太直白，何況門外還有四個掌燈的丫鬟婆子呢！

錢秀果很為難：「婆母！這三更半夜的，謀順只怕不樂意。等不得天明嗎？」

郭夫人說：「要等得天明我會這時候來叫？你爹早把我罵一個狗血淋頭！」

錢秀果不得不去叫丈夫，但她以為也沒什麼大不了的事，叫人也就懶洋洋：「謀順，起來，爹叫你。」

柳謀順睡得正香，愛搭不理：「沒……沒事。爹那裡，我……我去說。我……我……還瞌睡呢！」

錢秀果又走攏郭夫人：「婆母！你也聽見了，謀順不起來。」

郭夫人發急了，提高了聲腔：「秀果！是新刺史蘇軾要查禁你娘家的三千畝湖田！」

錢秀果以為沒聽清楚：「婆母！你說什麼？」

郭夫人說：「你娘家在南西湖那三千畝田，蘇軾不准種了！」

錢秀果這下動了大氣，走攏床鋪，抓起丈夫的被子一掀說：「有人把刀架在我爹脖子上了，你還睡得著？」

柳謀順被這一凍，一吵，一嚇，瞌睡早已無影無蹤，迅速起來穿好衣服問道：「娘！有這回事？」

郭夫人說：「可不嘛！你爹正為這事發大火，叫你趕緊去。」

錢秀果說：「公公沒叫我？」

郭夫人說：「哎呀！我差點忘記，你爹也叫你去。說不定是叫你小倆口去告訴親家翁。」

於是，在四盞大燈照耀下，三人去見柳暮春，一路說著話。

柳謀順說：「蘇軾到杭州才三個多月，他與我家又素無瓜葛，何以與爹爹結下那麼深的仇？要不就是與我岳家有宿仇了。娘！爹有沒有說？」

郭夫人說：「你爹沒說。誰弄得清官場裡的事情呢？那裡邊彎彎拐拐的事太多了。我跟你爹在官場上混一輩子，怎麼也弄不明白，官場中有那麼多勾心鬥角幹什麼？久而久之，我乾脆不搭理。」

「眼下這事情好爲難，你岳父家三千畝葑田要遭蘇軾查禁，你爹看樣子不得善罷干休，可是他如今手頭又沒有半點權力。」

柳謀順說：「是啊！這件事要認眞想個好主意來對付。」

柳謀順時年二十八歲，人很聰明，就是不喜歡攻讀詩書博取功名爵祿，一心只想做生意。柳暮春勸阻多次勸不依，只好聽之任之了。

柳謀順在生意場上得心應手，倚仗著父親擔任杭州主政官員的聲威，他與世居杭州的大戶錢伯溫家聯合一起，在杭州農商兩界都頗有實力。

錢伯溫主要在郊區和農村置田產，擴家業，他說有田產家業才有地盤，將來要怎麼發展都可以。誰當政也少不得要吃飯穿衣。

柳謀順在杭州城裡抓兩浙的特產絲綢，並且和江淮轉運使沈立之有很深的交情，能控制杭州絲綢生意的一小半，左右物價，囤積居奇，頗能興風作浪。

和他的名字「謀順」正相協調，他很有「計謀」並且常常「順利」。眼下他把想出的主意對母親說：

「娘！我看這樣，反正爹也致仕退休了，沒權力使不上勁，光著急反而急出病來。你就陪爹回丹徒老家去住吧。讓爹遠離蘇軾，眼不見心不煩。這裡不是我家的事是岳家的事，由我與岳父大人商量著辦，爹也不會放不了心。」

郭夫人也同意兒子這個辦法：「謀順這法子最合我的心意。」

錢秀果更是充滿了信心：「什麼大不了的事，天塌下來我爹都能撐得起。」

見了柳暮春，夫人、兒子、媳婦便合著夥兒勸說。

柳暮春一聽就火冒三丈：「什麼什麼？叫我回丹徒老家？遠離蘇軾？不顯得是我害怕他了嗎？沒有這回事！我絕不離開杭州，絕不離開蘇軾！」

「蘇軾自恃才高八斗，總以詩詞酬唱朋友故人，言多必失，文多必禍，我就不信抓不到他的把柄。到時告他一個誹謗朝政，看他還敢不敢跟我柳某人唱對台！」

「恃才傲物，蘇軾昨天就當著眾人作《西湖冬景》三首，其中第二首，是他看見一隻野兔被獵人射殺，便濫施悲憐，寫什麼『誤隨弓旌落塵土，坐使鞭箠環呻呼』，這明明是他蘇軾諷喻朝政，借題發揮，說新法實施之後，公事有如鞭箠。我要給他一一記錄在案，到時候一總收拾他。」

說著一指桌上，果然他已將蘇軾的《西湖冬景》三首詩錄下了，還詳細記述了當時在場人員和月日時間。

柳謀順對詩詞向來不感興趣，眼下他說：「爹你執意不回丹徒老家我也沒有辦法。你留下來記錄蘇軾詩中的誹謗言詞，這是個好主意。這樣一來，你在明面上就不能和蘇軾唱對台戲，必要時候還得順著他，這樣你記錄他的詩詞就會更全面。君子報仇，十年不晚，爹在目前就不要對蘇軾耿耿於懷了。」

「爹！你叫我來總有事要作具體交代吧？」

柳暮春說：「蘇軾要查禁西湖的葑田，你岳父家有三千畝。你趕快到你岳家去，和你岳父去商量對策吧。你們那些生意、耕田之類，我是不管的。那些事不要來找我。我只在暗中記錄蘇軾的反詩，到時候出一口氣。」

「秀果你和謀順一同回家，也幫你爹拿個主意！」

柳謀順、錢秀果辭別父母出了門。

錢伯溫比柳暮春小五歲，現在才五十三歲。人也不是柳暮春那樣的瘦弱矮小，而是高大健壯，滿面紅光。

錢伯溫上溯七代的祖父叫錢鏐，世居杭州治下的臨安縣，曾以販賣海鹽為業。杭州濱臨東海，其杭州灣北部的海鹽縣，「曬海為鹽，何須熬煮」，販鹽生意貨源充足，利潤極豐。在晚唐倒數第三個皇帝僖宗李儇時代，杭州刺史叫董昌。董昌招募錢鏐當杭州的都指揮史。不幾年，董昌調任越州觀察史，錢鏐就接替董昌為杭州刺史，五年後又升遷為鎮海軍節度使。

宋朝建立，宋太祖趙匡胤還封賜錢鏐的孫子錢俶為吳越王，一直做了九年。錢俶幫趙匡胤平定了南唐後主李煜，奉詔命進居首都汴京，掛名為官，實為軟禁，直至公元九八八年病故於汴京。

錢俶是錢鏐的孫子，自是錢伯溫上溯五代的祖先。到蘇軾要查禁錢伯溫葑田的時候，離錢俶病逝汴京才八十三年。實在相隔不遠。而從錢鏐走紅時候算起，錢家在杭州地區已有一百四十多年的根基。

錢伯溫自恃有這樣雄厚的歷史根底，自是把一切都不放在眼中。

柳謀順與錢秀果夫婦走進錢府的深宅大院，一路上有二十多名家丁僕役致禮迎接，都道：「小姐、姑爺安好！」

二人點頭應付一聲，毫不停步，一直走進錢伯溫居住的內室，正碰上錢伯溫和夫人施氏在下圍棋玩。下邊有四個歌女在唱在奏，另有八個舞女在翩翩起舞，專爲老爺和夫人下棋助興。

錢秀果領頭，柳謀順隨後，一逕走到錢伯溫與施氏的棋桌前，雙雙跪下去說：「孩兒給爹娘請安！」

錢伯溫見女兒女婿一同前來，知道必有大事，連忙斥退歌舞，而後說：「你兩個一同前來，事情小不了，照直說吧！」

施夫人已把女兒拉坐在一起。

錢秀果頗爲驚慌地說：「爹！只怕大事不好，蘇軾要查禁西湖的葑田。」

錢伯溫毫無驚慌神色，生怕女兒學說不清，轉頭對女婿說：「謀順你說清楚些。」

柳謀順說：「蘇軾昨天邀了我爹爹、湖州知府孫莘老、戶部致仕郎中柳子玉和路過杭州的陳州知府陳述古，五人一起遊覽西湖。其實，遊覽是假，蘇軾考察西湖是眞。一路上，蘇軾咄咄逼人，質問爹爹在杭州知府任上多年，何以不執行西湖禁止葑田的禁令。爹爹和他發生多次爭執。蘇軾後來聲色俱厲地宣布：從明年起西湖嚴禁葑田，違者將予以重辦。」

「岳父大人在西湖裡有田三千畝，自在蘇軾查禁之列。爹爹已致仕管他不了，特叫小兒來稟報一聲，看岳父大人有何良策對付。」

錢伯溫朗聲大笑起來：「哈哈哈哈！我當是什麼大事，原是區區小事一樁。我吳越王國錢氏在杭州經營一百四十多年，水銀洩地，無孔不入，豈怕他一個四川書呆子蘇軾嗎？大不了丟下三千畝湖田不種，一年才損失三十萬斤稻穀，我在其他方面伸手就補回來。」

「積以時日，不信鬥不垮他蘇軾，不愁趕不走他蘇軾。鬥垮他趕走他，我在湖中的損失還要加倍補償。」

柳謀順點點頭，瞇瞇笑著說：「岳父大人韜略在胸，小婿佩服之至。但是，蘇軾新官上任三把火，很可能還會有其他不利於岳父大人的政令實施，大人還是不可大意。」

錢伯溫點點頭：「賢婿果然思謀不凡！為岳對此事自有多種防範。」

說完進內室去了。不久便拿了一根長長的旱煙桿出來，這可不是一根尋常的煙桿。

煙桿比一個人的身高還長得多，是用一根武林山上的千年古藤製作。

藤粗有如雞蛋，藤皮有如蛇鱗，裝煙鍋處，雕成了蛇頭形狀，銜嘴處，雕成了蛇尾形狀，通體漆成以紫絳為主的五彩顏色。

這煙桿可是很有來頭。

先說產地武林山，地處杭州市西面，是靈隱山、天竺山、玉泉山等的總稱。各山匯聚之水便叫武林水，向東流而注入西湖。

武林山飛來峰很有名氣，飛來峰出產一種靈蛇藤，能延續千年而不死，能牽引萬斤而不斷。在功夫深厚的人手裡，又能扭彎而成麒麟腰帶。

事實上，除了武林高手，或是顯赫官紳，誰也不敢擁有這個東西，無論你是用作兵器，用作煙桿，用作拐棍，或是拿來圍腰，沒有大本事都不可能長久。都會被人或盜竊之，或搶劫之，或毀滅之。

錢伯溫是吳越王的後代，又是武林高手，論身世，論功夫，他擁有這種靈蛇煙桿都是順理成章了。當然這就是他的兵器，百十個人根本攏不了他的邊。

再說這靈蛇煙桿漆成的五顏六色，絕不是隨意塗抹而成，而是照著當地一種叫做「火煉光」名字的劇毒花蛇所漆製；這種毒蛇的最大特點是不怕火，不怕光，是火就上，是光就追，是夜間出動襲擊敵人的蛇中聖手。錢伯溫立意學習「火煉光」的惡毒本性，特別練就了夜功，他的靈蛇煙桿在夜間最爲出神入化。

這樣一人多長的靈蛇煙桿，點火吸煙便極講究。錢伯溫家裡的幾個貼身僕役，早就知道他的脾氣，見他拿出這根煙桿，便會上來兩個人；一個人幫他裝煙葉，那個比拳頭還大的銅煙鍋，幾乎可把半斤黃金色澤的煙絲擠裝進去，再一個人便幫他點火，錢伯溫便讓煙桿斜斜地垂著，有一口沒一口地抽。一鍋煙有一口沒一口抽一個時辰不得黑。不抽時似乎黑了火，一吧噠又有了煙。

今天卻是不同，錢伯溫拿著煙桿，斥退兩個前來裝煙點火的下人，自己動手裝煙點火。他像做蘭州拉麵的師父一般，把「靈煙煙桿」當成了「麵料」，閃花一抖，煙桿成了個圓圈，一頭銜進嘴裡，另一頭迅速塞滿了煙絲，「咔嚓」一下，火石打燃了火，火便點燃了煙。這便隨手一放，圓圈往外一彈，起花打閃，剛好把煙鍋彈在一個兩人合抱不攏的巨石正中，只聽如雷震耳，「轟」地一聲，巨石炸裂，餘音繞梁，久久不絕。

幾個僕役迅速把破碎的石頭打掃出去；又去備石場上，選一個同等大小的巨石，四個壯漢又把它抬放在原先的地方。這個「練功石」，破碎了必須馬上塡補。備石場上這樣的巨石，少說也有一、二百塊呢！

見岳丈露出這手神功，柳謀順興高采烈地說：「岳父大人！今天讓小婿飽了眼福，大人總有幾年沒露這一手『靈蛇出洞』的奇功了吧？」

錢伯溫淡淡一笑，自豪地說：「這幾年，令尊親家翁出任杭州知府，我也沾光而一呼百諾，這『靈蛇』還『出洞』幹什麼？」

「今天，來了個不知深淺的書呆子蘇軾，上任伊始，就要拿我的三千畝湖田開刀，我還正愁這『靈蛇出洞』功夫丟生了呢，今天試試還在，我也就放心了。」

柳謀順驚問：「未必岳父大人要用武力同蘇軾抗衡？」

錢伯溫撇嘴笑笑：「哼！傻瓜手法！他是朝廷命官，豈怕某一個人的武力？這不過用來對付刁民百姓而已，驅趕著刁民百姓打衝鋒，騷擾官吏，讓刁民群落與刺史大人去鷸蚌相爭，我錢某人自可坐收漁人之利也！起碼讓人知道我有這武功，誰不懼怕！」

柳謀順逢迎說：「岳父大人的韜略，小婿只怕三輩子也趕不上。」

錢伯溫搖頭微笑：「呵！賢婿也不必過於自謙。爲岳素知你的謀略也出類拔萃，你今天未必沒有對付蘇軾查禁葑田的辦法嗎？」

柳謀順不無得意，侃侃而談：「謝岳父大人誇獎。眞是知婿莫若泰山！如此小婿斗膽獻計獻策了。」

「依小婿淺見，兵書有云：知己知彼，百戰不殆。小婿今天來岳家之前，已對蘇軾昨天邀約的幾個遊伴作了瞭解，現在如實向岳父大人稟報。」

「湖州知府孫覺，字莘老，現年四十三歲，原是皇上的同修起居注，因反對王安石變法，被貶出知湖州，上任不到一年就把湖州境內流向太湖的苕溪河修好了，將一百多里的土堤改成了石壩，根絕了決堤禍害。蘇軾請他來自是想叫他傳授修治江湖的經驗。」

「原戶部郎中柳厚，字子玉，現年六十歲，是家父的堂兄，但與家父向來政見不合。他也因不滿王安石變法而被貶，他乾脆連貶官也不要，自請致仕退休，蘇軾邀請他柳子玉，看來是爲牽制家父的言行。昨天的結果便是柳子玉強留著家父受氣。」

「還有一個叫陳襄，字述古，也是因反對變法而被貶出知陳州。他是因故路過杭州而巧合了。總括看來，蘇軾、孫莘老、柳子玉、陳述古，四人沆瀣一氣，唯有反對變法這一條。」

「但小婿覺得奇怪，王安石變法，於你我均極不利，岳父大人和小婿都極不贊成；何以反對變法的蘇軾又要與你我作對呢？小婿雖已知己知彼，卻無法從中悟出一個頭緒來，還請岳父大人給予指教。」

這是柳謀順的虛晃之詞，爲的是不讓岳父覺得自己太自滿，以免阻礙自己將來有朝一日以愛婿身分繼承錢家億萬家產。

錢伯溫完全看清了柳謀順的故作自謙，爽聲大笑：「哈哈哈哈！賢婿何以如此自謙，你剛才所談情況，實際上已包括了制伏蘇軾的妙策良方，你以爲爲岳就根本看不出來嗎？」

柳謀順故意裝糊塗說：「岳父大人看出什麼來了？」

錢伯溫說：「賢婿說得明白：蘇軾、孫莘老、柳子玉、陳述古，都因反對變法而被貶出京。我們到時候不正可告他們一個到地方後仍不思悔改、結黨營私、圖謀不軌嗎？哈哈！」

柳謀順會心笑笑說：「嗨嗨！嗨嗨！小婿丁點想法，都逃不出岳父大人的眼睛。」

「不過，小婿一時還拿不準，我們本身也被劃到反對變法的營壘中去了，我們再告蘇軾等四人結黨營私反變法，皇上會相信我們嗎？」

錢伯溫認眞地說：「楚人宋玉說過：攻其一點，不及其餘。我們先羅織他們反對變法的言行，到時豈不可找傳聲筒傳到皇上耳朵裡去？讓皇上根本不會想到是我們告他們，皇上怎會再起疑惑？」

柳謀順激動起來：「岳父大人！到底薑是老的辣，你這主意太好了。那麼小婿再斗膽問一句：羅致蘇軾反對變法的行，以從哪個方面入手爲好？」

錢伯溫胸有成竹地說：「俗話說：言多必失！依我看：文多惹禍殃。蘇軾不是恃才傲物，到處題詩作賦嗎？自古有言：詩無達詁。意思是說，凡是詩詞歌賦均無令人滿意的題解。仁者見仁，智者見智。我們只要把蘇軾的詩詞歌賦收集攏來，管是用吹毛求疵的方法也好，用雞蛋裡挑骨頭的方法也行，不愁找不到可以栽贓的詩句，到時候白紙黑字，叫他跳到黃河洗不清！」

柳謀順歡喜得猛拍一巴掌說：「好！眞是英雄所見略同！家父正在努力收集蘇軾的反詩罪證！」

往訪高僧西湖遊遍 醍醐灌頂蘇軾籌謀

蘇軾被兩個大難題困擾得寢食不安：其一，疏浚西湖的泥土往哪裡擺？其二，修湖需要的巨額經費從哪裡來？

一個冬天過去了，多雨的春天又來了，這兩大問題時時刻刻縈繞在心間，就是半點也找不出答案。

這一天，天氣晴朗，春雨大勢已去，轉眼就會是明朗的夏天，疏浚西湖將會是極好的機會，再不能拖了，蘇軾準備到西湖中的大島孤山上去，拜會高僧惠勤和惠思。這兩位高僧至今未曾見過面，但是久已聞名。而且知道了高僧參寥還是惠思的高足。徒弟參寥尚且能來去自如，那麼，這參寥的師父惠思，就可想而知有多大本領了。惠思師兄惠勤的功夫，當然更是不用說了。

蘇軾正是要向這二位高僧討主意去。

此次微服私訪，蘇軾接受了去年冬天的教訓，那次邀客太多，意見相左，言語齟齬。於是這次只是自己一個人去，只要魏班頭化裝成書童跟隨。

兩人出了杭州西城的錢塘門，在柳浪聞鶯碼頭下船去。

柳浪聞鶯的景致名不虛傳。一排溜望不見頭尾的古樹垂柳，全都有二人難以合抱一般粗大。垂柳依依，幾及水面，婀娜多姿。

一陣又一陣的剪尾乳燕，呢喃著在湖上斜身穿飛，那是燕們在捕食空中的蚊蚋。蚊蚋飛行不會很高，總離湖水水面不遠。捕蚊之乳燕，自然也是在低處穿梭，好個悠閒自在。

蘇軾想起十多年前，自己和弟弟蘇轍雙中進士，父親在宜秋門外南園蘇宅宴請客人。十三歲的乖小妹，以《春燕》爲題要曾鞏吟詩。曾鞏吟唱：「春燕斜風裡，喁喁正呢喃……」曾鞏所寫，不正是眼下這的景致嗎？

想起這些往事，好似就在昨天。可是一切都變得遙遠。十四年過去，乖巧的十三歲小妹已變成二十七歲的少婦，是秦觀少游的夫人了。受了兩位舅子蘇軾、蘇轍被貶出京的影響，秦觀也被逐出了京都，當了蔡州官學教授，不過是一個學官而已。蘇小妹帶著自己的小兒子自然也隨著去了蔡州，兒子已經夭折。兄妹之間還不知能不能有見面的機會。蘇軾覺得很對不起他們。

那位志大才高的同科學兄曾鞏，仕途也不平坦，長期遷徙於越州、襄州、洪州、福州等知府任上，卻沒有在朝廷作大官的緣份，也是值得惋惜。

西湖十景之一的柳浪聞鶯，實在很有特色。當乳燕凌空斜飛時，一群群可人的小鳥，卻戀戀不捨於柳浪之中，這種有著黃鸝、黃鳥、倉庚、鵹黃、博黍等許多名字的黃鶯小鳥，黃身、紅嘴、黑爪、長尾。自眼端至頭後部，有清晰的黑色花紋，十分美麗。此時正唱著悅耳的歌，互相呼喚應對，雀躍飛騰。卻只是從這棵柳樹，飛向那棵柳樹，怎麼也捨不得離開這浪湧般的垂柳。

蘇軾去冬那次遊湖，因有與柳暮春的齟齬，遊覽極不開心。今天想趁便看看西湖幾個主要景點，他向扮作書童的魏班頭說：「書童！這船一路到西湖北面孤山上去，能順便從幾個景點旁邊過去嗎？我想看看各處不同的景致。」

魏班頭是當地人，對西湖風景瞭如指掌。他說：「那當然可以，從三潭印月邊上擦過，繞小瀛洲轉一圈，再直插湖心亭，過平湖秋月，不遠處就是孤山。」說完，張大聲音喊：「船家！就按這遊湖線路走吧，耽誤你多少時間我們查秀才給錢！」

於是蘇軾專心一意賞景。

首先是靠南邊的「三潭印月」。這其實是三個小而又小的湖島。島上各有一個偌大的清水井，井邊有常青的灌木，是類似於茶葉樹又不是茶葉樹，類似於臘女貞又不是臘女貞那一種。如今學名叫冬青，或叫凍青，當時杭州土名叫「凍更青」。

蘇軾一邊聽著魏班頭娓娓道來的介紹，一邊注意到這個三潭印月周邊的水特別悠清，島上的四季青又特別蒼翠。心想，難怪魏班頭自豪地說：「三潭井水印圓月，真像鏡子能照人。」

這時正到了進入三潭印月的門樓，蘇軾覺得那門聯十分貼切：

門外湖光十里翠

座中山色四時青

小遊船繞著小瀛洲島走了一圈，蘇軾約略數了一下，不大的小島上有三個寺廟、四個樓台、六個水榭。

蘇軾想，這還是四周圍看得見的呢，內中說不定還更多，爲什麼大家都看中這個周圍轉一圈不用半個時辰的小島？

遊艇船家肯定對這裡早就熟透了，繞到最後才到了進入小瀛洲小島的正門。蘇軾一看那碩大的門聯會心地笑了，這門聯正好解答了遊客心裡的問題：

亭榭樓台何所用
青山綠水且寄情

湖心亭周圍的環境與其他幾處景點絕然不同。離湖心亭小島還有好幾十丈，就已看見水中有殘荷枯杆，稀稀疏疏；小船漸漸向小島走近，那殘荷枯杆便密密麻麻，互相攀搭。眼前是一派蕭條，枯敗刺眼。

魏班頭看蘇軾眼眉結楞，心裡不爽，馬上叫起來：「大……」幾乎把「大人」兩個字叫出口來。

一想今天是刺史微服私訪，自己已扮作書童，馬上改口說：「大秀才！你別看眼前春天才報個信，看到的除了柳枝泛綠，其餘都是冬天的殘景。用不了很久這裡荷葉就會拔尖，綠葉鋪滿，開出鮮艷的荷花；然後著蓮蓬，結蓮子，八十多畝水面盡蓮荷。」

「滿耳青蛙鼓唱，滿眼蜻蜓盤旋。湖心亭小島四周是一排又一排的成蔭垂柳。四個角有四個水榭涼亭，中間有一別墅式建築。可是屋裡沒住人，專供遊覽用。」

「天地間景致也眞怪，同是一個西湖，三潭印月是那樣清秀，這裡四周種上蓮荷，連小島氣象都變了，變成霧氣漾漾，飄飄蕩蕩，像是神仙織女撒下一層薄薄的輕紗。連太陽光來了都像照不進去，反射出來，耀得人眼睛花影繚亂，心裡是說不出的舒坦。」

「許多秀才文人都喜歡到湖心亭吟詩作對，你看，那一副又長又大的對聯，聽說是一個不肯留名的進士所作。我文化不高不是很懂，聽秀才們說這對聯作得好呢！」

蘇軾順著魏班頭手指的方向看去，作爲進入湖心島的高大門樓，那對聯有三丈多高，字有穀籮大，老遠就看得清清楚楚，果然將魏班頭講的湖心亭夏秋盛景描寫得恰到好處：

台榭漫湖塘　柳浪蓮房皆入畫
煙霞籠別墅　鶯歌蛙鼓總宜人

平湖秋月實際上是西湖孤山的外圍入口。遠遠看去，孤山靜靜地躺在西湖的北端，輪廓模模糊糊，像一幅山水畫的遠景，看不清裡邊有任何東西，好像山上應該有的森森樹木都沒有蹤跡，只是一大堆一大堆的土而已。和後邊的遠山比較起來，前面的湖水是那樣的平靜、舒緩。

魏班頭解釋說：「這裡的平湖秋月，和小瀛洲那裡的三潭印月完全不同。三潭印月是每月十四、十五、十六這三天才好看，這三天月亮都是滿圓，印在潭井裡像照鏡子。這裡的平湖秋月是秋天裡有月亮的每個晚上都好看。」

「西湖在其他地方總是起水波，像魚鱗一樣，一層又一層疊著，月影照在水裡總是晃晃搖搖，變形癟凸，看不眞切，沒有味道。只有在平湖秋月這個挨孤山不遠的地方，怕是有孤山擋住了風，又有白居易修的『白堤』擋住了波浪，湖水在秋天裡平靜清和，不起半點波浪，那月亮倒映在水裡，一動不動，卻有百般的表情。上半月和下半月是峨嵋月，像是嫦娥仙子瞇瞇笑，笑得眼睛都睜不開。月半那幾天的夜裡，月亮滿圓滿圓，又像七仙女哈哈大笑，笑得嘴都合不攏，笑得臉模子鼓鼓圓。」

談話之間，遊船已經靠岸，遊覽孤山的人都是從這平湖秋月登岸爬山。

蘇軾抬頭一看，登岸的門樓上也有一副對聯，很是貼切平湖秋月的特色：

山遠茫茫疑無樹
湖平森森似不流

魏班頭付了船資，緊趕幾步跟上了蘇軾的步伐，悄聲說：「大人！今天雖是動身早，可是在湖上繞幾個圈子多耽誤了一個多時辰，惠勤、惠思兩位高僧是住在最上邊的智果院，如果走前面的正道，要經過巢居閣、廣化寺，還有一些名氣小的寺觀，起碼要一個半時辰才能到達智果院。如果嫌太遠了，我知道後邊有一條近道，到智果院要少半個多時辰。大人你看怎麼樣走好？」

蘇軾說：「走前面正道，多點時間有什麼要緊，我要一路把孤山看個明白。」

魏班頭答應一聲，領著蘇軾從正路走去。

不多久便到了孤山的總入門處，這裡也和西湖其他景點一樣，有一個用樹木做成的大門樓，門楣上寫著「孤山」兩個大字，兩邊也有對聯：

千峰林影門前地
四壁湖光鏡裡天

蘇軾點點頭說：「很貼切，很貼切。進門以後便是爬山了，看去一層一層迭起，說千峰林影不錯。返身看看，湖水悠悠，四面包圍著孤山小島，可不是倒映著整個的天庭？」

進得山來，完全不是「山遠茫茫疑無樹」的情景，而是樹木眾多，蔥蘢如蓋。漸漸地兩旁全是梅林，梅果青青，掩在剛剛綻開的淡綠色裡。

蘇軾想起四川眉山老家，自己發蒙讀小學的天慶觀，不就有四株高大的梅樹嗎？……

蘇軾看到兩邊眾多的梅樹甚感欣慰。梅林盡頭，山的形狀有奇特的變化，很像是一個碩大的鳥巢，圓圓的，四周高，中間低。這巨大的「鳥巢」裡長滿了高大參天的檜柏。

檜柏是一種很獨特的樹種，是最受歡迎的觀賞樹種之一。

人們普遍通稱的柏樹，實際是柏樹中的一種即是扁柏，以葉子爲小形鱗片狀而得名，以木材帶紅色而有異香爲特點。其樹皮可以一層一層的揭起。皮很細膩，樹幹鼓鼓凸凸。

而檜樹呢？其特點就是樹葉是扁柏形，而樹幹樹皮是松樹形，松樹皮極粗糙，成大魚鱗狀，可以成塊成塊地揭起，甚至自己都可以厚塊厚塊地往下掉。爲了和扁柏有所區別，檜樹又叫圓柏，圓柏的葉子雖像扁柏一樣是小魚鱗形，卻比扁柏葉子圓一點。

檜柏的奇特之處，就是它樹身像檜樹即松樹，而葉子像柏樹。這便是它叫做「檜柏」的原因。很有觀賞價值。

蘇軾老家這種檜柏很多，他很熟悉，也很喜愛，遠遠看見了就高興起來，說：「檜柏者，既檜且柏者也。一棵樹上起變化，沒有死板的味道。就連白鶴，都最喜歡這種有生氣有變化的樹！」

說完抬眼看去，像鳥巢的檜柏林地裡果然有白鶴在穿梭。

走至近前一看，這裡邊卻有一個庭館樣的房屋，紅牆綠瓦，瓦上射出琉璃綠光，煞是好看。正門上方正寫著「巢居閣」三個字，門兩旁的對聯也恰好貼切描述了近邊風景：

山冷好教梅嗣續
巢深應有鶴歸來

又經過幾個規模小的亭館寺觀，蘇軾和魏班頭二人來到了廣化寺。這個廣化寺是封閉式的重檐建築。外邊是高高的土紅色圍牆，裡邊有一個很大的院子。院子進去，才是正門。門上高懸「廣化寺」三個字，旁邊是嵌著「廣化」二字的鶴頂格門聯：

廣結害緣緣無盡
化除惡報報有涯

繼續往前走去，約莫一、二里，又是一個寺觀，門額上題「報恩院」三字，又是嵌「報恩」二字的鶴頂格門聯：

報怨泯仇天存鏡
恩存積德地永和

蘇軾心想，這個孤山上的寺觀，未必都喜歡鶴頂格的對聯麼？且看惠勤、惠思二位高僧居住的智果院如何吧，怕莫也是鶴頂格。

果然不假，「智果院」門額之下兩旁，也是「智果」二字的鶴頂格對聯：

智慧三千猶嫌少
果實億萬尚祈多

進得寺內，蘇軾才知道這個寺院供奉的是觀世音菩薩。

趁著魏班頭進內稟報的機會，蘇軾在揣想，在自己的印象中，觀音菩薩是慈善的女性，民間有「觀音送子」的說法，觀音菩薩應該多在女庵，爲何這個男寺也單獨供奉觀音呢？

蘇軾苦思而不得其解，寺內迎出一個慈眉善目、白髮白鬚的僧人，手持禪杖，飄逸著仙風，老遠就喊道：「刺史大人！客雖貴，來卻遲，當罰你後堂敘話。哈哈！」

蘇軾迎上前去陪笑：「哈哈！正因拜訪來遲，不敢著官袍而穿民服。尚不知尊位是惠勤大師還是惠思大師，有祈賜教。」

僧人說：「老衲惠思是也。惠勤師兄知你到任杭州，期待賜駕來訪，等了三個月不見刺史大駕光臨，已經雲遊去了。」

惠思叫侍僧給魏班頭上茶，自己領著蘇軾到內面禪室去。

蘇軾邊走邊說：「多謝惠思大師，派高徒參寥大師暗中協助，使下官得了金百萬的一千五百兩銀子，施捨救治了八千多時疫病人。」

惠思說：「此乃奉觀音菩薩法旨施爲，刺史大人不必稱謝。觀音菩薩者，乃觀眾生苦難之音聲，給予解脫者也。世人多有未能全知，以爲觀音菩薩只是『送子』、『施善』而已，實爲謬誤。本寺全稱即是『智果觀音院』也。未知刺史大人有否前述誤解，特作如上說明。」

蘇軾豁然開朗說：「大師所言，正釋在下愚魯。大師誠爲大師，在下卻並非大人，還望以子瞻之名直呼爲是。」

「在下今日來訪，一路見孤山上『廣化寺』、『報恩院』及貴寶剎『智果院』，均懸掛寺名『鶴頂格』

對聯。在下便也湊趣，以『鶴頂』二字嵌鶴頂格一聯，聊表對大師的敬仰之意。」隨即念誦：

鶴立雞群僧有德
頂禮膜拜軾無才

惠思和尚大笑起來：「哈哈！好一個謙遜的蘇軾子瞻，老衲也以你名字『蘇、軾』二字嵌一副鶴頂格對聯相送，以示『來而無往非禮』也！

「你姓氏『蘇』字乃『擷取』、『採取』、『收取』之意，比如你施捨救治時疫病人，正是『取不義以行大義』也。你名字『軾』乃車前可以憑依之橫木也。且聽我以『蘇軾』二字送你之對聯。」隨即朗聲念出：

蘇者取之民蔭福
軾耶憑矣己當心

蘇軾一聽，頗爲警覺道：「多謝大師的嘉勉。然大師提示在下『己當心』，莫非我自己要修治西湖之善舉還會有不善之結果嗎？」

惠思又笑了：「哈哈！此正是老衲要『罰』你禪室密談之內情也！非一語所能盡言。禪室已到，請先進去吧。」

禪房內正上方一尊小觀音像，像前是柏香爐。這裡與其說是禪室，不如說是書畫室。惠思善詩文，與文友們唱酬密切，所獲之贈字、贈詩、贈畫甚多，他便擇其要者張掛於室。

蘇軾早已習慣使然，所行所到之處如有字畫，必先用心觀賞。他一走進惠思這間禪房，馬上被四壁掛滿之字畫所吸引，連忙說：「大師高雅，迥非平常。在柏香繚繞的仙佛境界之中觀賞名人字畫，更別有一番風趣吧！」

於是丟下其他話題，蘇軾先到四周牆上去看字畫。

第一眼被吸引的是文同的墨竹。在京師時，蘇軾的開封府推官被「暫停視事」，別人都不敢再到蘇宅南園，文同不但敢去，還送蘇軾許多墨竹。蘇軾觀賞之餘，曾作〈文同墨竹跋〉一文回贈。

文同早於蘇軾一年，被貶知湖州，曾與孫莘老共過事，但時期很短，便調離了湖州。

蘇軾對文同的墨竹熟悉之至，今見惠思禪房裡也有，馬上跑過去看。此畫用四川東部鹽亭縣鵝溪絹布所畫，十分空靈超脫。鵝溪絹布十分有名，是作書繪畫的絕好材料，每個文人都盼能擁有。蘇軾看這畫上，竟有文同的題款：

鵝溪絹一段
寒梢萬尺長

蘇軾脫口讚道：「與可好大的氣魄！怎麼惠思大師與我這位表哥交誼甚深？」

惠思說：「正是。他從湖州太守調任陜西洋州太守，臨行前專程來看我，送來了這幅墨竹。」隨即像吟誦範文一樣朗朗念道：「『與可之墨竹，千變萬化，未相因循，合於天造，厭於人為，順其自然，蓋達士之所寓意也……』」

蘇軾好不高興，惠思所念這段評語，正是自己在《文同墨竹跋》中所說。難道文同已將此跋文連同墨竹畫刊印了嗎？怎麼我還沒見到？於是問道：「惠思大師！表哥是否已將他的《文同墨竹圖》刻印見贈與大師了？」

惠思說：「當然。不然老衲怎能將子瞻所作之《文同墨竹跋》原文背出？不過，不是文同自己刻印，他還沒有這麼多的銀兩。是當朝駙馬王詵為其出資刊行，以傳於世。只怕是王詵還沒來得及將這《文同墨竹圖》送給子瞻吧！」

蘇軾十分感慨，稱讚說：「快哉晉卿！快哉晉卿！他這駙馬爺既是我輩文人的保護傘，又是我等窮酸們的救護神。」

惠思卻搖搖頭，不以為然說：「老子有云：禍兮福所倚，福兮禍所伏。王詵出資為文人們出書出畫，只怕好事總有引發禍事之一天。」

高僧這話自然暗有所指，可惜蘇軾聽不出來。他快口接住說：「我猛然想起來了，高徒參寥說他是蜀僧去塵之朋友，那麼惠思大師一定也是去塵大師的摯友了。」

惠思說：「那是自然。在你離汴京赴杭州的時候，去塵不是給你送了一首詩嗎？『親痛仇不快，常情非古怪。避禍福已來，修湖垂萬代。』我想我沒有背錯。」

蘇軾歡快地說：「在下此次拜訪大師，正爲修湖之事。我看完字畫再詳談。」

蘇軾一邊和惠思交談，一邊看室內字畫。突然歡叫起來：「啊？惠思大師原來與當今相國王安石也有深交？」於是念著牆上王安石題贈惠思的一首詩：

緣諍堂前湖水綠，
歸時正復有荷花。
花時亦見余杭姥，
為道仙人憶酒家。

「啊？惠思大師原來還是酒友！敢莫是信奉『酒肉穿腸過，佛祖胸中留』？」

惠思說：「何必明知故問？還是談正事吧！去塵所說『親痛仇不快』，不正是指子瞻你與王安石的恩怨麼？你們既是詩文好友，又是政爭仇人。你被貶出京都，完全是王安石推行新法的結果。這當然是禍事。可是，子瞻你因此而得以遠離災禍的中心，可以在地方官位上爲黎民百姓造福，不又是幸事嗎？修治西湖將使你垂名萬代矣！去塵在詩中說得很明白了。」

蘇軾坐了下來，娓娓敘說：「大師！下官正被兩件事所困擾，特來向大師當面請教：其一，西湖中那麼多淤泥擺哪裡去？其二，修湖要許多錢從那裡來？」

惠思連連搖頭，剴切地說：「子瞻恕我直言，你這是以管窺斑，未見全豹；本末倒置，不可取也。」

蘇軾大為吃驚，倒抽一口氣：「哦？如此說來，修湖最大的障礙不是泥的去處，不是錢的由來。那麼障礙在哪裡？請道其詳。」

惠思說：「設若有人讓你根本不能修湖，你還會愁泥的去處和錢的來源嗎？」

蘇軾說：「本官現為杭州正堂，修治西湖又是造福黎庶的好事，難道還有人想攔阻？縱算攔阻又能攔阻得了嗎？」

惠思說：「《易經》早有教言，世間萬事萬物，無不陰陽相配，此消彼長。你修治西湖對黎庶是一大好事，不就正是西湖內既得利益者的大壞事麼？他們會讓你輕而易舉修治西湖嗎？」

蘇軾乾脆把話挑明：「大師是說在西湖內有葑田三千畝的錢伯溫，他可能出面攔阻，不讓我動工修湖？」

惠思點點頭：「不是可能，而是已經行動。你進寺時，老衲便責怪你到訪來遲，就是指這件事了。」

蘇軾不以為然：「據我查明，錢伯溫不過是一個頗有田產錢財的布衣百姓，充其量不過是前任知府柳暮春的兒女親家而已。如今柳暮春本人都已致仕退休，無所作為了，難道錢伯溫倒有能耐阻擋我？」

惠思說：「子瞻你只知其一不知其二，只知其表不知其裡。錢家自晚唐至今經營杭州一百四十多年，錢伯溫是當年吳越國王錢鏐的第七世後代，他不僅有巨額的錢財田產，有眾多的嘍囉爪牙，而且他很有韜略，武功更非等閒。他使一門獨特的軟兵器『靈蛇煙桿』，集刀、槍、劍、棍、鞭、繩、鏈、索於一身，內中還藏有多達千支的絨針暗器，百把個人難近身邊。

「子瞻！只怕你是太小看他了。」

蘇軾據理力爭說：「自古以來，邪不壓正。錢伯溫的個人武功和邪術韜略，恐都不在我的話下。我的修湖決心，絕不是錢伯溫之流所動搖得了。」

惠思說：「子瞻你應該知道法不責眾！據老衲探知，錢伯溫正在想辦法驅使爪牙，煽動不明眞相的百姓起哄，起碼可以推遲你動工的時日，使你一、兩年內動不了手。」

「再看朝廷，目前以推行新法爲要務，稍有忤逆者，即被貶逐流徙。更加皇上有一個『換位交流』的奇怪詔令，各地官吏的調遷如同換走馬燈，能在一個地方呆上一、兩年者已屬罕見。他錢伯溫拖住你一年是一年，把你拖走了你還怎麼修西湖？他在杭州的土霸王地位，比你刺史的地位要牢固得多！」

蘇軾軟了下來，不無疑慮地說：「如此看來，這個錢伯溫倒眞要認眞對付。修湖越早越好。」

惠思說：「子瞻！不僅僅是時間快慢問題。錢伯溫不止有這一個招術，他還在和柳暮春聯起手來，對你施放暗箭，就是羅織你反對變法、結黨營私、譏諷朝政、欺君罔上的罪名。」

「去年冬天，你邀約柳子玉、孫莘老、陳述古和柳暮春一道同遊西湖，或者說是爲修治西湖而考察西湖，這乃是聰明人幹的大傻事，已經給柳暮春羅織你『結黨營私反對變法』的罪名提供了口實。試想，你幾個人不都是因反對王安石急進變法而被貶出京的嗎？老衲再三責怪你往訪來遲，絕非妄自尊大，辱沒於你。實在是想救助於你，維護於你。你若是早早來訪老衲，老衲一定不讓你邀伴共遊西湖……」

這下子蘇軾有點害怕起來，回想自己在朝爲官幾年的經驗教訓，那便是：明槍易躲，暗箭難防。那個關於「往復貫販私鹽」的明顯陷害，竟然一下子耽誤了自己在朝廷的寶貴兩年，結果還是個「水落而石不出」，多麼令自己寒心。

如今，柳暮春和錢伯溫又在羅織自己欺君罔上的罪證，難保有一天不被他們暗箭射傷！

蘇軾心有餘悸地說：「感謝大師的教誨提醒，我至今還怕謝景溫誣陷我『往復貫販私鹽』的大黑鍋。難道，我修治西湖的決心要被錢伯溫之流扼殺了嗎？」

惠思斬釘截鐵地說：「不！西湖一定要修，也一定能修好。老衲送你十二個字三句話的策略：『狐假虎威』、『巧取豪奪』、『謹言慎行』！子瞻當諒解我用貶義之詞，而行褒義之實！」

蘇軾興奮起來，歡聲說：「洗耳恭聽，請予賜教！」

惠思說：「先說『狐假虎威』。我把你蘇子瞻比做狡猾的狐狸，借重皇上的虎威行事。你奏請皇上恩准修湖，歷數一百八十多年來未修西湖而害國害民之史實，不怕說得過份激烈些，務必要說得皇上動心而恩准。皇上恩准修西湖，豈是錢伯溫之流阻止得了？這『狐假虎威』是借貶義之詞行褒義之實吧？」

蘇軾雀躍起來：「大師賜教，茅塞頓開！」

惠思說：「再說『巧取豪奪』，雖然也是貶義詞，但其奪取的對象就是錢伯溫之流惡富，便成褒義行爲。老衲估算，子瞻所需修湖銀兩當在三十五萬兩以上。你可申請設立修湖地方稅捐，比如西湖葑田四千畝，按每畝每年收稅若干，上溯五年統繳。再如，按富戶與貧戶分等認捐，重點是富戶。總之要把三十五萬兩分攤收繳，申請呈報皇上恩准，專款專用。資金便有了著落，不用發愁。」

蘇軾激動不已，說：「大師籌謀，高屋建瓴。」

惠思說：「最難的是最後四個字：『謹言愼行』。子瞻你才高八斗，文無遮攔，口無遮攔，最容易惹禍。爲了不影響修治西湖這個千秋大業，子瞻你要注意三點。其一，近一、二年不要鏤刻自己的詩詞出版印行。其二，這兩年內你與朋友詩詞唱和要選準對方。其三，千萬不要再邀柳暮春、錢伯溫圈子裡的人參加你的遊覽、唱酬、交際活動，以免引狼入室，防不勝防。子瞻！老衲最擔心的是這一點，怕你難以謹言愼行！」

蘇軾鄭重地拱手施禮說：「惠思大師！聽君一席話，勝讀十年書。下官可向大師立誓：一定謹言愼行，兩年之內把西湖修好！」想想又補充問了一句：「依大師看來，挖取西湖中的淤泥是不難處置的吧？」

惠思說：「我問子瞻一句話：你在四川眉山老家一、二十年，難道從沒見過農夫挖田爲塘嗎？」

蘇軾想想說：「見過一、兩次。」

惠思說：「他們把挖出的泥放在哪裡？」

蘇軾說：「堆在塘的四周作塘堤！」

惠思說：「西湖周邊三十餘里，來往諸多不便。若能在中間從南至北修築一座十里長堤，不是方便得很嗎？」

蘇軾猛拍一掌說：「大師教言，醍醐灌頂：挖湖泥而築長堤！……」

42 奏本修湖已承恩准 三官三妓節外生枝

蘇軾按照惠思提供的計謀，迅速採取行動，於春末夏初完成了計算、丈量、稅捐設立、資金籌措等項準備工作，向朝廷呈送了一份《奏修杭州西湖狀》。

……本朝自國初以來，對西湖稍廢不治，泥淤積澱，水涸草生，漸成葑田。微臣自到任杭州通判以來，經實地丈量踏察，西湖已積淤其半，葑田達二十餘萬丈。不僅原受灌溉之利的一千多頃農田深受乾旱之苦，且民用六井之水日見乾涸，混濁成漿，居民多稱不便。蓋自晚唐二修西湖至今，又已一百八十餘年矣。已到非三修不可之時期。

臣已計算得知，為恢復對一千多頃農田之灌溉，須用工二十五萬餘個，用銀三十五萬餘兩，需時二年。

所需之銀兩，並非仰仗國庫撥付，乃由本府治內自籌。來源有四：其一，補徵湖內葑田業主之租稅，按每畝一斗計算，上溯五年，一次繳納……

跪祈聖上於西湖浚治之前勿調徙微臣之職位。

熙寧治下杭州通判　蘇軾

附：杭州西湖浚修實施計畫……

蘇軾這份奏狀，借助了年輕的神宗皇帝趙頊自詡中興大宋之強烈願望，利用了王安石變法急需改變現狀之務實作風，順從了不動用府庫銀兩而又能提高皇權威望之施政需要，因而無人敢於公開阻攔，且迅速得到趙頊的御筆批示：

照准迅速實施，隨時呈報進展實績……

蘇軾如獲至寶，將早已擬就的一系列修治西湖的告示發布出去。杭州市內及其屬下州縣，輿論立刻大嘩，百姓奔走相告，富戶喪氣垂頭，但無人敢公開反對。連錢伯溫也不敢抗旨。高僧惠思的第一個高招「狐假虎威」成功了。

掘湖泥而築長堤，蘇軾計畫在五月初春種插秧之後就開始動工。時在熙寧五年即公元一〇七二年。眼下已是四月開初，離蘇軾計畫動工的日期只有一個多月了。

這時正是惱人的梅雨季節。

誠如宋朝開國初年的陸佃在《物性門類》一書中所說：

江湖兩浙四、五月間，梅欲黃落，則水潤土溽，蒸郁成雨，謂之梅雨……

這雨不大不猛，卻是下得綿長，淅淅瀝瀝似無窮盡。

一輛豪華的帶篷馬車，在雨中緩緩行駛。車篷用木製成屋頂式坡形，做工精細，紫絳色油漆漆得放光，滴水不漏。

前面駕車人的座位上，有不漏水的雨篷遮攔。這遮棚的檐口前面，雕成了向上翹曲的兩角飛檐。車棚後端兩個角，則雕飾成兩個駝峰的形狀。這駝峰高過前檐翹角許多。整個車篷頂上明顯地後高前低，有一種向前奔馳的感覺。

爲了突出棚頂像屋頂的造形特徵，在車頂正中立著一個葫蘆形的尖頂。與車子通體的紫絳色不同，尖頂漆的是亮麗的明黃色。

車體非常寬大，裡面有五個座位。其中最靠後的是一個雕成獅虎圖案的特大寬座太師椅，前面兩邊各二個是小得多的帶靠座位。

這車便是錢伯溫的專用馬車，用三匹馬牽引，需要時可以奔馳如飛。

錢伯溫經常向人炫耀，這便是按照吳越國王用車的圖式製造的錢氏輿車。東內後座是吳越國王，前面邊廂四座是國王的近侍。後座其所以特別寬大，是爲王后有時要隨車出行而準備，國王與王后同坐一椅而綽綽有餘。只是昔日後座花飾是龍鳳呈祥，那是只有君王才能享用的圖飾。如今自己沒有吳越國王的封號，後座圖飾自然只能改成「獅虎戲球」。

此刻坐在車內獅虎座位上的正是錢伯溫本人。前面四個座位上，一個是他的女婿柳謀順，另三個是他花重金買來的天姿國色的妓女。中間空處，放著價値各爲三萬兩銀子的三箱珠寶。整個加起來，三個女人和三箱寶物共値十多萬兩銀子。但對他錢伯溫殷實的家產來說，這不過是九牛一毛。

五個人坐在車內全都面色深沉，各人有各人的心事。

錢伯溫與柳謀順岳婿心事相同，但在三個買來的女人面前不好說得。

三個女人原先都是高等妓女，國色天姿，歌舞彈唱皆絕。如今因家庭各遇大災，願意賣身作妾。被這位錢大富翁花高價買了來，早已言明是送給官家作妾。在買主東家錢伯溫面前，實際上只是女奴而已，能隨便開口說話嗎？三個女人原先互不認識，又能互相攀談嗎？就算她們三人原先是知心好友，如今在主人面前作奴才，又能夠放肆交談嗎？所以車內鴉雀無聲。

車外雨下個淅瀝不停，人也愁思不斷。錢伯溫坐在獅虎大椅上閉目養神，回顧著這些天裡發生的變故，他把蘇軾恨得咬牙切齒。

蘇軾借來了皇權威勢，何止是諭示西湖葑田全部停耕，還公布了繼唐朝李泌、白居易而三修西湖的雄心大計。

最可惱的，是爲籌措修湖資金三十五萬兩銀子，經皇上恩准設立許多項目的稅捐，其中涉及他錢伯溫的就有三項，即西湖葑田三千畝補稅上溯五年共計多少多少；他錢氏在各地的田莊得西湖灌溉之利後預收五年修湖捐款多少多少；杭州地區按貧富劃等，錢家劃爲首富甲級，該捐修湖款多少多少……三項累計爲三萬五千兩紋銀。

蘇軾派專人將繳銀通知單送到錢家，勒令其在一個月內繳訖，也就是在正式動工修湖前繳訖。

錢伯溫並不心疼錢，他是覺得嚥不下這口氣。本來，修好西湖除了減少他西湖內三千畝葑田每年三十萬斤稻穀收入之外，對於他散於各地的幾百頃農田還大有好處，使之可以得到及時灌溉，確保抗旱豐收。但那些田多已租佃出去，他錢家並不直接耕種，旱澇豐欠均與他無關。他的田租早已寫進租佃契約，乾濕無減。

如今蘇軾不認佃戶那筆帳，只收田莊主人的灌溉受益酬報銀錢。

錢伯溫心裡很明白，修治西湖總資金是三十五萬兩銀子，攤到他個人名下三萬五千兩是十分之一。其實這三十五萬兩全由他一個人出也是區區小事，氣就氣在蘇軾眼中沒有他錢伯溫。

今天，他竟然要用十萬多兩銀子作賄賂，希圖阻止那修治西湖的三萬五千兩攤銀支出，明明做的是大虧血本的買賣。相當於一個愚蠢人，用十萬兩銀子去買三萬五千兩的貨物。可是他錢伯溫偏偏願意這樣做，豈不是怪事一樁嗎？

其實他錢伯溫如意算盤精得很，他知道，只要西湖修不成，只要能把蘇軾趕走，他今天所花的十多萬兩銀子會很快在其他方面撈回來。何況花十萬兩銀子能進一步結交地方官場上三個實權人物，其好處就不是銀子錢財所可比擬了。

錢伯溫今天要賄賂的三個地方官，是江淮路轉運使沈立之、江東漕臣張靚和兩浙鹽事提舉盧秉。三個女人三箱珠寶，錢伯溫要分別送給這三個地方官。

這三個官中的關鍵人物是沈立之，作爲江淮轉運使，凡是京都總發運使薛向那裡開來江淮路的要貨清單，均由他沈立之負責採買。沈立之很早就會把要貨的名稱數量告訴柳謀順；柳謀順便低價囤積，到時高價銷售，賺頭很大。當然柳謀順要給他沈立之分成。

江東漕官張靚，掌握的是漕運貨物進京的實權。什麼時候來船裝貨，什麼地方啓運停航，都由他一手操辦。他要是覺得某漕運航道的水太淺，或是某航道的寬度不夠，報呈修浚，定能迅速得到朝廷批准，付諸實施。

無論是某路發運使或是某處地方官，最怕的也就是張靚擁有的這個特殊權力，弄不好就全盤打亂了地方施政的部署。

兩浙鹽事提舉盧秉官不大，權不小。

鹽是上至皇帝下至黎民餐桌上不可缺少的調味品。看是調味，用量也微，只因人丁繁盛，天長日久，總需求量卻十分可觀。

浙江杭州是臨海產鹽區，供應京城、通都大邑及廣大農村，須臾不消斷缺，所以食鹽自古歸官府專營。

盧秉提舉兩浙鹽事，握有很大的實權。只要他參奏說，誰阻礙了食鹽的曬製、裝船和發運，誰就有掉腦袋的危險。他若是參奏要某某地方調集多少人伕修浚運鹽的河流，那就什麼其他政務都得讓路。

錢伯溫選中這樣的三個人來阻攔蘇軾修西湖，當然是要下大本錢了。

早幾天已經約好，今天三個地方官都到杭州北城挨運河很近的鎮海樓酒家聚會，名義上是老友敘情，不談公事。於是沈立之按柳謀順的計畫通知了其餘二人，今天不著官服，都穿便衣，並且都是獨自前往，不帶隨從和夫人侍妾。所有的開支均由錢伯溫包辦。

上午巳牌時分，錢伯溫的三乘豪華馬車抵達酒家門口，鎮海樓鍾老闆早已在酒家門外施禮相迎。鍾老闆笑盈盈地說：「錢大東家能親臨敝處宴請達官顯貴，眞使敝店蓬蓽生輝。敝店謹遵柳大公子的吩咐，全店虛席以待光臨。現請錢大東家進店一一過目，再作鋪排。敝店管保諸位滿意。」

錢伯溫笑笑說：「鍾老闆是自家人，就不必如此客氣了。」

進得酒家，但見張燈結綵，燭光亮堂，窗明桌淨，滿室芳香。原是鍾老闆別有心計，在店外兩旁種植了四株忍冬（金銀花），將長長的藤蔓從窗戶引進廳裡，架在牆上。

這種植物因越冬不枯而有「忍冬」之名。卵形小葉，四季常綠，可供觀賞。如今暮春初夏，正是忍冬開出長筒狀合瓣花的時期，花從葉腋上開出，每個葉腋都有一叢花，花有黃白二種，同株相間開放。世人以其黃花像金、白花像銀而俗稱其爲金銀花。金銀花其香淡雅，甚爲佳妙，聞嗅著極其舒服。

錢伯溫平時待客都在家裡，家裡山珍海味四時不缺，名廚衆多，色香味各有特點，所以他幾乎從不到飯店酒樓去宴請客人。他認爲自己家裡炊廚不比任何酒家遜色。

今天自是不同，因要給三位官員贈送特殊禮物：美女侍妾，在家裡因有衆多妻妾就很不方便了。若是到三位官員的任何一家去，他們原先成群的妻妾便難免爭風吃醋了。

於是錢伯溫今天選定了這個鎮海樓酒家，出高價將酒家上上下下全部包下來了，其實只宴請三位官員。

錢伯溫領著三個絕色女子，下馬車進了鎮海樓酒家，柳謀順便又坐著馬車挨個兒迎接貴客去了。鍾老闆自然派下人幫錢伯溫把三個珠寶箱抬進了酒家。

錢伯溫第一次到鎮海樓來，一進廳堂便被金銀花的色和香吸引住了，忙對店老闆說：「鍾老闆眞是經商高手，別出心裁，這金銀花既好看，又好聞，還吉利，顧客豈能不喜歡？」

鍾老闆說：「托錢大東家洪福，今天這金銀花，是格外芳香撲鼻了。」接著向錢伯溫介紹了今天魚翅海參大全席的情況，問錢伯溫還要不要做些改動或添加。

錢伯溫說：「鍾老闆如此善於經營，我這外行人就不饒舌了。照你的安排辦吧！」

過了不到一個時辰，柳謀順已把三個官員請到。錢伯溫又領著三個絕色女子出門，在門口迎接貴客。

錢伯溫一個一個的叫著客人的名字稱兄道弟，而隻字不提他們的官銜，這樣顯得隨和而親切。

錢伯溫說：「立之兄高大健壯，這位豐滿的阿春姑娘和你搭配相當，今天就由她爲立之兄陪酒了。張靚兄筋骨結實，這位苗條的阿秀姑娘陪你喝酒最合適了。盧秉兄高矮適中，這位在女人中也是高矮適中的阿蘭姑娘很適合你，陪你飲酒自然是她的事了。哈哈哈哈！請各位先到小客廳裡坐坐，敘談敘談，到午時正點上席吧！」

高大的沈立之是山東的大個子，說話直爽不轉彎，他指著阿春、阿秀、阿蘭三個人，對自己的兩位同事說：「張靚兄、盧秉兄都看見了，就憑伯溫兄為我們三人挑選到最中意的陪酒女伴這一點看來，伯溫兄實在有經邦濟世之才略，不愧為吳越國王的後代啊！哈哈！」

瘦削的張靚，眯著一雙色眼，盯住秀色可餐的阿秀說：「伯溫兄只怕沒想到吧，你為我選的這一個阿秀，能把我家裡的一群妻妾全比下去。看著她就飽了肚子，你今天備的宴席可不要太豐盛囉！哈哈！」

沈立之脫口就反駁：「伯溫兄別聽張靚兄瞎扯了，宴席太簡省了不行，我這山東大漢可是個大肚漢啊！哈哈！」

張靚說：「沈兄不必擔心，不是有句成語說『秀色可餐』嗎，沈兄你多朝你的阿春看看，只怕還沒開席你就已經飽了。哈哈！」

幾個人邊說邊走，進了酒家的小客廳。

滿臉橫肉而又矮壯的盧秉，連笑著也是一臉兇光。錢伯溫說他高矮適中不過是恭維而已，他實際上矮又壯，像個矮冬瓜。他撇撇嘴不屑地說：「沈兄和張兄恐怕會空歡喜一場了，伯溫兄只是要這三個女子來陪我們喝酒呢，未必……」言下之意是說：「未必你們還妄想把她們帶回家去陪寢不成？」

錢伯溫自然聽得懂盧秉話裡的含意，馬上明確宣布：「三位仁兄，在下把三位先請到小客廳裡，正就是為說這件事。錢某往日承各位仁兄照拂有加，使錢某心裡甚覺過意不去。今天給三位請來的陪酒姑娘，實在便是在下為三位敬獻的侍妾。這三位女子都能歌善舞，精於彈唱。獻妾之事其所以未先說出來，是有恐不合三位仁兄的心意。現在正式問問三位仁兄，合意還是不合意？」

沈立之興趣盎然，大咧咧地說：「伯溫兄，只怕我們合意了，姑娘們不合意也是枉然。牛不喝水強按頭，同床共枕也索然寡味。」

張靚隨聲附和說：「誰說不是這樣呢？」

盧秉一開口便是橫腔蠻調了：「我就說不是這樣！本官提舉兩浙鹽事，誰瞧不起我，我就斷他的食鹽，讓他一輩子吃淡。我就不信阿蘭敢說一句不願跟我同床共枕！」

盧秉惡狠狠說著，眼內兇光更其歹毒，表明他是一個暴君式的鹽官。

錢伯溫注意到了，分派給盧秉做小妾的阿蘭渾身在微微發抖，生怕繼續深談這方面的事情會生出變故來。萬一阿蘭在此種場合發了憨勁，誓死不從，那就前功盡棄，白費了許多銀兩和心機。於是趕緊說：「三位大人儘管放心，這三個女子家裡都遇到了不同的困難，在下已把她們買下來，分贈給三位朋友，已和她們簽了賣身契約。她們能與三位兄長共偕連理，也是她們的大福氣呢！」

錢伯溫一邊說，一邊掏出三人已畫押的賣身文契，分別遞給了沈立之、張靚和盧秉。

三人一看，心裡踏實了，興致勃勃，爭著誇讚說：「伯溫兄辦事如此細密，我們原來可是沒有想到哦！」

錢伯溫又喊女婿說：「謀順快去叫人把三個小箱子抬進小客廳來。」

柳謀順應一聲，很快便叫人抬來了。

錢伯溫說：「打開吧！」

柳謀順掏出三把鑰匙，分別把三個箱子打開了。

三個官員全都看傻了眼，一個個瞪了眼合不攏來，他們還從沒有這樣貼近看過如此多的寶物：珍珠、翡翠、瑪瑙等，全都耀眼放光。

錢伯溫說：「這三個箱子裡各有三萬兩銀子的珠寶，三位仁兄儘管放心，這不是我送給三位朝廷命官的物品，根本扯不上賄賂收買云云。乃是我送給三位姑娘的陪嫁禮品，萬望三位仁兄代為笑納。」

「三箱不分上下彼此，賢婿你把箱子鑰匙交給三位官家仁兄收下吧！」

沈立之、張靚、盧秉三人，既得美色又得財寶，能不把錢伯溫引為最知心貼肉的朋友嗎？能不盡心盡意為錢伯溫辦事嗎？可是三個人的說話表達方式，就因各自不同的性格而表現各異了。

沈立之在三人中官最大，山東大個直爽慣了，他說：「我們這裡八個人，伯溫兄和柳大公子是兩翁婿，我與阿春、張靚兄和阿秀、盧秉兄和阿蘭，已經是三對夫妻，我們關起門來在小客廳裡，等於是自己一家人說話了。一家人說話不含糊其詞，我也就有話直說：伯溫兄只怕是蘇軾要查禁西湖葑田，又還要你伯溫兄出幾萬兩銀子去修西湖而傷腦筋了吧？這事我們是局外人，感覺不到其中的利害關係，也就不知道要怎樣才算幫上了你的忙，你就自己說吧，你想怎麼辦？我想，以我們三個掌管地方某項實權實事的地方高官，除了要我們明目張膽公開殺掉蘇軾之外，其他似乎就沒有我們辦不到的事了。」

因色迷過度而十分瘦削的張靚，早就心裡癢癢。他是掌管漕運的江東漕臣，把話說得既含蓄又使人明白無誤。他說：「伯溫兄，現在沈兄把話挑明了，我也不妨直說，莫說你還轉彎抹角給了我們這麼重的財禮，就單憑一個阿秀的美貌，已使我心蕩神馳了。我因此而甘願為錢兄效犬馬之勞。打個比方說，如果某個人在錢兄那裡是眼中釘、肉中刺，我要除去他是易如反掌。此地不行有彼地，漕運航船一走，立刻就地北天南。某處某個人失蹤了，只怕他連屍首都無從找到；就算找到了，早已在千里之外，並且面目全非，根本無從辨認了。」

矮胖而醜陋的盧秉是個更兇殘狠毒的人，他以兩浙鹽事提舉的身分，三句話不離鹽。他說：「皇上早有聖諭：鹽是人之命脈，國之筋骨。哪個敢動這命脈筋骨，我就敢要他的狗命。錢兄你快說，蘇軾是不是非除去不可？要除去一個刺史知州，借刀殺人是最好的方法。借了皇上的寶刀來殺一個知州，只不過如路人踏死一隻螞蟻。」

錢伯溫連忙說：「諸位仁兄言重了，言重了。」他心裡十分明白，這三個人都是說得出做得到的狠手，但蘇軾很得民眾的歡心。他才來杭州半年多就已聲譽卓著，他成功地救治了八、九千時疫病人，還使杭州醫藥界在李小乙、洪阿毛、金百萬三人聯手合作的帶領下，朝著微利經營、治病救人的方向努力。對這個蘇軾不可等閒視之，更不可魯莽採取「消滅其人」的辦法。就是想採取這種「消滅其人」的方法，也不一定能消滅得了。

江東漕臣張靚的辦法是暗地綁架蘇軾到漕運船上，載去別處殺害，消屍滅跡，這辦法就肯定難以行得通。錢伯溫早已派人打聽到了，蘇軾已與西湖中孤山上智果觀音院的高僧惠思交上了朋友，惠勤、惠思是可以隨來隨去的得道高僧，他們只怕早就暗中在扶助和保護蘇軾了。要不然，惠思怎麼會派他的高徒參寥出馬，一口痰吐得金百萬背上生瘡，不得不乖乖地拿出一千五百兩銀子，以捐助救治時疫病人呢？一個徒弟參寥尚有如此了得的本領，那師父惠思和師伯惠勤就更可想而知了。

錢伯溫想到這些在心裡發笑，張靚所說那「綁架蘇軾異地殺害」的辦法實在是愚蠢至極。

再看盧秉那借皇上之刀來殺蘇軾的方法，更是幼稚可笑，任你怎樣誣告蘇軾，皇帝就聽你盧秉一個人的嗎？蘇軾就不會辯白嗎？可見盧秉也是愚蠢到頂。

錢伯溫自己想的辦法要高明得多。他按照事前想好的計謀往下說：「三位仁兄願出手幫忙已是我錢某的萬幸。依在下看來，目前黃梅雨已到結尾階段，蘇軾打算雨季停止後便馬上動工修湖。我想，三位仁兄聯合起來想個辦法，能阻止蘇軾修湖就行了，何必要當做眼中釘肉中刺來消除呢？」

沈立之想了一想，認眞地說：「使蘇軾修不成湖的方法只有兩個：一個使他病倒，一個使他離開。」

張覯說：「第一個法子不行，蘇軾連幾千人的時疫病症都對付得了，他難道想不出辦法治好自己的病麼？又有什麼法子可以使他生病呢？惠勤、惠思、參寥這些高僧是蘇軾的朋友，就不會幫助他嗎？只有用第二個法子：叫蘇軾離開杭州。」

盧秉說：「這好辦，我們想辦法派人暗地做幾起殺人放火的大案子，叫蘇軾去查，去辦，去應付，叫他沒有時間修湖。」

沈立之說：「盧兄這辦法不妥，眞作出案子來，並不一定要蘇軾親自查親自管。就是要他親自判案，也是班頭、捕快等人抓到作案兇手之後才交他去審。你這辦法根本不能使蘇軾離開杭州。」

張覯說：「我看伯溫兄你就不要讓我們打啞謎了。這事與我們無關，我們一時想不出好主意。伯溫兄爲這事自是日思夜想，一定早已想好了主意，你就直說好了。」

盧秉說：「對對，蘇軾禁田修湖，都傷著錢兄的命根子，切膚之痛，便想得出萬全之策，說出來我們照辦就是了。」

錢伯溫說：「既如此，我就不客氣了。」轉身對柳謀順說：「賢婿你就把我們商量好的辦法說出來吧！」

柳謀順輕輕咳嗽了兩聲，把喉嚨清理了一下，胸有成竹地說：「我和岳父大人商量的結果，是請三位大人各自運用手中的權力，借重皇上的威權，把蘇軾暫時調離杭州。盧秉大人提舉鹽事，你可首先提出鹽務緊急，要求加強漕運；漕運大臣張靚大人就說某一段運鹽河堵塞嚴重，亟需修浚加深加寬，向轉運使沈立之大人提出修河的動議；沈大人便向皇上呈報修治運鹽河的奏章，將漕運大臣張大人和提舉鹽事盧大人的折子一起奏呈皇上。這樣，皇上還能不著急嗎？沈大人可在奏章中直接提出要蘇軾親率二千壯勇農夫前去某地修河，一去就不讓他走，只說修的河還不夠寬不夠深就行。這不就神不知鬼不覺，把蘇軾調虎離山了嗎？他一走誰還管得了修湖之事！只要他一過夏天修不了湖，西湖葑田照種不誤。明年，又想個新辦法把蘇軾調離一次就行了。」

錢伯溫插斷話說：「幾位大人響鼓不用重敲，還用謀順你再說明年後年的事？眼下只要三位大人決定，要蘇軾帶人去修哪一段河爲好。」

張靚脫口而出：「這個現成就有，仁和縣湯村鎮！那裡是通往湯鎮、赫山、岩門三大鹽場的關口，那裡一次足可以擺開二千民夫的修治工地，管保叫蘇軾八個月內抽不開身，他今年修治西湖便是一場夢幻。我馬上寫奏摺。」

盧秉說：「我也馬上寫，只說京都和各地通都大邑缺鹽爲甚，正要在產鹽地區加緊徵鹽，哪怕弄得產鹽地區三個月不知鹽味，才更顯出修河運鹽刻不容緩。皇上便會更著急頒下詔令，叫蘇軾領了民夫去修運鹽河。」

沈立之高興地歸總起來說：「一切都順理成章，湯村鎮歸仁和縣管，仁和縣歸杭州府管，杭州又在本轉運使轄區之內。只等二位把摺子寫來，我的奏章馬上寫好。奏章標題我都已經擬就，叫做：『鹽事星火急，奏請急修河』……」

修河運鹽奸計得逞 莫名其妙蘇軾失蹤

蘇軾做夢也沒想到，正當他準備在黃梅雨停止後正式開修西湖之前，一道詔令來到，皇上命自己火速調集二千民夫，並親自率領去本府治下仁和縣的湯村鎮開修運鹽河。其銀錢開銷由國庫撥付，暫由杭州府墊支，隨後將下撥補足。

時間極緊，要求接到詔令後立刻行動，不得有誤。鹽事乃國之命脈，誰敢稍有懈怠推拖？

蘇軾長嘆一聲：「唉——天不助我！修湖要推到明年了。」

四月上旬，蘇軾征集的民夫出發了。杭州去仁和縣湯村鎮有一百多里路。二千多民夫分別由杭州治下的幾個縣攤派，其中杭州本市及郊區去的有八百多人，蘇軾騎著馬隨著這八百多人一路出發。

蘇軾坐在馬上，煩躁不安，想著心事：自己居官杭州刺史，卻不能做自己想做的官務，還得聽從皇上的調遣。這與漢朝的四川同鄉司馬相如（字長卿）的蕭散自由比起來，眞是相差太遠了。與其這樣身不由己，倒不如學晉朝彭澤縣令陶淵明，早早地「歸去來兮」，辭官而去……可自己卻沒有這種辭官歸去的決心，眞是愧對陶淵明老先生了。

一路上，看到農夫已在加緊耕耘，蘇軾又想到，比起修運鹽河來，農耕其實更重要。古人有云：耕作的第一要訣便是不違農時……可如今誰管這個，硬是先要抽了人去開修運鹽河。

蘇軾將這一路所思所想吟哦成爲詩句：

居官不任事，
蕭散羡長卿。
胡不歸去來，
滯留愧淵明。
鹽事星火急，
誰能恤農耕……

幾百人走在泥濘未乾的路上，鬧哄哄地艱難行進。泥路由於千千萬萬的腳趾踏踐，形成溝溝坑坑。偏偏這時又下起了零零星星的小雨，水滴下垂，淋濕人人的衣襟。

蘇軾繼續將眼前所見吟出詩句來：

薨薨曉鼓動，

萬指羅溝坑。
天雨助官政，
泫然淋衣纓……

湯村鎮的運鹽河原已不窄不小，可以並排過得五艘運鹽船。但是沈立之、張靚、盧秉三個實權官員的目的只是把蘇軾調離杭州，使他不能去管顧查禁西湖葑田和修治西湖的政事，當然會想方設法提高工程的要求，儘量延誤蘇軾返轉杭州的時日。

場面浩大的開修運鹽工程正式開始了。

蘇軾騎馬視察，下馬上了河堤。但見一、兩千人擺開在只有二里多路的河堤上，人擠人像是趕集。民夫們完全和弄泥的雞鴨和拱土的豬一樣，互相之間把泥水濺得滿臉滿身。

於是，蘇軾又把好多天前帶領民夫趕在路上未作完的那首詩，接著吟下去了：

人如鴨與豬，
投泥相濺驚。
下馬荒堤上，
四顧但湖泓……

河堤本來就窄，挑泥運土的民夫們往來穿梭，每人分占的路如一條線，左右動彈都礙手礙腳……忽然又來了幾隻牛和幾隻羊，民夫們不得不佇足讓路。

蘇軾浮想聯翩，自己也側身其間雜然相處，眞還不如像陶淵明那樣退隱歸田。那樣雖也低賤受辱，但終究是自由自在的人身，走著寬大舒適的道路，不像這樣在泥濘中擁擠不堪。

遙想那些在山野中的朋友，眞該勸他們一勸，即使是只有藜草胭脂茶，飲粥呑羹，那也是厭棄不得的自由生活。

蘇軾又得到新的靈感，繼續吟完前面那未完成的詩作：

線路不容足，
又與牛羊爭。
歸田雖賤辱，
豈識泥中行。
寄語故山友，
愼毋厭藜羹。

蘇軾終於把這一首《湯村開運鹽河雨中督役》詩作完成了。

突然，河堤上一個老婦，遠遠地啼哭著喊叫而來：「啊啊！天哪！我的兒子呢？我的兒子呢？」

蘇軾仔細一看，那老太婆原是被兩個差役押解著。老太婆滿頭白髮，跌跌撞撞，一個差役用繩子牽著她，趕她走。老太婆一邊走著一邊號啕：「啊啊！天哪！我沒有殺我兒子啊！我沒有殺我兒子啊！……」

蘇軾好生奇怪，哪有母親殺兒子的事情？

眼看兩個差役押著老太婆要下堤從另一條路上穿過去，蘇軾緊趕幾步上前問話說：「你們先站著，這個老太婆是怎麼回事？」

兩個差役不認識蘇軾，以爲他不過是督察修河的小官而已。仗著自己是兩浙鹽事提舉盧秉的部下，趾高氣揚，對蘇軾說：「你別狗拿耗子多管閒事！」

蘇軾氣惱地說：「休得放肆！爾等是仁和縣正堂之衙役嗎？」

兩個衙役倚仗權勢耍橫說：「是又怎樣？不是又怎樣？」

蘇軾大喝一聲：「大膽！給我拿下！」

魏班頭領著幾個知府衙役迅速趕來，將兩個鹽事衙役和被他們押解的老太婆一同捉住了。

蘇軾厲聲囑咐：「押至仁和縣堂，聽候本府發落！」

說完迅即返回堤上，交代杭州府主簿邵伯懷暫代在堤上督役，蘇軾便去騎馬，趕去仁和縣堂問案。

兩個鹽事衙役一個叫劉二，一個叫洪三，看見蘇軾原是州官，而且動了眞氣，也便開始膽虛。趁蘇軾上堤交代事情之機，劉二對洪三說：「洪三快跑！快跑！去叫提舉大人到仁和縣堂來！」

洪三本來就有牛勁，知府衙役也沒認眞抓他，他便趁機掙脫逃走了。

一聽劉二的叫喚，魏班頭知道這二人原是盧秉的手下。素聞盧秉蠻橫粗野，仗著管鹽商鹽稅的實權，常常不拿地方官放在眼裡。對老百姓就更不在話下，經常辱罵拷打，追逼鹽稅。魏班頭怕蘇軾沒有思想準備要吃虧，便快步跑過去趕上蘇軾說：「這兩個衙役是鹽事提舉盧秉的手下，已跑走一個報信去了。」

蘇軾擲地有聲地說：「官府辦案，向來屬地不出圈，他一個鹽事提舉，怎敢縱容手下在我治下隨便抓人，還不讓我過問？不管他！」

從湯村鎮到仁和縣城才一、二十里，蘇軾與押著老太婆的魏班頭一行人，不到一個時辰便到了。

誰知盧秉更先到了，正和仁和縣令袁發祥發生爭執。

盧秉噴痰噴水說：「貴縣治下刁民頑婆抗繳所盜官鹽，還動手殺死了自己的兒子，貴縣難道不應嚴辦？」

袁發祥毫不退讓地力爭：「治罪按律，律便已嚴，這『嚴』上加『嚴』該作如何解釋？」

盧秉早已知道蘇軾要來，他受了錢伯溫的財色賄賂，正要找蘇軾的岔子。他聽了洪三的稟報，搶先到了仁和縣堂，本想給縣令袁發祥一個下馬威，沒想到被他軟釘子頂回來了。一看蘇軾走進公堂，盧秉迎著他說：「蘇大人的知府衙門，好像是在杭州吧？怎麼到這仁和縣正堂來辦案？」

蘇軾反唇相譏說：「本府公堂雖在杭州，尚有公堂可辦案。仁和縣乃本府治下，本府借用其公堂辦案，也在情理之中。然而，盧大人只管鹽事，並無辦案之公堂，怎麼也抓人辦案？而且縱容手下人驕狂至極，在本府治下辦案還不准本府過問，這又符合哪一項律條？起碼是盧大人對屬下管教不嚴吧？」

盧秉蠻橫強辯說：「蘇大人不得強詞奪理！正是貴刺史治下仁和縣境內有刁頑百姓蔡老太婆抗繳所盜官鹽，還動手殺死了要繳私鹽的兒子。本官令屬下將蔡老太婆拿下，蘇大人怎麼反咬一口，說本官對屬下管教不嚴呢？」

蘇軾說：「盧大人如此說來，案情便生了疑義。世人都道母愛彌親，虎毒亦不食子，蔡老太婆若非瘋癲，何至於殺死兒子？盧大人的一面之詞不足爲憑。然而，盧大人手下對本府當面忤逆，並有凌辱言詞，至少有百數人親聞親見，此非盧大人對屬下有管教不嚴之責任嗎？」

盧秉說：「你我之間，唇槍舌劍，終究只在皮毛。如今殺死兒子的蔡老太婆既已帶到，當堂審問，便明事理。」

蘇軾說：「如此說來，袁縣令你且坐堂問案，本府旁觀督察。」

袁發祥坐了正堂，令手下在東西二廂給蘇軾和盧秉看座。審問便開始了。

袁發祥一拍驚堂木問：「下跪何人？」

老太婆回答：「湯村鎮大坳嶺蔡氏。」

袁發祥說：「今有鹽事提舉盧大人告你抗繳所盜官鹽，還殺死了要繳此鹽的兒子，你快將罪行從實招來！」

蔡老太婆說：「小人冤枉，老爺明察。」

盧秉咬牙切齒說：「死老太婆不見棺材不掉淚，劉二、洪三！還不快將罪證呈上！」

劉二、洪三每人取出一個布包來。

洪三遞上包內取出的一包鹽說：「稟縣令大人：此爲蔡老太婆兒子朱自檢偷盜的官鹽罪證。我與劉二執行公務，正是追繳他一包官鹽而到了蔡老太婆家裡。朱自檢被迫無奈，已有上繳此鹽的打算。偏偏蔡老太婆心狠手辣，從廚房裡拿一把菜刀一衝而出，一刀把親生兒子砍死，欲奪回這包贓鹽！」

劉二則從布包裡取出一把菜刀遞上說：「此正是蔡老太婆殺死自己兒子的行兇菜刀！」

袁發祥又一拍驚堂木：「大膽兇婆蔡氏，人證物證俱在，還不快從實招來！」

蔡老太婆想起冤枉慘死的兒子，眼淚又嘩嘩直流，哭訴著說：「哇哇哇哇！老爺老爺！不是這樣，不是這樣！我兒子死得冤枉，老太婆我更加冤枉！求大老爺作主！」

蘇軾說：「蔡氏！光喊冤枉管什麼用處？你將事情的原原本本講清楚，誰冤枉誰不冤枉自有大人公斷！還不快說！」

蔡老太婆自被抓以來，一直哭叫連天，被牽著走了一、二十里路，眼淚早已哭乾。經蘇軾一說，便一五一十的訴說起來：

「不怕各位大人笑話，我家裡已經三個月沒嘗過鹽味了。我家三個人是老頭子和我，還有一個獨生兒子朱自檢。我家朱老頭子已經滿了六十九歲，我五十一歲，我小獨苗崽子朱自檢是我三十五歲所生，今年才十六歲。」

「三個月不吃鹽，身上一點勁都沒有。早半個月我老頭子腳穿草鞋，腰插鐮刀，到山坳上去割野筍。他知道若是讓我和崽子曉得了便不會讓他去，便一個人偷偷上了山。可憐他年將七十，三個月不吃鹽筋骨疲軟，割一捆筍子摔了好幾跤，半走半爬才回到家裡。一家人煮著沒鹽的筍子吃，苦中作樂還說甜。偏是老頭子到底摔壞了身子，病睡不起，早十天已經過世。我和兒子沒法，用一床破席子將老頭子裹著埋在一個土坑裡。」

「今天，我兒子把打了好久的柴賣掉，賣得一千錢，他說硬要去買二兩鹽來，不然再活不下去。當初只說是神靈保佑，我兒子在鹽店外邊地上撿到了一小包鹽，就是老爺案桌上那一包，怕有半斤吧！自撿他拿了這包鹽打起飛腳往家跑，跟我說了撿鹽的事。我娘崽兩個直喊多謝老天爺！我就馬上進廚房去切筍子，準備煮一鍋放鹽的筍子吃個痛快！沒想到不久便追進來兩個公差，就是他們劉二、洪三兩個，硬說是我家自撿偷了官鹽，不聽我兒子辯解，硬要收繳歸官。我兒子不肯，拿著那包鹽就跑，洪三就追，兩個人在屋裡轉圈跑，另有劉二守住了大門。我在廚房裡聽見我兒子叫喚就往外跑，忘記放下切筍的菜刀。我從廚房裡舉著菜刀一下衝出門口，剛好我兒子也跑到廚房門口。我兒子十六歲個子不高，一衝衝到我懷裡，剛好我手裡的菜刀碰著他的額頭，當時血一冒，他就倒地下了，一下子就斷了氣。我哭得昏天黑地，暈死了好幾回，抱著我兒子屍體哭不夠。」

「兩個衙役公差明明看得眞眞切切，硬冤枉我殺死了親生兒子，抓了我來問罪。哇哇哇哇！我好命苦哇！先說撿一包鹽是天地菩薩保佑我可憐人家哩，誰知那一包鹽是閻王爺送來的索命鹽，把我崽子命索了還不夠，還要來索我！我我我……我眞冤枉啊！求幾位大老爺給我作主！」

袁發祥覺得蔡老太婆所講合情合理，一定是兩個鹽差劉二、洪三怕自己交不了差，才編出蔡老太婆殺死親生兒子的「罪過」，將老太婆抓起來了。

袁發祥暗暗思忖：如果要劉二、洪三當場承認蔡老太婆所講的事實，他們會礙著面子不認帳，或是臨時瞎編，那樣反而不好辦了。於是，袁發祥轉寰說：「現在，控告方說是故意劈殺兒子，被告方自辯是誤殺兒子，一時難以定奪。本縣將在仔細勘察之後再作判決，先將蔡氏收監！」轉頭朝蘇軾和盧秉看了一下說：「請問二位大人意下如何？」

蘇軾心裡早已傷痛起來，知道蔡老太婆沒有撒謊。這一家人的悲慘境遇值得同情。這「榷鹽法」（即食鹽專賣專運法）眞是太冷峻了。他口上說著：「就按袁縣令的斷案意見辦吧！」心裡想著：這事絕不能就此罷休！不是盧秉手下的劉二、洪三如狼似虎，硬把朱自檢當偷鹽賊追到家，絕不會發生這起慘劇，一定要追究盧秉及手下人的責任。

盧秉在心裡已經認帳，口裡卻不服輸，他吼叫著說：「蔡老太婆狡辯！即算是誤殺了兒子，這判罪也不能畸輕！」

盧秉說完，帶著劉二、洪三氣咻咻地出門走了。

蘇軾這才問袁發祥說：「袁縣令以爲此案該如何決斷？」

袁發祥說：「卑職正想就此事請示大人。」

蘇軾有心試一試他的爲官準則，故意說：「本府以爲，凡事不宜越俎代庖，你就別把我當上司看待，說你的想法吧！」

袁發祥說：「如此卑職便斗膽了。卑職以爲此案實已了結。蔡氏已有喪夫失子之痛，淒慘可憐。若再課以刑罰，實在是於心不忍。卑職準備今晚就將蔡氏放了，不然她兒子的屍體連埋的人也沒一個，將會腐臭熏天！」

蘇軾脫口而出，讚道：「好！袁縣令是難得的仁政之官，本府十分贊賞。如此我已放心，該趕回河堤督役去了。」

袁發祥眼中露出得意的神色，但只一瞬而已，便正色說：「大人稍坐片刻。卑職仰慕大人之蓋世文名，時日已久，只恨無緣得見。今有此天賜良機，大人賜步本縣，又幸得大人謬贊卑職有仁政之心，實是三生有幸。特懇請大人留詩留書以作志記。」隨即吩咐手下說：「筆墨侍候！」

蘇軾想起在西湖孤山上惠思的贈言：千萬不要留下白紙黑字的證據，於是斷然制止進去取筆墨的衙役說：「回來！無須筆墨。」又轉臉對袁發祥說：「以後見面留字的機會還多！」還是抬腿要走。

袁發祥仍不死心，執著地請求說：「大人該不是對卑職有所鄙棄吧？卑職有幸與大人同懷仁政之心，大人不賜墨寶，連口占詩詞都不留下一點嗎？」

蘇軾一想也對，於是誠摯地說：「袁縣令既如此看重蘇某的詩文，我就即興念一首七絕留贈吧！就以剛才袁縣令審案中蔡太老婆所說她丈夫七十老翁還腰掖鐮刀上山割竹筍的事情爲題吧！請聽……」

山村七絕

老翁七十自腰鐮，
慚愧青山筍蕨甜。
豈是聞韶解忘味，
邇來三月食無鹽。

袁發祥爽聲大笑，摯友般地稱讚：「哈哈！刺史大人果是出口成章之快才！巧借孔夫子聞韶樂三個月忘記肉味的典故，反其意而用之，是說老翁並非聞韶樂而忘了口味，乃因近三個月沒嘗過食鹽，以致只記得山中筍蕨的甜味了。妙妙妙！」忽又進一步挑逗說：「難得刺史大人時時均能詠事吟詩，那麼這一次大人親自督役開修運鹽河，一定是有更長篇幅的大作了。卑職洗耳虔心，願意聆聽，萬望大人不要推卻。世間難得有幾回同心同德賞詩文！」

蘇軾深有同感，世人多多，知心寥寥，眞難得這位袁發祥如此誠摯熱情，於是說：「既如此，我就把這次領著民夫修運鹽河隨口所吟一首五言古詩念念吧……」

居官不任事，
蕭散羨長卿……
鹽事星火急，
誰能恤農耕……
人如鴨與豬，
投泥相濺驚……
寄語故山友，
愼毋厭藜羹。

袁發祥送走了蘇軾，嘴角撇出一個訕笑，眼裡閃著狡黠，趕緊回到後堂住室，走進內書房，取出紙筆，把蘇軾剛才所念的兩首詩一字不差地默寫下來，並注上這兩首詩的記錄時間地點，以及蘇軾自己介紹的引發這兩首詩創作的背景資料。

原來袁發祥早已是前知府柳暮春營壘中的人了。

錢伯溫用財色賄賂了沈立之、張靚和盧秉這三個貪官，借皇權詔令之威勢，把蘇軾調離杭州，來到了仁和縣湯村鎮，督役開修運鹽河。柳暮春和錢伯溫一狼一狽，便以不同的渠道和方式密令袁發祥記錄蘇軾的一言一行。

柳暮春對蘇軾的「仁政」觀點甚爲瞭解，乃囑咐袁發祥以「仁政」的假面將自己裝扮一番，蒙蔽蘇軾，使其解除警惕，引爲同心同德之同黨，袁發祥便藉此收集記錄蘇軾的詩詞。

而促使袁發祥這樣賣身投靠柳暮春的動力，便是錢伯溫暗地送給袁發祥的一萬兩紋銀，果然是「有錢使得鬼推磨」。

袁發祥與盧秉的爭執頂撞，袁發祥審理蔡老太婆「殺子」案後的「仁政」言詞，原來都是用來蒙蔽蘇軾的假面具。

袁發祥抄記了蘇軾的兩首詩之後，重新來到公堂內室，盧秉派來的兩個親信衙役劉二、洪三已在等候了。

見袁發祥進來，劉二打千施禮說：「盧大人派小的來執行原定計畫，先向縣令大人請安。請大人將蔡老太婆交我二人處決吧！斬草除根，以絕後患！」

袁發祥搖搖頭說：「不可造次！現在我既已向蘇軾作了『立即釋放』蔡老太婆的承諾，蘇軾肯定會派人去核查。如果還按原計畫將蔡老太婆秘密處決，便會露出我們的馬腳。要改變計畫。我現在去宣布釋放蔡老太婆，說她並非殺死兒子的兇手，只是偶然誤殺，無罪釋放。讓她大搖大擺的回到她家裡，讓許多人都看見，可以作證。你二人化了裝遠遠的跟著她，等她進了屋後，將她的茅房放上一把火，把她母子倆燒一個屍焦肉臭。人家以爲她喪夫失子，引起瘋癲，或是感到自己生存無望，自己放火或失火燒死，就與我們沒半點瓜葛了。」

於是照計而行。

劉二與洪三暗地化裝去了。

蔡老太婆被重新帶上公堂。

坐堂的縣令袁發祥說：「蔡氏聽著，經本縣派人勘察屬實，你兒子朱自檢系自己偶然碰刀於額，砸口出血，自己死亡，與你做母親的無涉。本縣現在宣布你無罪釋放。你回去後要廣爲宣講皇恩浩蕩，處處報答皇恩！」

蔡老太婆喜出望外，磕了三個響頭，高聲歡叫：「感謝青天大老爺！感謝皇恩聖德！……」

起身出了衙門，蔡老太婆直奔自己在湯村鎮大坳嶺的家裡，一路上見人就說：「縣太爺是青天菩薩，斷我無罪！斷我無罪！」

一進家門，蔡老太婆覺得奇怪，兒子朱自檢的屍體已經不見了。早先兒子躺屍的地方血跡斑斑，一點兒也沒錯，血泊中正好有一個人躺過的印子。難道他沒有死？莫非被誰救走了嗎？

蔡老太婆一下驚喜起來，出門狂喊：「兒哪！兒哪！你在哪裡？你在哪裡？」一路喊著向鄰居家裡跑去。

鄰居家姓秦，男的叫秦芒，女的叫芒嫂。

這朱秦二家雖是鄰居，相隔卻有小半里遠。因這窮山坳裡不好住人，不是窮到極處不來這裡住。這二位鄰居實際是獨門獨戶。

蔡老太太一路喊著：「秦芒！芒嫂！看見我崽子嗎？看見我崽子嗎？」一逕奔到秦家屋裡。

秦家兩夫婦一起迎了出來，秦芒說：「蔡老太太！怎麼？你兒子他沒有死？」

芒嫂問得更奇怪：「自檢莫非遇到仙人搭救走了？」

蔡老太太說：「我也說不清，只知道我崽子躺倒地上的血印子都在，就是活不見人，死不見屍！來來，快跟我去看看，再幫我去找找！」

三人飛快奔出來，轉過山坳，卻見朱家的茅屋已經大火衝天。

原來是尾隨的劉二和洪三，聽蔡老太婆一叫一喊，知道出了變故，她兒子只怕沒有死，被什麼人救走了。這當然不能再等到晚上老太婆睡了再來燒屋殺人，只怕老太婆一個晚上都不會睡，甚至不再進屋呢！肯定會滿世界跑著找兒子去……這可怎麼辦？回去如何交得了差？

兩個差狗子臨時一合計，先燒了屋再說，於是兩人放火燒了屋，已從另一邊的樹林子逃回縣城去了。

這時蔡老太又哭地喊天：「天哪！天哪！誰個黑良心放火燒了我的屋？天老爺你要把他電閃五雷

轟！」

秦芒說：「蔡老太太！哭也沒有用了。反正你兒子自檢沒有死是好事。說不定你那茅屋燒了會更好，你家住那房子今年不是連遭兩災嗎？早一陣朱老爹摔倒起病死了，這次你兒子又遭了血光之災，說不定正要燒掉那霉氣！」

芒嫂順著丈夫的話說：「蔡老太太！先到我家住下吧！今天已快天黑了，明天再想法子去找自檢。」還有什麼別的法子呢？蔡老太太哭喊一陣趨於平靜，跟著秦芒夫婦進他們家去了。

蘇軾回到湯村鎮運鹽河河堤上，繼續督役修河。他派魏班頭去打聽蔡老太太是否眞被袁發祥無罪釋放了。

魏班頭看見了蔡老太太平安返家，又高喊兒子沒有死直奔鄰家去找兒子，出來便見火燒自家茅屋的那一幕……魏班頭隱約看見，那兩個放火燒屋的人很像是盧秉手下的劉二和洪三，但隔得較遠，天又快黑，魏班頭並沒看得很清楚。心想對方是兩個人，自己是一個人，跑去核實怕出變故；又見蔡老太太被鄰居家叫去住下了，魏班頭便匆匆趕回住地向蘇軾報告。

此時早已下工。

蘇軾住在一個臨時改建的工棚式房子裡。這房子很大，共有五間，一間爲蘇軾的住房，一間是他的公幹會客室，一間是主簿邵伯懷的住房兼辦公室，一間是廚房，另一間便是魏班頭和眾衙役住宿的房子。

事實上，這便是整個開修運鹽河的工地指揮部，也像是把杭州知府衙門的大致架式搬來了。

魏班頭回來時河堤上早沒有了人，他當然一直回到工棚房去，各處都沒有找到蘇軾，便猜想他已回自己住房去了。

由於這樣出來督役都不能帶妻妾同行，蘇軾也是單人住一間房子。魏班頭和邵伯懷出出進進蘇軾的臥房也沒有顧慮。

不料魏班頭叫著「蘇大人」進房裡一看，房裡空空如也。出來忙問大家：「誰見蘇大人在哪裡？」

衙役、廚子全都說沒有看見。

主簿邵伯懷著急了。他回想著說：「收工時候明明都是一塊兒往這裡走，每天也都是這個樣，怎麼今天突然不見了刺史大人？現在該吃晚飯了，蘇大人出去也該回來了。大家想想看，最後一面見到蘇大人是在什麼地方？……哦！我想起來了，在河堤拐角那片樹林子邊，蘇大人說要到林子邊廁所裡去一趟。大家快去那邊找吧！」

除了廚師之外，邵伯懷、魏班頭等一、二十人，全體都朝河堤那片樹林走去。足足找了一個多時辰，從天近黃昏一直找到月上東山，偏是不見蘇軾的人影。樹林越到裡邊越茂密，越濃黑，連渾圓的月亮也沒有半點亮光透進樹林。

邵伯懷吩咐幾個人回去拿火把，準備排成一排往樹林裡搜索。如此濃密的森林，又是晚上，這裡那裡，不時傳出怪鳥的叫聲，令人毛發倒豎，陰森慘慘，單獨行動已不適宜。

火把終於來了，一人一支，排成橫隊，每人相隔十步遠，朝樹林裡搜索前進，誰還記得今晚都是餓肚空腸……。

44 螳螂捕蟬黃雀在後 高僧援手文星逃生

蘇軾從廁所裡方便出來，民夫們早已從河堤上散盡，自己的侍從、衙役等也不見了人影。天色已近黃昏，四處歸於靜寂，他感到了脫離煩擾後的輕鬆。

平常時候，不是各種政務纏身，便是民夫喧囂刺耳，這與他一個文人學士的性格多有不合。現在好了，一切的糾纏和刺耳都已經消失，只剩下樹林裡傳出的清幽。蘇軾突發奇想：何不到樹林裡去轉一轉呢？反正吃晚飯還有一段時間。眼下暫時脫離了杭州府衙，歸到住處也不會有公文待閱待批，正是難得的消閒機會？

蘇軾不幾步便走進了樹林，霎時便被一種親切的鄉村山野氣息所迷醉。這是樹葉與植被越冬腐爛的氣息，這是新春換葉或抽芽的生命氣息，這是野鳥暮歸巢穴的呼喚氣息，這是晚間覓食的動物開始窺視出洞的神秘氣息……

所有這些，少年蘇軾和弟弟蘇轍在四川眉山老家是經常領略的，而且十分喜愛。

老家所處的紗縠行，雖說是在城區範圍之內，但眉山小城充其量只像個小鎮，被四周丘陵起伏的林野所包圍。

孩子們向來不墨守已有的生活環境，當然常去周邊的樹林裡尋求新鮮。久而久之，愛上了森林中腐朽與新生混雜的氣息。

自從得中進士，步入仕途已經十多年了，蘇軾對這森林氣息已經久違。偶爾因政務、公務在旅行途中經過森林之一角，也因分心於公務政務而領略不到森林氣息的妙處。

今天傍晚一身輕，蘇軾進入森林便忘乎所以了。

一路吸著森林中的清新空氣，蘇軾抬頭欣賞久違的森林，這裡沒有鮮花，鮮花是丘陵坡崗和草地的產物。森林中卻有活躍的生命：松鼠毛色金黃，炫耀著美麗的大尾，穿梭跳躍，從這枝到了那枝。暗黑色的杜鵑鳥，嘴黑，腹黑，尾黑，其實那黑色各不相同；嘴黑之旁側上端是灰褐色作陪襯，腹黑卻是黑成一條一條的橫紋，極有層次，尾黑但有白色橫紋，且黑到末端卻是白色點綴。

杜鵑鳥自己不做巢，生的蛋也是偷偷啣進其他鳥的巢裡去借暖孵化。它們自己也常常是占了其他鳥的廢巢居住。它們都忙些什麼去了呢？怎麼連築巢的功夫都沒有？蘇軾想起來了，這種又叫做子鵑、子規的著名小鳥，是為召喚春天而專忙啼叫去了，前人詩云：「子規夜半猶啼血，不信春風喚不回！」

那一隻二隻的杜鵑鳥，還在這枝那枝的跳著，這巢那巢的看著，是還沒找到今晚的住處吧？

蘇軾忽然覺得，人類之中，唯有官吏才更像這種杜鵑鳥了。想想看，農夫、工匠、商家，或建造，或購買，誰不有個自己的家呢？再窮的也會搞個茅屋，陝西那邊在山上挖個窯洞也是家。唯有這官吏，遷來徙去，盡住不是自家的房子。

蘇軾聯想到自己，在汴京宜秋門外買了南園蘇宅，自己又能住嗎？……

蘇軾只顧走著想著，沒注意到夜色已經來臨，更沒料到即將遭遇到危險。

兩個蒙面大漢，身穿黑色緊身衣，尾隨在蘇軾身後二、三丈內，從這棵樹到那棵樹，藉著粗大的樹幹遮掩，悄悄向蘇軾靠近，在等候著捕捉綁架蘇軾的最佳時機。

兩隻美麗的雄野雞在拚鬥，在咬啄，那五顏六色的羽毛不時飄出一兩根來。也不知是哪一隻咬贏了，哪一隻鬥敗了，只見花羽飄零，互不相讓。

一隻雌野雞，在一個草窩邊靜靜地站著觀戰。雌野雞色澤素淡，渾身灰麻。這是動物與人類的逆反組合：人類的女性打扮漂亮，花枝招展，以取悅於男人，男的卻素淨而本色；動物恰恰相反，如野雞，如孔雀，都是雄性格外美麗多姿，以取悅於雌性，而雌性反而素淨本色了。

眼下這三隻也叫做「雉」的野雞，兩隻美麗的雄性在拚鬥撕咬，本色的雌性則等待著它們拚鬥的勝利者，以便與之交合。

蘇軾看得煞有興味，想像著人與動物的迥然不同。

兩個蒙面大漢認爲時機已到，慢慢地向蘇軾靠攏。其中一個舉起一根棍棒，以圖把高大的蘇軾擊昏；另一個張起了一個很大的布袋，準備把擊昏倒地的蘇軾盛裝背走。

近了，近了，舉棍棒的蒙面大漢把木棒高高舉起，舉布袋的大漢把口袋大大地張開；兩人猛撲過去，動手了……

突然間一個黑影如飛而來，悄無聲息，轉瞬之間，在兩個蒙面大漢背上迅疾一點；兩個大漢被點了穴位，原樣站定，目瞪口呆，一動不動了。

黑影哈哈大笑：「螳螂捕蟬，黃雀在後，敢不信乎？哈哈哈哈！」

蘇軾驚悸回頭，嚇出一身冷汗，自己差一點兒就被人暗算了！一看黑影人又高興萬分，竟是孤山智果院惠思大師的高足參寥上人！

蘇軾拱手致禮說：「參寥上人救命之恩，沒齒不忘！是尊師惠思大師派你來的吧？」

參寥說：「誰叫你蘇子瞻是個大文曲星？人算不如天算，你命不該絕。是我自己來的或是恩師派來的，便都不重要了。走！隨我去密林深處，我可是有話要教訓你了。」

參寥說完，已自朝森林深處走去。

蘇軾望一望木然站定的兩個蒙面人，說：「參寥！這兩個人怎麼樣了？」

參寥說：「他們並沒有死去，過一個時辰穴道會自行衝開。上天有好生之德，他們要死也不能死在貧僧手中。」邊說邊在走自己的路。

蘇軾走走又停下問：「參寥！你就不揭開他們的面紗，認一認他們的眞面目？」

參寥說：「你又文人說痴話了，對於我來說，要揭去他們的面具才認識他們的眞相嗎？對於你來說，揭去了他們的面紗你就能識得其眞相嗎？他們不過是兩個走狗，是黃狗綠狗白狗黑狗都不重要。讓他們保持原狀吧！等一下會有人來擄了他們，底下還有一台接一台的大戲，你就閉上嘴跟我走吧！……」

其實並沒有走太遠，參寥只是不想所說的話被人聽得見。他站在一棵碩大無比的樟樹面前，朝五尺的上方一指說：「子瞻你看，那裡正好有兩個人的座位。」

蘇軾一看，那是大樟樹開出四枝的分杈地方。如今四枝都已撐天蓋地，那四個枝椏的空隔，正好可以坐人靠身。可是，雖然只有五、六尺高，但無抓無撓，無梯無級，蘇軾說：「我上不去呀！」

參寥說：「這有何難？」話還未了，一個飛縱，已經上了枝椏；朝樹上順手一拽，一根懸在樹上的古藤已在手中，朝樹下的蘇軾一遞說：「抓住藤你就上來了。」

蘇軾依言抓住了藤，還沒弄清楚是怎麼一回事，自己竟輕飄飄地飛上枝椏了。他並不覺得太驚奇，在世外高僧那裡，多少超人本領其實都很平常。要不是樟樹四枝太粗大，所留空隙不能同時進得兩個人，只怕參寥早把自己提著縱上來了。

兩個人舒舒服服坐在大樟樹枝椏裡。

天早已黑盡，蘇軾卻沒覺出已是暗夜來臨，反而看得清參寥的面目。按理說在這遮天蔽日的大森林裡，就連大白天也應該是暗黑少光，怎麼晚上反而看得清人的面目？

蘇軾忽覺驚奇，照直問道：「參寥！恕在下俗人愚魯，問你一個蠢笨的問題，這黑天黑夜大森林，你我之間怎麼還看得清對方的面目？」

參寥不答話反問話：「你以爲我能看清你的面目嗎？」

蘇軾一時語塞。稍頃，想出了道理，說：「既然我能看清你的臉，我想你也應該看得清我了。」

參寥連連搖頭：「不不不！我是越來越覺得看你不清了。貧僧恩師有言在先，給了你三句話十二個字的謀略，你還記得嗎？」

蘇軾背誦出來了：「狐假虎威，巧取豪奪，謹言愼行。」

參寥說：「前兩句先不講它，光說最後一句『謹言愼行』吧！你今天對仁和縣令袁發祥『謹言』了嗎？」

蘇軾一驚，問：「啊？袁發祥斷案寬鬆，崇尚仁政，與本官心儀相通，對他也要提防嗎？」

參寥說：「多餘的話不必說。我只問你對他『謹言』否？你有否對他吟詩作賦？」

蘇軾記起來了：「有過有過。審問完了那個蔡老太婆被冤殺子案，袁發祥說要放了蔡老太婆，徵求我的意見。我當然覺得他寬厚善良，他向我再三索詩，我念了一首七絕：『老翁七十自腰鐮……邇來三月食無鹽。』又念了一首五言古詩：『居官不任事……愼毋厭藜羹。』這是否是未能『謹言』呢？」

參寥說：「當然是。袁發祥是柳暮春的心腹爪牙，盧秉更是接受了錢伯溫巨額賄賂的貪官小丑。柳暮春與錢伯溫是沆瀣一氣的兒女親家。他們共同編織騙局，欺瞞皇上，把你調虎離山，調你離開杭州使葑田難禁，西湖不修。錢伯溫送給袁發祥一萬兩銀子，要他收集你的反話反詩。你對『鹽事星火急』發那麼多牢騷，還洋洋得意吟詠『邇來三月食無鹽』的詩句，你對袁發祥是『謹言』了嗎？」

蘇軾覺出了揪心的害怕：「哎呀呀！我又被袁發祥的做作言行欺騙了。」忽又自我安慰：「總算還好，袁發祥要我留字寫詩，我藉故推托了，沒有給他留下白紙黑紙的把柄，到時只一個『口說無憑』不認帳，諒他們奈我不何。總算我沒有辜負令師叫我『愼行』的囑咐吧？」

參寥說：「今天晚上你獨自一人朝森林裡走，差一點就被蒙面漢暗算，還敢誇自己『愼行』了嗎？」

蘇軾說：「下次再不敢了，再不敢了。」

這時，已到了邵伯懷和魏班頭等人手持火把排隊搜索森林找蘇軾的時候，蘇軾還一無所知，參寥卻已聽出了遠處的動靜，便忙交代最後幾件事：「子瞻！盧秉、袁發祥之流究竟是怎樣的人，你以後會慢慢弄明白。現在我只告訴你兩件事：其一，那個蔡老太太的少年兒子朱自檢並沒有死，他被別人救走了，可是蔡老太太的茅棚屋已被盧秉、袁發祥派人放火燒了；其二，算是老天有眼吧，你的好朋友陳襄陳述古，幾個月前他來看你，你不還邀他一起考察了西湖嗎？他不久就會來杭州擔任知府，和你共事。他一來，你就可以把督役開修湯村運鹽河的擔子交給他，你便可以去修西湖，讓那些企圖阻止你修西湖的人去哀嘆『人算不如天算』吧！」

參寥說完，提著蘇軾從枝椏的寬闊空隙穿出來，輕輕地落在地上了。又從自己頸脖下的袈裟內取出一顆光亮耀眼的夜明珠，交給蘇軾說：「子瞻！這下子你該明白森林裡黑夜爲什麼看得清面目了吧？你快把這夜明珠拿著，迅速回到剛才那兩個蒙面大漢那裡，他們現在穴位還沒有衝開。你去了以後，拿這顆夜明珠在他們兩個左手手心裡按摩幾下，然後就把夜明珠放進那持木棍大漢的口袋裡。然後你躺倒地上，裝作人事不省被打昏的樣子。不多久，邵伯懷、魏班頭等人就會來救你，並將兩個蒙面大漢捉住。你只咬定這兩個強盜趁你『方便』之時劫持了你，到這裡打昏了你，搶走了你家祖傳的這顆夜明珠，把兩個蒙面強盜押解到仁和縣令袁發祥那裡去告狀，就什麼事都妥了。子瞻記住，千萬不能透露是我救了你，更不能告訴人家我說了些什麼話，對我說的那些事，你在任何人面前都要裝作一無所知，只裝在心裡……後會有期！」

參寥說完，轉瞬不見。

蘇軾手捧夜明珠，二、三尺內看得清清楚楚，他在黑漆漆的森林裡健步如飛，很快就見到了蒙面大漢。果然那兩個人還沒醒，被點的穴位尚未衝開。

遵照參寥的囑咐，蘇軾拿夜明珠在兩個蒙面大漢左手手心裡摩擦了幾下，那兩個大漢呆瞪瞪的眼珠子似乎便有了一點點轉動，好似快要衝開穴道醒過來了……

蘇軾將夜明珠塞進手持木棍的大漢衣袋中，夜明珠光線頓時暗黑下去，但還有點餘光照亮漆黑的夜。

蘇軾裝作被打昏，躺倒在地上。

也許是地上傳聲快而遠吧，蘇軾立刻聽見遠處傳來好多人的腳步聲，還有人說話。

只聽邵伯懷說：「快點走！快點搜！找不到蘇大人大家都沒臉面！」

魏班頭說：「總會在這個林子裡，不信找不到蘇大人……啊啊！在那裡在那裡，兩個蒙面強盜再往哪裡跑？」

蘇軾欠起身子看時，邵伯懷、魏班頭等二十來個人各執火把，照得林子裡如同白晝。

兩個蒙面強盜正好醒轉，拔腿開溜，被魏班頭等幾人快跑追上，逮住了。

蘇軾看得清清楚楚，聽得明明白白，卻是頹然倒下，瞇起眼睛，裝著昏死。

邵伯懷大聲喊：「兩個強盜抓到了，蘇大人一定就在近處，快找快找！」

又是魏班頭眼尖高喊：「在這裡，在這裡。」幾步跑攏，抱起「昏迷不醒」的蘇軾，搖晃著喊：「蘇大人！蘇大人！你沒事吧？你沒事吧？」一探心窩，心在跳；一聽鼻孔，有氣出入，喜得大叫起來：「蘇大人活著！蘇大人活著！快來幾個人，抬著蘇大人回去。」

蘇軾這時裝作已慢慢醒來，睜開眼有氣無力地說：「啊啊！魏班頭、邵主簿，都來了就好，都來了就好……，這兩個強盜從廁所外邊劫持了我，到這裡把我打暈，搶走了我家的傳家寶——夜明珠！」

「夜明珠？夜明珠？……」大家七嘴八舌議論，忙在兩個大漢身上去搜。馬上在拿大棒的大漢口袋裡找到了，果眞是通明透亮的大寶珠，大家爭相傳看。

邵伯懷說：「行了行了，看完了看完了，交還給蘇大人！」

蘇軾堅決地搖手說：「使不得使不得！這是兩個強盜搶劫殺人的罪證，不能還我，一併拿去告官……」

回到住處，魏班頭向蘇軾報告說：「大人！好奇怪，我奉命去察看蔡老太婆家裡，遠遠看見她確實被袁縣令放回來了，就是奇怪她兒子屍體已不翼而飛，好像還沒有死，是被什麼人救走了。蔡老太婆家裡被人放火燒了，更奇怪的是，放火的兩個人就像是盧秉大人的兩個鹽差，就是抓著蔡老太婆去告官的劉二、洪三。」

蘇軾早知道蔡老太婆兒子沒死和她房子被燒的事實，卻故作驚訝說：「有這等事嗎？你怎麼覺得是劉

二、洪三放的火？」

魏班頭笑笑說：「不瞞大人說，我們班頭衙役時常要捉人，捉多了就更注意一個人的生性動作特點，以免下次再遇見他作案時不認得。就這樣培養了我們一份職業特點：學會認人！我關心到了，那個劉二是個左撇子，放火燒屋的人正是左撇子打的火石引火。洪三走路喜歡左右摔肩膀，放火燒屋的人有一個走起路來一搖一擺像隻笨鴨公！加上他們的身架體形也熟悉了，所以雖然隔得遠看不清他們的面目，我想是他們沒有錯。怪就怪在他們是公差為什麼會燒民屋呢？」

蘇軾心裡早已有底，卻故意繞彎說：「魏班頭這樣會認人，倒是一件有用的本事。不過懷疑是盧秉手下人放火燒屋的事先別亂說，事情總會有弄明白的一天。今晚你再辛苦一趟，我寫好狀子，告這兩個蒙面強盜搶我家祖傳夜明珠，你帶人把兩個強盜連夜押解到仁和縣去，免得夜長夢多。」

魏班頭遵令而行，連夜押著兩個強盜到仁和縣去。為了防止被劫走，魏班頭將兩個強盜捆在一起，還去了六、七人押送。

蒙面強盜早已被拿掉了假面具，兩個人耷拉著腦袋不吭聲。這兩個人一個叫馬王，一個叫黃峰，都是盧秉手下的得力打手。

馬王的綽號叫「三隻眼的馬王爺」，意思是他武功了得，好像背後也長了一隻眼睛，要偷襲他都很不容易。

黃峰的綽號是「捅不得的黃蜂窩」，意思是誰敢把它捅了，它要追著誰螫一個五痨七傷。

這兩個盧秉手下武功高強的角色，他們到現在還沒明白：是誰的本事這麼高強，使兩人聯手偷襲蘇軾都沒有成功，反而被點了呆穴，突然還成了搶劫蘇軾夜明珠的案犯……這究竟是怎麼一回事呢？

但馬王和黃峰並不感到害怕，他們覺得背後的靠山很強。兩浙鹽事提舉盧秉，誰不畏懼他三分？

馬王和黃峰就懷揣著這樣的心理，從被抓後一言不發，如同兩個木偶，被魏班頭等府台衙役牽著，由森林而駐地，又由駐地而到了仁和縣城。

縣城雖小，也與鄉野不同，深更半夜裡還有不少人沒有睡覺，還在大街上走。這多是些年輕人，一班潑皮無賴。他們或從酒館裡喝得醉醺醺出來，或從妓院裡、賭館裡嫖賭了出來，在大街上四處遊蕩。

看見街上有一隊手執燈籠的衙役押著人犯走過，潑皮無賴們便來看稀奇，不少人竟認得被押解的人犯，一看便嘰嘰喳喳叫喊起來：「哈哈！盧秉大人手下的『馬王爺』和『黃蜂窩』也敢抓，誰的膽子這麼大？」

潑皮無賴中間受過馬王、黃峰窩囊氣的不少，覺得這二人平時作威作福太可惡，如今被抓了眞開心，於是嘻嘻哈哈說風涼話：「馬王爺三隻眼也撞了黑道，黃蜂窩也不是眞的捅不得，稀奇怪事多新鮮。嘻嘻嘻嘻！」

馬王和黃峰二人一聽這些議論反而高興了，心裡說：「看你蘇軾怎奈我何？我們是盧秉大人的鹽差公務！」

魏班頭一聽這議論甚爲蹊蹺：怎麼？兩個蒙面搶劫犯竟是盧秉的公差？聯想到自己看見盧秉手下的劉二、洪三放火燒蔡老太婆的屋，心裡便明白了幾分，越發留心了。

進得仁和縣衙，縣令袁發祥早已睡了，一聽說是刺史蘇軾大人派魏班頭送了搶劫要犯來，哪敢怠慢，馬上起來接辦案子。

魏班頭擲地有聲說：「袁縣令！杭州刺史蘇軾大人，被這兩個強人蒙面搶劫，搶去蘇大人隨身所帶之傳家寶夜明珠，已被我等人贓俱獲。蘇大人本可將案犯帶回杭州審處，但蘇大人遵從辦案『屬地不出圈』之原則，親寫狀子叫我等押送犯人交貴縣審處。我等本與二搶劫犯素不相識，但聽剛才街上被路人指認出來，此二犯乃鹽事提舉盧秉大人手下之鹽差馬王、黃峰。該二人貴縣令應當認識，請予當庭辨認！」

魏班頭說完，才叫兩個背身站著的搶犯扭轉身來，正對公堂上方朝袁發祥跪下，卻又揪著他們的頭髮，讓他們抬起頭來。

袁發祥一看：果然沒錯，正是馬王與黃峰二人，立刻嚇出了一身冷汗。

袁發祥與盧秉，早都是柳暮春、錢伯溫一條線上的人物，遇事要互相提攜，互相關照……但唐發祥不知道盧秉又派馬王、黃峰去搶劫蘇軾。

袁發祥想：「盧秉已經有了多少金銀財寶，他怎會派人去搶一顆夜明珠？」肯定是馬王、黃峰兩人背著盧秉私下所爲。萬萬不能相認，以便加重處理馬王和黃峰，從而使自己和盧秉都與馬王、黃峰脫離干係，於是一口咬定說：「魏班頭！經本縣當庭辨認，此二犯並非盧大人手下之馬王、黃峰！」

跪在地上的馬王、黃峰，立刻驚慌呼叫，爭相敘說，也分不清誰先說誰後說了，只好像你一句我一句接著往下說：「袁大人！袁大人！我確實是馬王！我確實是黃峰！……上個月我們盧大人還派我們來送過一箱禮物給你，是杭州錢伯溫錢大東家托我們盧大人轉送，正是我馬王……我黃峰……兩個人親自交給了你，你可不能閉眼不認我們啊！嗚哇……」哭起來了。主子不認奴才，奴才就快完蛋，兩個狗奴才馬王、黃峰能不哭嗎？

魏班頭心裡已豁然明白。

袁發祥卻越更裝糊塗，一拍驚堂木，吼道：「大膽搶犯！一派胡言！公堂之上，血口噴人，哪裡容得？來！大刑侍候！兩個蒙面強盜搶劫刺史大人傳家寶一案，人贓俱在，敢不從實招來！」

這大刑好不殘酷，幾根鐵棍夾子，夾著十個指頭，兩邊有兩個狼虎大漢拉緊鐵夾。爲免得犯人雙腳彈跳，又用一根大鐵棍把雙腳壓著，兩端踩緊……四人同時一用力，案犯十指「咔嚓」「咔嚓」作響，雙腳「啪嗒」「啪嗒」爆裂……

馬王、黃峰哭喊連天：「哎喲喲！有招！有招！」

蒙面搶劫一案，逼供畫押。馬王與黃峰被押進了死牢。

魏班頭領著手下衙役連夜回去向蘇軾復命。

蘇軾一聽審判情由，心中豁然明亮：袁發祥玩的是「丟卒保車」、「丟車保帥」的把戲，犧牲馬王與黃峰做替罪羊，爲自己和盧秉開脫罪責。但是，盧秉派馬王和黃峰來，絕不是什麼「搶劫」，自己又有何東西可搶呢？夜明珠是參寥上人臨時交下的「栽贓」之物，看來參寥還不想把盧秉想害死自己這件公案徹底揭開，暫時用一顆夜明珠被搶作爲掩護。這中間的糾葛實在複雜，難怪惠思大師和他的高徒參寥上人，一而再地提醒自己要「謹言慎行」了。

蘇軾畢竟只是個文才而非政才，他怎麼也揣想不透，素昧平生的盧秉，爲何要置自己於死地呢？

盧秉懊惱極了，正在暴跳如雷：「飯桶！廢物！號稱三隻眼的馬王爺，自誇捅不得的黃蜂窩，原來是一對窩囊廢，連個手無縛雞之力的蘇軾都對付不了！活該讓他們當替死鬼！」轉臉又對袁發祥誇讚起來：「虧得袁兄見多識廣，處變不驚，使我們自己能夠安然無恙！袁兄快呈報刑部核准馬王、黃峰死刑。只等你呈報上去，我就派人暗中把他們二人在牢裡殺了。你再補報二犯越獄逃跑，已被追捕擊斃，這就萬事大吉了。」

袁發祥說：「盧兄計謀果然不差，但小弟有一事尚不明白：盧兄財寶已如此眾多，怎麼盯上了蘇軾的一顆珠子？應該是另有他圖吧？盧兄既然對在下都諱莫如深，在下又怎能橫下心來決斷馬王、黃峰的死案？」

盧秉又氣又急，咬著牙齒咕咕作響，好一陣子才下定決心，長嘆一聲說：「唉！袁兄實在是多心了。本官不說出來是不想牽連眾人，只由自己一個人負責，那樣也好保密些。袁兄執意要問，我也就只能直說了。」

「錢伯溫在西湖有三千畝葑田，蘇軾一來就要查禁。不僅查禁葑田，還要修治西湖，攤到錢伯溫名下是繳銀三萬五千兩。錢大東家樹大根深，豈會嚥得下這口氣？他請沈立之大人、張靚大人和我共同商量對策。當時就有一個想法：把蘇軾暗地綁架，藏在張大人的漕運船裡，運到幾千里外殺掉，毀容拋屍，使成無頭公案，無人可以破解，修湖之事自然不了了之。錢伯溫不同意這麼辦，說是只要把蘇軾調離杭州，使他修不成湖就行了。於是我們三人同上奏折，乞准皇上詔令蘇軾到此來督修湯村鎮運鹽河。哪知蘇軾太不守本份，修河之外還插手你我之間的事情，管到蔡老太婆的事情來了。我想一不做，二不休，朱自檢先死了，蔡老太婆也燒死了，什麼都死無對證，再也查不出朱自檢拾到的那包鹽是我暗中派人放下的誘餌。如今蘇軾離杭州一百多里，修河又是個亂糟糟的工地，失蹤一個人無從查起。於是我派武功高強的馬王、黃峰去捕殺蘇軾，拋屍滅跡。哪曉得馬、黃兩人原是廢物，處死了活該！我把前因後果都說了，袁兄判他二人死刑放心了吧？」

袁發祥不住地點頭：「感謝盧兄赤誠相告，下官敢不效命嗎？只怪下官痴愚，尚有一點未懂：盧兄與朱自檢、蔡老太婆一家有深仇大恨嗎？」

「沒有，原先並不認識。」

「那麼你為何丟鹽包作誘餌去誘殺他母子二人？」

「這是本官治鹽的謀略：要使每一個黎庶都聞『鹽』喪膽，談『鹽』色變，不敢私販私賣，不敢抗拒鹽稅鹽捐。隔一段時間便須放點誘餌，從嚴辦案，使人望鹽生畏，不敢私藏。放誘餌並沒有固定的對象，朱自檢和他母親不過是碰巧遇上的該死鬼！」

袁發祥十分滿意，心中再無疑慮，連忙作辭出來，要趕回縣衙去呈報判處馬王、黃峰死刑的案卷。袁發祥其所以跑到盧秉那裡去，而不是請盧秉到縣衙來，是因為他覺得盧秉來縣衙目標太大，容易引起外間傳言。他這樣微服私訪盧秉，便避開公眾的耳目了。

袁發祥第二天便把這死刑案卷發走了。

當晚，盧秉派劉二、洪三到牢裡來殺馬王、黃峰。商量的辦法是讓守牢的兩個獄卒假裝醉了，牢門被打開，叫馬王和黃峰逃跑，然後將他們擊斃在牢外，使別的犯人看見，證明馬、黃二人越獄被處死！

其他人到牢裡都佈置不了這麼複雜的劫殺現場，袁發祥便和劉二、洪三共同前往。

三人一去便懵了頭：兩個獄卒已經死了，牢門被打開，馬王已被救走，剩下奄奄一息的黃峰在牢中。

這一突兀的變故，立刻使袁發祥六神無主。心想，這肯定是高人劫獄，救走了馬王。他急的不是其他事，是覺得在這裡太不安全。能劫走馬王的人要是來刺殺自己，那還不是易如反掌嗎？所以急得六神無主。

劉二與洪三卻毫不吃驚，他們慣來橫行無忌，死幾個人逃幾個人都不在他們眼中。

劉二抱起快死的黃峰說：「黃峰！馬王被誰救走了？」

黃峰睜開眼睛，見是劉二、洪三，哭訴著說：「劉哥！洪哥！知道你們會來殺我，動……動手吧！我早死了不再痛！」

劉二想問出點事情來，忙哄他說：「黃峰你胡說什麼？是盧大人派我們來救你出去。」

黃峰說：「劉哥、洪哥別再騙我了，你們是來殺我滅口……救走馬王的高人什麼都知道，他要我告訴你們再轉告盧大人：人算不如天算！要盧大人莫再傷天害理了！蘇大人是天上文曲星下凡，千萬害不得……」

劉二又問：「那高人什麼模樣？」

黃峰說：「他也戴著假面，和我戴假面想殺蘇大人那個樣子完全相同。」

劉二問：「他既然能救走馬王，為什麼又不救走你？」

黃峰說：「兩個都救走了，你劉二、洪三回去怎麼活命交差？又有誰給盧大人去傳話停止傷天害理？」

劉二、洪三兩人越聽越傻了眼，這個救走馬王的高人，說不定就是救走朱自檢的那個人。這個神秘人物眞是神通廣大，無事不知，萬一讓黃峰再有一口氣向盧秉說出一點什麼秘密來，那我們劉二、洪三只怕都沒命了。兩個惡棍兇手心氣相同，劉二、洪三想事相去不遠。

洪三朝劉二使了眼色，劉二會過意來，啪地把手一鬆，讓黃峰倒在地上。洪三抬起右腳一踏，踏住了黃峰的口鼻，黃峰馬上噎氣死了。

劉二、洪三異口同聲，對望著發呆的袁發祥說：「沒什麼大驚小怪！讓他早死早超生！」

劉二又對袁發祥說：「袁縣令你聽清楚了：這裡有三具屍體，你隨便找兩具去埋了，就說是兩個搶劫犯越獄潛逃，已被當場擊斃！絕不能再說有一個馬王已經逃跑成功，否則你三輩子也別想把任何事情說明白！」

袁發祥唯唯喏喏地說：「是！是！說馬王、黃峰在逃跑中被擊斃了，這樣最合適！最合適！」

但在心裡，袁發祥像打鼓一樣顫抖，默念著：「高人說人算不如天算！天算下一個該死誰呢？」

蘇堤春曉功垂史冊 奸人暗算笑裡藏刀

錢伯溫自認倒楣透了，花了十多萬兩銀子的代價，賄賂沈立之、張靚、盧秉三個貪官，騙來一道開修湯村運鹽河的聖旨，把蘇軾調去督役修河，原以爲可以阻遏西湖的修浚，保住他的三千畝西湖葑田。誰知人算不如天算，聖上又調來一個陳襄（字述古）擔任杭州知府，與蘇軾刺史（通判）共領杭州府政務。陳述古是蘇軾的莫逆之交。他一來便奏請皇上恩准由自己去督修運鹽河，換回蘇軾，以達成皇上「三修西湖」的聖命。

同時，陳述古請調精通水利的蘇堅（字伯固）前來杭州擔任修湖主簿，協助蘇軾修湖。皇上恩准了陳述古所奏的一切，蘇軾返回了杭州，西湖准定於四月二十八日動工修治。

蘇軾再出告諭規定：

限四月二十日前繳集所有修湖稅捐……

限四月二十五日前二十萬修湖民工集結待命……

限四月二十六日起西湖暫停遊覽……

限四月二十七日前所調各地之五百艘運泥船駛進西湖……

聖命皇恩如山岳！錢伯溫怎敢抗違，只得於四月二十日前派人將三萬五千兩銀子送繳西湖修治公署。接收這銀兩的正是「二蘇」，即蘇軾和蘇堅二人。

蘇堅原來便是蘇軾的文友，互相之間向以名字直呼。今見錢伯溫已派人一次送來修湖稅捐三萬五千兩，便說：「子瞻！這最大的一個絆腳石終於被你踢開了，修治西湖從此一帆風順，你寫首詩慶賀慶賀吧！」

蘇軾說：「伯固！一年遭蛇咬，十年怕草繩。太多的事情教訓了我，惠思所言不差：謹言愼行是我修好西湖的關鍵所在。什麼詩作都只好等待半年之後西湖修浚完了再說。」

正是此時，自認倒楣透頂的錢伯溫到柳暮春家裡去了，他向女兒的家翁傾吐苦水說：「親家翁，你也知道，我並不心疼今天送給蘇軾的三萬五千兩銀子，實在是嚥不下這口氣！假如有個辦法，即使要我拿出十萬、二十萬，乃至五十萬、一百萬兩銀子，只要能阻止蘇軾禁田修湖，我會一眼不眨，痛快出錢，保住面子要緊。親家翁你從政一生，經驗老到，我今天就是向你討主意來了，怎樣報蘇軾這個仇？」

柳暮春淡然一笑說：「別著急，親家翁！有道是：君子報仇，十年不晚！」

錢伯溫說：「時間早點晚點不打緊，總得有個法子吧！有了一個報仇法子，爲這『法子』等上十年八年，總還有個寄托。沒這個『法子』，報仇不是一句空話嗎？」

柳暮春說：「你稍等等。」說完進了內室，不多久取出一疊紙來，拍拍說：「世人只道『綿裡藏針』險惡，說什麼『笑中刀剮肉，綿裡針挑筋』。依我看，要改改：『話裡挑刀刃，詩中覓砭針！』你先看看我這一陣子的成績吧！」說著把這疊紙交給錢伯溫。

錢伯溫一看，這本題名為《蘇軾言行詩文錄》的資料，記錄著自蘇軾到杭州以來的一言一行、題詩贈字、楹聯品評等，包括他對西湖各主要景點對聯的議論；他邀集柳暮春、陳述古、柳子玉、孫莘老四人遊覽西湖的詩作；他在仁和縣對袁發祥所念兩首贈詩；他在惠民藥局救治時疫病人的感慨；他與蕉荷村漁民黃東順一家的交往；他與西湖扇店老闆李小乙、洪阿毛的交情……，不一而足。

錢伯溫對這些東西不以為然，只瞟幾眼就放下說：「親家翁！蘇軾要是出傳記，請你作『同修起居注』是最合適不過了。你這純粹是為蘇軾歌功頌德嘛！」

柳暮春不住地搖著頭說：「親翁你練功有術，武藝超群；斂財有方，家資億萬；唯少從政，不諳此道矣！政壇如戲台，你去我才來，總不能人人都擠在一個台上吧？要把別人趕下台去才能自己登台，要把別人趕下台去，就要尋找對方的弱點。蘇軾的弱點是什麼？是喜歡吟詩作賦，與人唱酬。蘇軾又是性情中人，有話直說，文無遮攔。他是因反對變法而外貶杭州通判，豈能對新法朝政沒有牢騷？我們只管從他詩中去找就行了。別的不說，光看他最近在仁和縣念贈給袁發祥的兩首詩吧！『老翁七十自腰鐮……邇來三月食無鹽』，此不正是怨誹朝廷鹽法太殘酷之作嗎？『居官不任事，蕭散羨長卿……鹽事星火急，誰能恤農耕……人如鴨與豬，投泥相濺驚……』，這不是他對聖上詔命他督役修運鹽河的怨謗和攻擊嗎？」

錢伯溫一聽來了興致，忙又把剛放下的資料抓起來，嘩嘩地迅速翻過一遍，又頹然放下了，淡淡地說：「全是親翁你的記述轉錄，並沒蘇軾本人的隻字片紙，到時皇上會相信你嗎？況且，僅僅這一點點東西絕不能把蘇軾趕走。」

柳暮春說：「所以我說『君子報仇，十年不晚』。點點滴滴，積以時日，蘇軾的反詩反話將盈尺充斗，數量彌多。」

錢伯溫說：「再多也是旁人抄轉，無足爲憑。」

柳暮春說：「那我先且問你：親家翁，你心裡有話想不想說？說了想不想有人聽？」

錢伯溫說：「那還用問嗎？不是有話想說，不是說了話想有人聽，我今天還不來找親家翁你！」

柳暮春說：「蘇軾寫作詩文，與你有話想說是一個道理，他寫的詩文能不希望刻印出書，讓更多的人讀到嗎？蘇軾不知是不是聽了誰的勸阻，如今總不親筆作書，怕是防止留下白紙黑字的把柄吧？我們何不反其道而行之，迂迴曲折，找到能說服蘇軾出版詩集的蘇軾朋友，讓他把書一印，我們羅致蘇軾的罪行便全都在光天化日之下，叫他躲都躲不開。」

錢伯溫急切問：「有這樣的人沒有？」

柳暮春反問：「你知不知道有個沈括？」

錢伯溫說：「這能不知道嗎？他就是我們錢塘人。沈括，字存中，都說他最有學問，當司天監許多年，置渾天儀和玉壺浮漏等許多儀器觀測天候，十分準確。聽說他如今支持王安石搞變法，未必他會和蘇軾拉扯在一起？蘇軾不是反對變法的嗎？」

柳暮春說：「所謂美不美，鄉中水；親不親，故鄉人。蘇軾雖不是杭州人氏，但如今是杭州的父母官，他修西湖沈括肯定讚賞，只要機會合適，沈括當然願意回家鄉看看蘇軾新修之西湖。沈括與當朝駙馬王詵關係極好，王詵又與蘇軾向有深交，這就把沈括與蘇軾扭到一起了。假若把王詵、沈括一起邀來遊賞蘇軾修過之西湖，那就有一台好戲看。我有辦法透過王詵、沈括，要蘇軾把自己的詩詞出版。我們早早把詩裡的『骨刺』挑選出來，一等他的詩面世，我的彈劾表章也上去了，不愁他蘇軾不落入我的陷阱！到那時，看我怎麼出這口惡氣！哼！我叫他蘇軾明槍易躲，暗箭難防。」

錢伯溫興致大發了：「親家翁不愧為官場獵手矣！只可惜你這計畫實施還遙遙無期。」

柳暮春說：「誰說遙遙無期？你可知道謀順他這陣子幹什麼去了？」

錢伯溫一個驚喜意外：「哦？真的好一陣不見賢婿了，莫非親家翁派他幹這事去了？」

柳暮春不無得意了：「正是。我派他進京，藉著做杭州絲綢生意的名義，去直接結交沈括，間接溝通王詵。不露聲色，悄然行之，而且為時極早。誰也不會有任何懷疑，成功的機遇也就多了。」

錢伯溫說：「親翁深謀遠慮，錢某自愧弗如，佩服之至。所需銀錢開支，無論巨細，但說無妨，全由我錢某包下了。」

柳暮春說：「有親翁這個承諾，我想是成功在望了。有些時候有些事，真還離不開錢！」

蘇軾為修西湖日理萬機，哪裡會去設想有人正在陰暗的角落裡為他挖掘陷阱。以他的本性而言，就是明知前面有陷阱，只要是為民眾辦好事辦善事，他也絕不會畏懼而一往直前。

四月二十八日，小滿過後不久，芒種還沒到來，正是農忙與農閒的交替時節，修湖正式動工了。

老天有眼，這一天西湖上萬里無雲，碧空映日。五百艘運泥船，在湖面上穿梭來往。看似雜亂無章，其實穿行一致，都到湖中心擬築長堤的地段傾瀉。

在那個擬築長堤的線路上，從南至北，插著兩行竹竿。竹竿高低基本一致，露出水面都在八尺開外。這是為使運泥船傾倒淤泥之時，即使人站在船上操作，仍然不能蓋過竹竿。兩行竹竿之間，相隔八丈，這是根基底部的寬度，就是說，在這八丈的中間傾倒淤泥都可。相隔八丈的兩行竹竿，從南至北是二條筆直的分界線，把一個西湖劈成了兩個西湖。

二十萬民工和五百艘運泥船，就集中在兩行標竿標定的新堤左右活動，好個壯觀。

起初，民夫們還是一鋤一鋤，一簍一簍往兩行標竿之間倒泥。做到興致一起，覺得這樣一鋤一簍的太慢，於是等船一到，人們便從船上跳到水中，眾人齊心合力，將整船的泥掀翻，一下子倒進湖裡。儘管這樣弄得都是泥一身，水一身，但都特別痛快。這些船都不是很大，一船泥掀翻有三、五個人就行；再將空船順過來就更不在話下。

也眞巧，第一個想出這法子倒泥的船隻返回南邊靠岸處再裝泥時，蘇軾和蘇堅這兩個主管官員正在岸邊視察。精通水利的蘇堅說：「一個好主意，頂得十個工。修水利這樣大的群眾勞作場合，一個好主意就更顯得有價值，遠不止是抵幾個工的效果。子瞻你看，那邊第二艘、第三艘船都在學他們的樣了。以先時五個人每個時辰能下四船泥為例，這樣整船掀翻，三個人每個時辰掀翻二十船都不止，工效提高十多倍。我看應該給這艘帶頭創造經驗的船工以獎勵。子瞻，你看怎麼樣？」

蘇軾說：「伯固！你是這方面的專家，你就說獎多少吧？」

蘇堅說：「獎他們二十兩銀子吧！擴大宣傳，鼓勵大家多想主意，西湖早修成一天早好一天！」

蘇軾說：「要獎獎重點，所謂重賞之下必有勇夫，我看很有道理。就獎他們五十兩銀子吧！」補充一句：「伯固以後膽子大些。」

蘇堅答應一聲：「好。」對旁邊的侍從勞眾說：「快把那艘船叫攏岸邊來領賞！」

勞眾拿起一面小銅鑼：「噹噹噹」敲了三下又三下，銅鑼越小聲音越高，差不多滿湖的民工都聽見了，都一起注視著這南岸上的官員。

勞眾高喊道：「民工們聽著，杭州刺史蘇軾大人有令，剛才帶頭將整船泥掀翻倒瀉的船工們有功，帶動各船仿效，工效大大提高。蘇大人給你們獎賞五十兩銀子！你們快把船划攏來領銀票！」

一下子全湖內歡聲笑語，此起彼伏。

獲得獎勵的船隻迅速撐攏岸來，船上三個人一起跪倒，領頭的說：「蘇大人！我們蕉荷村民眾不忘你救治時疫病人的大恩大德！修湖本是我們多時的心願，多出點力也很應當。這獎賞的五十兩銀子我們就不要了，你把它用在修湖其他事情上吧！」

蘇軾一聽這聲音好耳熟。但這說話人跪著不肯抬頭，看不清是哪一個。

蘇軾高聲說，「你是誰？抬頭讓我看看！」

磕頭人說：「只是個民夫，蘇大人不看也罷。」

蘇軾聽清楚了，忙說：「啊！是黃東順！老熟人了怎麼反而生疏了？」

黃東順見已被點了名，只好領著幾個人站起來說：「蘇大人！小人腸子直，心眼小，原先聽你說要修湖，我們村裡天天念叨你，想念你。後來你到一百多里外的湯村去修河，我們以為你改變了修湖的主意，我又暗暗罵了你。我對你有罪，所以剛才不敢抬頭見你。既被大人識破，我就當面認罪了。五十兩銀子我們絕對不要！」順手指指身邊的一個壯年人說：「蘇大人！他就是你的聖散子救活的我們村裡的第一個男病人任海春！大人和大日書童那天來我們村裡，當時還只是他老婆得了時疫病。他沒有膽子去賒金百萬的『時疫散』，弄得他自己也病了。是蘇大人你的聖散子救了他們一家子！」又對任海春說：「海春！你再向蘇大人叩頭謝恩，說我們不要獎賞！」

任海春又跪下說：「謝謝蘇大人救命之恩！五十兩賞銀我們不要！」

蘇軾說：「海春快起來快起來！東順、海春！替我向蕉荷村全體鄉村父老問個好。你們心裡有話照直說，哪有什麼罪過呢？你知道為官最重要的是言必信，行必果，我說了獎賞你們五十兩銀子，怎麼能自食其言不獎勵了呢？東順！你快來領賞吧！」

黃東順猶豫了一下，和兩個同伴悄悄商量了什麼事，果斷地走上岸來又跪下說：「小民黃東順，代表蕉荷村全體村民前來領獎！」

勞眾取出一張五十兩的銀票遞給他。

黃東順接過銀票又跪在蘇軾面前，將銀票高高舉過頭說：「小民黃東順，代表蕉荷村全體村民，向修湖公署捐贈銀子五十兩，請刺史大人笑納！」

蘇軾只覺熱淚盈眶：多好的黎庶百姓啊！於是伸手接過了銀票說：「如此說來，本官感謝蕉荷村的捐獻了。」將銀票遞給蘇堅說：「蘇主簿！給蕉荷村記上這一筆捐款……」

這動人的一支小插曲，使修河的二十萬民工熱血沸騰，你傳我遞，議論紛紛。傳到最遠處，這獎賞和捐回的銀子已不是五十兩、一百兩，而是五百兩。總之，數目越傳越多，場景活靈活現。

西湖的修治，第一天便掀起了一個高潮。人人都興高采烈。

誰知高興得太早，一連五天的挖泥、運泥、倒泥，兩行竹竿之間的堤基卻半點也不見往起長。這是怎麼一回事？五天來二十萬人幹了一百萬個工，到頭來等於是白幹。事情反映到了修湖公署，幾天來忙於案頭工作的蘇軾和蘇堅都傻了眼，便一起奔到工地去。

蘇堅一眼就看出原因來了，他自我檢討說：「刺史大人！都怪下官失職！我用過去的老經驗指導修西湖，使一百萬民工工日白費了，我有罪！我有罪！」

蘇軾說：「主簿先別自責，倒是先把問題的癥結說出來吧！」

蘇堅說：「我原來主持修水利都是修河堤，濕泥倒乾地，或是乾泥倒濕地，所以一壘就長高，絕無潰流的弊端出現。這次，我沒考慮到在這西湖中間築堤，是掘了濕泥倒在水裡，水裡只兩行標線的竹竿擋不住，泥稀水淌，怎麼壘得起堤岸來？現在必須馬上停止挖泥、運泥、倒泥，先要置備大批的木料、砍成樹樁，順著兩行竹竿釘滿，起碼要釘五層，樁高要高出水面至少三尺，這樣才能把淤泥固定在木樁中間，使堤岸沉積而壘起。」

於是全湖暫時停工，各回駐地待命。

治湖公署迅速制定出各隊各組應該擔負的備料計畫，下達到隊長組長。隨即就分頭行動去置備木料，運到西湖邊來，統一給付價款。

根據蘇堅的測算，全長十里的大堤要留六座橋涵，否則兩邊水流不暢。每個橋涵留空隙爲三丈，看去相當分明。

這樣一來，全長十里的大堤被樹樁分割成七截，七截之間的六個空隙便是橋涵。於是作了進一步的分工，使各個船隻運泥、倒泥往返於一個固定的地域，速度明顯提高。

幾個月之後，西湖之中已出現一座大堤的雛形，堤高已接近木樁的高度。

民夫們的勞作早已改變，不是一船一船的往水中倒誑，而是一個個挑著泥從船上向堤上堆去。看起來肩挑人擔數量有限，但是人員衆多，往來不絕；加上堤已乾涸，再倒稀泥也不流灑，進度反而顯得更快了。

卻不料又遇到新的難題：修湖經費告急！

原計畫三十五萬兩銀子可以完工，但計畫中漏落了許多項目，如兩邊堤岸的大量木樁，以及砌起六座橋涵的大量石灰石料，還有堤成之後的兩岸護坡……總之要添加許多採購費和工匠費，至少還要增加十萬兩銀子開銷。

這中間半截要追加十萬兩就很爲難了。要把十萬兩銀子再按上次的方法分割追加，又要報呈皇上恩准，還得東一點西一點慢慢收集，實在太困難了，時間上也來不及，難道要全部停工，等慢慢收齊了銀子再繼續？

能不能想個法子找幾個大人物去籌措認捐呢？蘇軾只覺得腦子裡閃出一些頭面人物來。於是一個、二個排隊去揣想。

他首先想到的是李小乙和洪阿毛。這兩個當時騙得自己畫四十把折扇起家的商人，如今已是惠民藥局的大老闆。他們到處都設立了分店，有了很大的規模。但他們的經營很注意微利銷售，治病救人爲主，不可能發了大橫財。要他們拿出五千兩銀子差不多做得到吧？太多就爲難他們了。

接著想起了巾子巷口的金百萬。自從參寥上人使他背上生瘡，極不情願地拿出一千五百兩銀子，治好幾千時疫病人之後，他確實已改邪歸正了，與李小乙、洪阿毛他們組成了杭州藥業行會，守法經營，不搞暴利。就算他原來家底較厚，也頂多叫他捐出五千兩銀子。

這兩處合起來才一萬兩，剩下九萬兩找誰去？

蘇軾忽然想起了錢伯溫，他在這杭州是實實在在的首富，誰也弄不清他到底有多少財產，好像他自己都吹噓過，他本人都不知道到底有多少錢，因爲房屋田產的價格還在不斷地漲……找他去！他一家包出這十萬兩都絕無問題，可總得他願意往外拿吧？

蘇軾回想自己來杭州快一年了，從沒與他有過交往，還毀了他三千畝湖田，還爲修西湖攤派了他三萬五千兩銀子……實實在在得罪他了，他還會往外拿錢來修西湖嗎？實在沒把握。就是眞的問他去要，又用什麼法子去接近他呢？蘇軾一時想不出好辦法。

蘇軾決定到孤山上去一下，請教一下高僧惠思或是他的徒弟參寥，他們一定有好主意。

蘇軾收拾了一下想上孤山。忽然，大堂前有人擊鼓喊冤。這事怠慢不得，蘇軾只能升堂問案。

堂前跪著三個人，仁和縣湯村鎮大坳嶺的蔡老太婆和她的兒子朱自檢，再就是兩浙鹽事提舉的原先手下馬王，三個人頭頂著共同的狀子，狀告仁和縣令袁發祥和兩浙鹽事提舉盧秉……兩人狼狽為奸，魚肉下人和百姓。

先是，盧秉派手下劉二、洪三，故意丟棄一小包鹽，讓十六歲的朱自檢上當拾起，分外高興地往家跑。劉二、洪三暗暗尾追到了朱家，誣蔑朱自檢鹽包不是撿的是搶劫。朱自檢母親蔡老太婆正在廚房裡切筍，不知原委，手持菜刀奔出堂屋。不意劉二、洪三故意逗得朱自檢發急跑跳，朱自檢不小心額頭碰上了母親的菜刀，頓時鮮血直冒，倒地人事不省……。劉二、洪三明知事故係自己造成，卻反誣蔡老太婆殺死親生兒子，強行捆綁她到仁和縣堂告官；被督修運鹽河的杭州刺史蘇軾發現，蘇大人抓他們一起來到仁和縣公堂。仁和縣令袁發祥假意放了蔡氏回去，暗地卻和盧秉勾結起來，派劉二、洪三去放火燒了蔡氏的茅屋。幸得蔡氏兒子朱自檢並沒有死，已被高人救走。蔡氏奔出來到鄰居秦芒家裡問兒子的下落，以致劉二、洪三燒了蔡氏的茅屋卻沒燒到蔡氏。劉二和洪三卻回去向盧秉謊報蔡氏已被燒死。

另外，盧秉又派手下馬王與黃峰暗暗捕殺杭州刺史蘇軾，說蘇軾干預了他實施鹽政。又幸得蘇大人手下衙役及時趕來救護，不僅將蘇大人救走，而且將馬王、黃峰二人捕到仁和縣堂。仁和縣令袁發祥聽從盧秉的旨意，將馬王、黃峰屈打成招，說是搶劫了蘇軾身上一顆夜明珠，定成死罪，打進死牢。隨即又故意安排讓馬王、黃峰越獄逃跑的圈套，本想將馬王、黃峰殺人滅口。馬王僥倖得以脫逃成功，黃峰未能跑脫，死在盧秉和袁發祥手上……

由於朱自檢和馬王失血過多，在高人調治下將近半年才得以康復。如今蔡氏、馬王和朱自檢三人一同來狀告盧秉、袁發祥；馬王願為自己曾經捕殺過蘇軾刺史而承擔罪責。

此案聽起來撲朔迷離，極其複雜。

但是，蘇軾盡知來龍去脈，並曾親見事件的發生，知其前因後果，所以心中了然。按照朝制，與自己有牽連的案子應該迴避，不能主持審理。於是，蘇軾下了一封文書，派人送到一百多里外的仁和縣湯村鎮修河工地，把督役修河的新任杭州知府陳述古請回來審理。

陳述古迅速趕回杭州，一審便清楚明白，蔡氏、馬王、朱自檢三人所告非虛。按照辦案屬地不出圈的原則，陳述古把現在杭州作案的兩浙鹽事提舉盧秉和仁和縣令袁發祥一起拘捕，並附帶拘捕了盧秉手下為非作歹之徒劉二與洪三……

案件迅速審理完結，陳述古將一應案卷報刑部審批。

這事使錢伯溫成了熱鍋上的螞蟻，坐臥不安。盧秉曾接受錢伯溫的賄賂：三萬兩銀子的珠寶，和一個美妾阿蘭。如今盧秉的所有家產全部收繳充公，萬一他把同時受賄的沈立之和張靚牽扯出來，那後果便不堪設想。

錢伯溫想到這些便惶惶不可終日。萬一他們三個貪官供出實情，自己這「吳越國王第七代孫」的名聲也就保不住自己了……這可怎麼辦？偏偏女婿柳謀順藉名做綢緞生意進了汴京，想巴結沈括再攀上當朝駙馬王詵，妄圖有朝一日置蘇軾於死地，那曉得一去幾個月音訊全無……眼下連個商量的人也沒有。

錢伯溫只好在家裡急得搔耳撓頭。

正巧這個時候，家丁在外邊大聲唱喏：「柳姑爺柳大公子駕到！」

錢伯溫喜出望外，急奔出來，半點責怪女婿的意思都沒有了，高呼大叫：「賢婿來得正好！來得正好！盧秉犯了案，我差點狗急跳牆。萬一他把沈立之、張靚咬出來就糟了……」

柳謀順打斷他說：「岳父大人不必詳說，我已經什麼都明白了。到了今天我也不妨直說，其實我從京城回來已經很久了，但我有自己的謀劃，覺得時機不到不見你爲好。家父也同意我的謀略。今天，這個時機到了，我趕緊來會見岳父大人，還望大人多多諒解。」

錢伯溫一撇嘴說：「嗨！自己人還講這些客套話。快把你的謀略說出來吧，看都把我急死了！你一定找到了解救目前危難的好辦法！」

柳謀順說：「說得更明白一些，是給蘇軾挖一個大陷阱的時機到了。」

錢伯溫說：「這可把人高興死了！」

柳謀順說：「恐怕岳父大人不會太高興，這事情可得破費大人一大筆錢！」

錢伯溫似有警覺：「多少？」

柳謀順說：「十萬兩！」

錢伯溫說：「啊？怎麼要這麼多？你在汴京嫖賭也太厲害了吧？」

柳謀順大笑：「哈哈哈哈！我說岳父大人不會高興吧？十萬兩銀子是不少喲！岳父大人心疼了？」

錢伯溫說：「謀順別繞彎子了，我幾時心疼過錢？上次我不是一下出手十多萬兩給了沈立之、張靚、盧秉了嗎？快說這十萬兩作什麼用？」

柳謀順乾乾脆脆說：「辦事用！讓我明白直說吧，汴京沈括是個什麼人？是我們錢塘出的正人君子，我要透過他再去結識附馬王詵，能用銀子開路嗎？他們只認政績，只認友情。可是，沒有他們到杭州來，我們給蘇軾挖陷阱又挖不下去。蘇軾也是拿錢買不通的人！可是如今好了，蘇軾修西湖短缺了十萬兩銀子，沒這錢他就前功盡棄。碰巧又有人告發了盧秉的案子，陳述古審完案抄了盧秉的家，抄出了現銀十多萬兩。他和蘇軾商量報請皇上恩准用這筆錢修完西湖。皇上不心疼這十萬兩銀子，一定會准奏，那倒沒事了。偏是宰相王安石視錢如命，當然他不是爲個人看重錢財，他只是爲朝廷爲國家把斤斤兩兩都看得很重，他的變法就是打著『爲國理財』的旗號，就算王宰相也同意用這十萬兩修西湖，那一定會要追查一個來龍去脈，拷問盧秉十萬兩從哪裡來。重刑之下有招供，盧秉臨死了還會再爲岳父大人保密嗎？沈立之、張靚那些貪官倒了也好，就是要把岳父大人也牽扯完蛋，小婿當然不會甘心。不會坐視岳父大人被牽扯進去！」

「今天小婿特來向岳父大人獻上一個計謀：岳父大人你自願捐出十萬兩銀子交給蘇軾去修西湖吧！修好了對後人也是個功德。這樣一來，蘇軾不再用盧秉的十萬兩了，沒收的贓款交了國庫，王安石興許連盧秉的案子都不記得了。他一不追查，沈立之、張靚和岳父大人便安然無恙。岳父大人把這十萬兩銀子交給家父，由家父代爲轉交蘇軾，一則你我二家都風風光光，二則溝通了與蘇軾的關係，趁機把以前的一些誤會也消除了。這必在杭州造成一段佳話，這佳話由我負責傳到汴京。這樣，蘇軾修湖竣工之日，王詵、沈括必成蘇軾的座上賓，那時家父和岳翁自然也有一席地位。殊不知這歡笑之中，我們就已經給蘇軾挖成了一個可以致他於死命的陷阱。小婿這謀略豈非萬全之策嗎？至於這陷阱具體怎麼挖，請恕小婿無禮，天機不可洩漏，暫時不說了。」

錢伯溫高興得二話不說，急溜溜進了房，取出自己那一根靈蛇煙桿，如蛟龍揚波，似金蛇狂舞，耍一個水潑不進，人難攏身。然後立定收樁，將靈蛇煙桿朝神龜上方擊撲三次。

神龜上一個金黃的銅磬子，「噹！」「噹！」「噹！」亮脆悅耳響三聲。

錢伯溫斬釘截鐵地說：「祖公蔭德，佑我子孫！十萬兩銀子立即出手！」

當柳暮春把十萬兩銀票交給蘇軾時，煞有介事地表白說：「子瞻！怪我以前還不夠瞭解你，產生了一些小隔誤。現在你修西湖少了十萬兩銀子，我心裡很過意不去，就把這事同我親家商量。親家錢伯溫畢竟是風光杭州許久的吳越國王錢鏐的後代，他不是守財奴，願意自覺捐出十萬兩銀子，協助子瞻完成修湖偉業。又怕你誤解他，所以交我轉交給你。我深信子瞻不是小肚雞腸之人，不會在意以前一些小小磨擦。先收了十萬兩銀子修好西湖再說吧！」

蘇軾簡直有點不相信眼前的事實，心裡想著：「這不是在做夢吧？」但明明白白這不是夢，於是爽切地說：「感謝暮春公理解我，支持我。暮春公募集來修湖的巨款，這是錢大東家送給子孫後代的禮物，我只是代收代用罷了。請代我向錢翁表示謝意。西湖修成之日，慶典上他也就當然是座上嘉賓……」

什麼難關都已闖過，修治西湖順利進行。

到這年的十月底，修湖如期竣工。就是說，半年之內修浚完畢。這其實是蘇軾的最初設想，現在總算了卻一樁心願。他奏報皇上說修湖需時兩年，請皇上兩年內不調走自己，那其實已留下了充分的餘地。

蘇堅粗略計算了一下，還有一些掃尾輔助工程：堤上要鋪草皮以護堤岸，栽種楊柳芙蓉以貯綠蔭；堤上六座石拱橋已分別取了名字，叫映波、鎖瀾、望山、壓堤、東浦、跨虹，各需搭個彩樓並請蘇軾題字……總之，掃尾工程半個月就可以了。

蘇堅深情地說：「刺史蘇公爲杭州子孫後代辦了一件大功大德大好事，後人說不定給這新堤取名爲『蘇公堤』；甚或還會安上一個新景觀的名字：『蘇堤春曉』！我蘇堅也姓蘇，沾你刺史蘇公的光了。我提議十一月十一日舉行竣工慶典，『十一十一』，兩個十足加一，未知蘇公同意否？」

蘇軾說：「好不如巧，既好又巧，早幾天駙馬爺王詵和錢塘學人沈括捎信來說，恰好是那幾天要來杭州參加我們的修湖竣工慶典！」

46 吳中田婦無心哭訴 蘇子秉筆留下禍根

蕉荷村今天分外喜氣洋洋。黃東順、任海春代表蕉荷村一百多位鄉民昨天到了知府內，專請刺史大人蘇軾和他的書童大日今天去他們村，參加他們此次榮獲「修湖功勳」稱號的慶祝活動。

蘇軾已經答應了，並且告訴黃東順他們，「書童大日」是女扮男裝而已，「大日」即蘇軾的愛妾大月。

整整半年下來，蕉荷村全體民夫奮勇出力，結束時被評爲「修湖功勳」。今天舉行慶祝，特邀蘇軾參加。自然還包括謝謝他施捨「聖散子」救治了時疫病人的含意在內。

蘇軾自己覺得，能夠最終下決心修治西湖，與這個直腸子黃東順的批評激勵有關係，去參加他們的慶祝活動也理所應當。

蕉荷村村前有一塊特大的草坪，今天臨時搭了一個台子，自是慶祝大會的主席台。

蘇軾今天是官服、大月也還復了美麗的女兒身。接受那次修運鹽河蘇軾幾被盧秉派人綁架殺害的教訓，魏班頭領著十幾個衙役來了，負責安全保衛工作。

蘇堅是修湖公署的主簿，蘇軾要他一起來參加。以便過幾天在大堤上舉行慶祝大典時有所借鑒。

蘇軾、蘇堅、大月被恭請登台。台子正中卻擺著一張好大的方桌，桌上放好了文房四寶。黃東順說：「蘇大人是當今大才子，文才蓋世，今天先請給我們題寫一首詩吧，留作我們的修湖紀念，請蘇大人萬莫推辭。」

蘇軾說：「哦！東順要當場考我了！哈哈！」稍一沉吟，朗朗說：「一百多位鄉親盛情難卻，也就獻醜了。」

走攏方桌，提筆揮毫，寫詩一首。

蕉荷村榮膺「修湖功勳」稱號志賀

杭州刺史　蘇軾　撰書

我在錢塘拓湖淥，
蕉荷兒女建功勳。
六橋橫絕天漢上，
北山始與商屏通。

參加慶祝大會的遠不止是蕉荷村的一百多人，吸引附近鄉親們都來了，會場上足有四、五百人。

蘇軾應邀著先講話：「鄉親們！我想我蘇某人與你們蕉荷村眞是有緣。從我一年多前到任杭州以來，最初發送『聖散子』救治時疫病人就從你們村裡做起。當時我化裝成『查秀才』，賤妾大月化裝成『書童大日』……後來又是你們村裡的黃東順每每激惱我，說我不修西湖只顧畫扇子做生意，不修湖反跑去仁和縣修運鹽河……終於促使我下了決心非把西湖修好不可！而你們村在修湖中又作出了巨大的貢獻，我今天來是爲了向大家說：謝謝你們！……」

蘇軾壓根也沒有想到，就在他大講與蕉荷村甚有緣份的時候，夾雜在群眾中的十多個並非蕉荷村村民的生人，正以異樣的眼神注視著蘇軾，他們心裡都在說：「只怕蘇大人你做夢都沒有想到，你的厄運也將與這蕉荷村有關，將與今天這慶祝大會有關……」

這十幾個生人也和村民一樣打扮，他們拿了某個主子的錢，受他指派而來卻不是爲了行兇作亂，而是另有特殊的使命安排……在數百個鄰近村民中夾雜十幾個這樣的特殊人物，不會引起任何人的懷疑。

會議隆重、熱烈，但開得不長。蘇軾講話之後，蘇堅也講了，他講的問題帶有水利專門學問的性質。他說：「爲了防止西湖再淤積起來，刺史蘇大人還制定了一整套設立專人、分段管理的獎懲方案。管理方案的要點是聘人種菱角！菱角的特點你們也曉得，必須把先年的舊株掃除乾淨，才能下種子。這樣每年清除一次，西湖內的雜草也就不能蔓延，葑田也將永遠不會出現。同時，菱角每年有收摘，貨又好銷，生吃、熟吃、做粉，人人都喜歡。每年的菱角收入不僅可以養活種菱人，還可以提供每年小修西湖的費用。

這有多好？相信蕉荷村的村民們會積極應聘，作蘇刺史大人的第一批種菱人！……」

立刻便有黃東順、任海春等十多人積極報名應聘。蘇軾要侍從勞眾都予以登記。

會議也就散了。前後只有個把時辰。

散會以後，蘇軾等人要走，黃東順代表村民苦留他們吃中飯。正在相持不下之際，一個四十歲左右的中年婦女擠了進來，朝著蘇軾磕頭說：「蘇大人！蘇大人！救救我們吧！救救我們吧！」

黃東順把中年婦女攙起來說：「姐！你這是怎麼啦？你這是怎麼啦？」

蘇軾問黃東順：「這是你姐姐？」

黃東順說：「是啊！她嫁在吳中故地長樂橋，可那裡日子只有苦沒有樂。總是又遇到什麼糟心事了。」

黃姐又掙脫弟弟的手，跪在蘇軾面前說：「蘇大人看在與我弟弟有交情的份上，救救我們吧！再這樣下去，我們就只有氽水上吊死路一條了。」

大月俯身攙起黃姐說：「黃大姐！這麼多人嘈嘈雜雜，也說不明白，進你弟弟家去說吧！蘇大人到屋裡聽你說。」

於是一行人進了黃東順的家。魏班頭不讓許多人往裡面擠了，只讓黃東順一家、他姐姐、蘇軾與大月、蘇堅與勞眾等少數幾個人進去，由他和幾個衙役守門。

蘇軾開始用心聽著黃東順姐姐的哭訴。

黃東順姐姐叫黃翠芝，嫁在離杭州四十里的長樂橋。長樂橋屬余杭縣管，也在杭州府治之內。那裡古稱吳中地區，約定俗成都這麼叫。

黃翠芝已有三女一子，丈夫早兩年漲大水時被沖入水中，成了殘疾。兒女們還小，家裡耕田種地全靠黃翠芝一個人。

黃翠芝一家種了八畝田，本來吃的穿的有了。可是今年天氣不正常，田裡的粳稻遲遲不熟，還沒熟了稻子就起霜風。霜風一來雨直下，割稻的鐮子和攏穀的杷頭都生鏽發霉。眼淚流盡了雨還不住，不忍心看見黃稻穗倒地入泥生出青秧苗，搭起茅棚在田壟上一住就是一個月，直等到天放晴了才收了稻穀回家。汗流浹背，肩膀紅腫，好不容易把穀子挑到市上去賣，穀價賤得像賣碎米糠皮。實在沒有辦法，只有賣牛拆屋去納稅，顧不得明年怎樣生活了。只因爲官府如今收田賦稅都要錢不要穀米，說是收了稅款要招兵買馬去西北萬里守衛邊防，防止羌胡入侵……

黃翠芝聲淚俱下哭訴，最後又要跪地磕頭，被大月死死拉住了。

大月捋出自己一對銀手鐲子給黃翠芝說：「翠芝姐！這是我的一點心意，你先拿去應急吧！你說的這些事，蘇大人一定會記在心裡，今後在施政方面予以解決。」

蘇軾又氣又急，又恨又惱，卻又不知道氣急的是誰，惱恨的是誰。要不是賢淑的愛妾大月捋出手鐲救急，他刺史大人眞還沒辦法應付這場面……

思前想後，蘇軾只能說：「黃翠芝你說的這些情況本官將核實調查，如果屬於官吏們有過錯，本官一定替你作主。我們這就回府衙去了。」起身要走。

黃東順自是不便再強留吃飯了。

但屋外有人起哄，越吵聲音越大了：「蘇大人不能走！蘇大人不能走！我們也有苦情！我們也有苦情！」十幾個年輕力壯的男子漢，硬是往屋裡衝擠。

魏班頭吼叫起來：「誰敢亂擠亂動？衙役們可要動手了！我們要保衛刺史大人的安全！」

那十幾個蠻漢哪裡肯聽，結成團夥硬衝。

魏班頭迅速喊攏了十幾個衙役，組成四層人牆擋著。相持不下，好不緊張。眼看就要釀成毆鬥。

蘇軾大喊一聲：「大家住手！民眾只是說有苦情要傾訴，魏班頭你不要阻攔，讓他們一個一個進來訴說。」

於是一下子靜了下來。眞要放人進來哭訴，只先後進來了八個人，哭訴了幾件蘇軾早已聽聞過的故事，什麼青苗錢到手不頂用，什麼賣兩石穀還繳不了一石穀的稅錢等。

這別有用心故意起哄的十幾個人，原來是受主子柳謀順的派遣，到各處收集了許多農民的貧苦故事，趁今天蕉荷村開慶祝大會的時機，要纏住蘇軾，向蘇軾苦苦哀訴，使他被農村的貧苦慘狀所激惱，當場說出不滿朝政、尤其是不滿王安石變法的話來；能夠當場作出反詩來就最好。萬一不行，他蘇軾聽了這些悲慘故事後回去總會寫詩，寫了詩總會要刻印出版，那時便好吹毛求疵作文章，指白爲黑造誣蔑……

但是蘇軾根本沒有想到，黃翠芝也是柳謀順派人費了好大的勁才找到的眞正苦主，她藉著蘇軾今天到她娘家蕉荷村參加慶典之機，當著眾人的面向蘇軾哭訴，求取幫助，正是受了柳謀順的煽動。

黃翠芝本人更沒想到。她被柳謀順這個黑心人欺騙了，做了一件傷害清官蘇軾的蠢事情。

蘇軾帶著滿腔悲憤之情回到了家裡，幾乎不看任何人，不聽任何話，他完全沉浸在作爲一個詩人的激憤裡，把自己關進書房，將黃翠芝的悲慘故事迅速寫成了一首七言古詩。

吳中田婦嘆

今年粳稻熟苦遲，
庶見霜風來幾時。
霜風來時雨如瀉，
把頭出菌鐮生衣。
眼枯淚盡雨不盡，
忍見黃穗臥青泥。
茅苦一月隴上宿，
天晴穫稻隨車歸。
汗流肩赬載入市，
價賤乞與如糠粞。
賣牛納稅拆屋炊，

慮淺不及明年飢。
官今要錢不要米，
西北萬里招羌兒……

蘇軾寫完，還覺意猶未盡，又將過去聽到的、見到的一些農村悲慘故事寫成了詩。

山村絕句

杖藜裹飯去匆匆，
過眼青錢轉手空。
贏得兒童語音好，
一年強半在城中。

寫著想著，蘇軾似乎看得清清楚楚：青苗法，青苗錢，解決了什麼問題呢？安分守己的農民，拿了一石穀的青苗貸款，往往要賣兩石新穀才還得起本息。那些本就游手好閒或是扶杖討飯之人，鬆鬆快快拿到了青苗錢豈會愛惜？不是進了酒店便是進了賭館，幾個青苗錢轉手就空……莊戶人家的孩子到城裡哪裡是讀書求學，無非是學了城市人講話的一點聲腔氣派，回到鄉下便四處自誇：我一年有一多半住在城裡，羞煞你死守鄉裡的蠢人……

蘇軾這一晚寫詩三十多首，竟伏在桌上睡著了。

西湖新修的十里長堤之上，彩旗飛舞，音樂飄揚，如期舉行修浚西湖的慶典。

蘇堅別出心裁，早已通知參加慶典會的民眾多備白鴿，統一號令放飛。

主會場在大堤南岸坪裡，這裡離杭州西城三個門中最靠南邊的錢塘門很近。今天的貴賓特多，上有當朝駙馬王詵，和錢塘學人司天監沈括；下有捐贈十萬兩白銀以助西湖修浚之開明士紳錢伯溫，和致仕杭州知府柳暮春；中有周邊的湖州知府孫莘老，和紹州知府沈德麟等。

難得這一天又是碧空萬里。

當陳述古和蘇軾兩位主政官領著貴賓們步出錢塘門時，主會場上，司儀一聲令下：「鳴銃放鴿——」霎時三聲銃響，全堤皆聞，坪中、堤中、湖中數以十萬計的民眾，放飛各自握抱的白鴿。轉眼白鴿如雲，鴿哨如樂。滿世界歡聲雷動，鼓樂齊鳴。湖中數以千計的遊船上也響起了樂器。這一飛鴿行動連蘇軾都不知曉，頓時詩興大發，望著湖中跳水如珠、空中白鴿雲聚的場景，吟誦而出：

好個藍天放雪衣，
掩月貯蔭蔽長堤。
映照湖中珠水跳，
召喚西子浣沙溪。

王詵脫口稱讚：「子瞻奇才也！一年多前在京都南園蘇宅，子瞻欲放棄京官，請求外任，以便爲黎庶百姓做點實事，報答衣食之恩。此語言猶在耳，今已在杭州西湖化成一道長堤。難怪民眾放鴿祝贊。今又聞子瞻即席吟詩，把西施姑娘牽引出來，西施昔日協助越王勾踐臥薪嘗膽，最後報仇雪恨，消滅了吳王夫差，西施是令杭州人千古自豪的美女，子瞻用之比興今日之盛景盛會，的確是高人一籌啊！」

蘇軾說：「駙馬謬獎也。非是蘇某之詩有何高妙，實在是此情此景已自天成。諸位再看，藍天麗日，瀲艷湖光，遠山空濛，若無還有，想他日雨中亦自新奇。竊聞人云，昔日西施之美，淡妝怡人悅目，濃抹搖蕩心旌。除了眼前這西湖可與之比，更有何來。蘇某不揣冒昧，又要獻醜了。」

隨即吟誦詩句：

水光瀲艷晴方好，
山色空濛雨亦奇。
若把西湖比西子，
淡妝濃抹總相宜。

沈括脫口而出：「子瞻文才蓋世，吟詠西湖前無古人。沈某比子瞻痴長七歲，又是錢塘本地人氏，從小生於斯長於斯，卻不曾發掘出西湖如此之美麗。想我二人在京都館閣共事之時，愚兄我只痴迷於新奇事物，對賢弟成天詩文在口還有所鄙夷。今日想來，好不慚愧。賢弟勝愚兄多矣！」

蘇軾也喊著沈括的字說：「存中兄過謙矣！尊兄不因爲對新奇事物如此痴迷，何能蒙皇恩而領司天監一職，不置渾天儀與玉壺浮漏等觀天測象，哪能發現那顆神秘的水行星？說不定有朝一日，寰球世界將以尊兄的台甫命名這顆由尊兄發現之新星！那才是光昭日月啊！哈哈哈哈！」（筆者按：當今世界天文學界，正是將編號爲第二〇二七號的水行星命名爲「沈括星」，以表彰其貢獻。）

應邀參加西湖修浚慶典的嘉賓錢伯溫，心懷叵測，眼下當然不會放過這個暗箭傷人的好機會了，他趁蘇軾和沈括議論風生之機，蓄意插話鼓噪說：「在下錢塘錢伯溫，雖是前吳越國王錢鏐錢老祖公的第七世孫，而眼下只是布衣一個，了無爵秩。今天得與當朝駙馬王爺及諸位大人謀面聆聽教誨，簡直不是三生有幸，而是七世有緣，我托蔭祖上福德了。今有刺史蘇大人既勤政愛民，修湖創業；又才華蓋世，詠湖傳神；本小民托鄉梓賢聖存中公之蔭福，懇請不遺餘力，盡取蘇大人自造福杭州黎庶以來的諸多吟誦佳句，匯印成編，刻印付梓，以饗億萬斯民，更增我錢塘之自豪本色。蘇公此集或可正好名曰《錢塘集》矣！」

王詵忍不住接話：「好個《錢塘集》，錢伯溫先生此書名取得甚好。子瞻！此事我亦附議，盛舉不可推諉。我還要約你遊覽幾天，我作畫，你吟詩，不把西湖美景盡情展示，我是不會走啊！哈哈！今晚上先泛湖觀賞夜景吧！」

是晚月明，「十一日」雖非滿月，也還夠多半略圓了。

一艘大號遊船，載著蘇軾、王詵、沈括、陳述古、柳暮眘、錢伯溫共同遊賞夜景。這場合本來已沒有錢伯溫的座席了，但錢伯溫早早地備辦了這艘遊船並裝飾一新，在船頭上爲駙馬王詵設立了夜間作畫的案桌。船上座椅面前都有菜酒糕點，以供隨意吃喝。蘇軾的座前還放有一個書案，上置紙筆供其寫詩作文。

有了這麼好的遊船，又有錢伯溫和柳暮春一同邀請，主客們自是不再推辭。錢伯溫、柳暮春自然也有了自己的座席。

王詵一到作畫時便全神貫注，心無旁騖。他畫上了今晚半圓未圓的新月，恍恍惚惚猶猶豫豫在偷看西湖美景；湖上便是高掛燈籠的遊船，船上遊人似在向夜景眺望，煞像是朝更深的夜晚有所期盼……

蘇軾據此畫面，立刻題詩七絕一首：

新月生魄跡未安，
才破五六漸盤桓。
今晚吐艷如半璧，
遊人得向三更看。

王詵高興地說：「好個子瞻！你的詩不是爲我的畫作陪襯，而是使畫生輝。何必各行其是？你直接題寫在我畫上多好。」

大家全都贊同。錢伯溫乾脆叫下人把蘇軾的案桌撤走了，大家都圍攏著王詵的畫桌。

漸漸三更已到，大家坐下吃喝了一番。王詵又開始作第二幅畫。

此畫月亮像欲垂未垂，船上遊人似有一些惆悵，好像在揣測明朝又將發生一些什麼事情。

王詵畫完，蘇軾又立刻在畫上題詩：

三更向闌月漸垂，
欲落未落景特奇。
明朝人事誰料得，
看到蒼龍西沒時。

眾人只是泛泛讚好。久未講話的柳暮春看出一個特點來了：上一首的尾語做了下一首的起頭。上一首末句是「遊人得向三更看」，下首起句便是「三更向闌月漸垂」。這種「銜尾接龍」的詩作，作個三首兩首尚可，多了可是寫不下去。

柳暮春料想這是蘇軾一時疏忽。故意點破這詩必須「銜尾接龍」一接到底，等他接不下去時便把臉丟光了。於是他說：「子瞻眞是奇才，無意之間，詩作銜尾，頭首『三更』落，二首『三更』起。底下當然更會『銜尾接龍』貫串到底，更成大雅，哈哈哈哈！」

大家這才注意，果然如此。

說話間王詵的第三幅畫已快畫完。天上星移斗轉，柄杓打橫，東方升起了長庚星，似乎冷氣生芒，煞是別致。

沈括說：「長庚啓蒙星叫金星，金星生芒成角，是有兵鬥發生，大概西北邊關又吃緊了。」

沈括只顧望著東方的啓明星大發感慨。猛低頭看見前面有一艘小船，正有二人在船上收起釣竿，小船準備從湖中的香蒲菰草裡逃走，忙問蘇軾：「西湖是禁漁禁釣吧？不然他們怎麼見我們來了就逃？」

蘇軾說：「可不是嘛！盜漁盜釣者一時難禁絕，今後更要加強監管。」

沈括說：「禁漁禁釣那是政務，這月下偷釣的情趣倒好。駙馬爺畫面上沒拉下吧？」一瞧畫面，果然全已畫上，正好畫也完工。

蘇軾忙又揮筆，題詩於上：

蒼龍已沒鬥牛橫，
東方芒角升長庚。
漁人收筒及未曉，
船過唯有菰蒲聲。

這下子大家都先注意此詩是否「銜尾」？果然半點不差，第二首「蒼龍」結尾，這第三首便是「蒼龍」起頭。

沈括放下心來，舒出一口大氣說：「子瞻才高，任人難不倒也。」

柳暮春不得不言不由衷地讚嘆：「子瞻非常人也。非但三首詩銜尾接龍，而且一首比一首更富韻味。」

王詵又畫了兩幅畫。已經是遠湖的未來遠景了。

蘇軾又照畫題了兩首詩：

菰蒲無邊水茫茫，
荷花夜開風露香。
漸見燈明出遠寺，
更待月黑看湖光。

湖光非鬼亦非仙，
風恬浪靜光滿川。
須臾兩兩入寺去，
就視不見空茫然。

等五幅西湖夜景圖全部畫好、題詩、用印之後，已過四更。柳暮春與錢伯溫各歸家去。知府陳述古和通判蘇軾送王詵、沈括去悅賓軒居住。這裡是官辦館所，來往客官各按官階等級入住相應的房間。

王詵和沈括自然住最高貴的小樓別墅。樓裡燈燭輝煌，二、三十名美女列陣，全都行斂衽萬福禮。原是蘇軾早已下令：要杭州二、三百名官妓中的絕色女子聚齊迎候，以備駙馬爺遴選。這乃當時朝制使然，各地官府無不蓄有許多官妓，專爲來往官員陪宿，以免他們去逛野妓青樓。

王詵本是風流美男子，駙馬府妻妾如雲。眼下一時沒有思想準備，淡淡一笑說：「子瞻！都快天明了，這一招就免了吧！」

沈括附和說：「本官五十歲，垂垂老朽！興趣無多！哈哈！」

誰知內屋走出一個鬚髮飄白的老者，爽爽朗朗說：「存中五十歲算何老朽？老漢我八十五仍不倒威呢！嘻嘻！」這是老詞人張先，字子野，吳興（今浙江湖州）人，早年進士，官至都官郎中，早已退休在家閒住。他對蘇軾一拱手：「謝謝子瞻邀請我來參加修湖慶典，可惜我還是來遲了。」

蘇軾說：「子野公，來了就好。」隨即向王詵公紹說：「駙馬爺！此吳興『張三中』也！」

王詵說：「哦？如此好名，當有來歷！」

蘇軾說：「子野公善寫詞，所寫乃『心中事、眼中淚、意中人』也！豈非『張三中』嗎？」

王詵大笑：「哈哈！此『三中』人人不可或缺。子野公此外號雅也！」

張先說：「不不！駙馬爺莫聽子瞻胡謅，『三中』太過直露，何如我自號『張三影』？」

王詵饒有興趣：「子野公『三影』從何得來？」

張先說：「那是拙著詞中，有『雲破月來花弄影』、『無數楊花過無影』、『隔牆送過秋千影』等句，此非『三影』者何？當朝宰相介甫公亦讚此寫影三句。」

王詵連連點頭：「不錯不錯！子瞻在鳳翔，不也有『枝上柳綿吹又少』、『牆裡秋千牆外道』等佳句嗎？子瞻與三影公心氣相通了，哈哈！」

蘇軾說：「駙馬爺有所不知，子野公的《千秋歲》中才有更好的佳句：『天未老，情難絕，心似雙絲網，中有千千結。夜過也，東窗未白孤燈滅。』難怪子野公不許五十歲的存中兄自稱老朽了。哈哈！」

陳述古忙忙附和：「那是當然！子野公今年八十五歲，早一陣仍聞買妾，豈非『天未老，情難絕』嗎？子瞻可不能無詩啊！哈哈！」

蘇軾說：「太守有令，敢有不依？筆墨侍候！」隨即寫詩一首：

張子野年八十五，尚聞買妾，述古令作詩

錦里先生自笑狂，
莫欺九尺鬢眉蒼。
詩人老去鶯鶯在，
公子歸來燕燕忙。
柱下相君猶有齒，
江南刺史已無腸……

蘇軾此詩中頗有典故。杭州臨安縣，昔日錢王時賜名衣錦城；張子野《臨安三絕》詩中有題曰《錦溪》，故首句「錦里先生」即張子野。

唐朝元稹作《續會眞三十韻》，敘述張生與崔氏小姐鶯鶯的戀情故事，即後來元朝王實甫作《西廂記》

的取材來源。

漢成帝寵妃趙飛燕，小名燕燕，歷史上還有許多著名妃妾也叫燕燕。所以，「鶯鶯」、「燕燕」泛指多情美女，妓女中多有取名爲「鶯鶯」、「燕燕」者。今晚官妓中就有鶯鶯和燕燕。

「柱下相君猶有齒」，典出《漢書》：張蒼，秦時爲御史，立柱下方書。漢文帝四年爲丞相，歷十餘年。後口中無齒，食乳，女子爲乳母。張蒼妻妾以百數計，年百餘歲乃卒。

「江南刺史已無腸」，典出多處。一爲白居易《山遊示小妓》詩云：「莫唱楊柳枝，無腸與君斷。」又一爲劉禹錫之詩云：「籠髻梳頭宮樣妝，春風一曲杜韋娘。司空見慣渾閒事，斷盡江南刺史腸。」都是指狎妓中的深情愛戀。

在座的人中無一不熟知蘇軾詩中這些典故，尤其對張蒼蓄妻妾百數而又活過百歲一事興趣盎然。都誇蘇軾詩句美妙，用典奇巧。

獨有沈括借此事請問張先說：「子野公！料你也將是張蒼第二。子野公妻妾如雲，而又年高體健，此中奧妙爲何？」

張先大笑：「哈哈！不禁欲，不肆欲，正如同不過飢，不過飽。人生於自然，順其自然，焉有不享天年之理？若講奧秘，說有也無，說無卻有，乃只一句話：性藥當禁也！」

駙馬王詵對此甚感興趣，他知道皇室後宮中性藥彌多，御醫屢當奇寶進獻。今突聽張先此言，盎然打問說：「子野公！『性藥當禁』可否詮釋些須？」

張先說：「古人云：滿則溢，精氣滿者，溢於女人，殊爲天理。溢過後必是虧，虧者何來有溢？性藥者，發掘全身光華，補充精氣虧損，使之急速滿溢。光華者榨取精光，焉能再有長壽？故爾老夫認爲：世間劇毒，莫過性藥者也……」

張先子野一番教言，在場男人無不覺如醍醐灌頂。是夜，王詵、沈括、蘇軾、陳述古、張子野，盡挑美妓銷魂。全都適可而止……

十一月十三日上午，王詵、沈括到蘇軾家做客。

沈括雖曾與蘇軾在館閣共過事，但各人意趣不同，交往不密。沈括最愛收集稀奇古怪的事物，他便直通通提出：「子瞻！聽說你家有一座三峰木假山，是你祖傳之寶，我一直未能親見，今天是非拜望一下不可。」

蘇軾說：「說什麼寶來？一塊整木雕成的三峰假山而已。自曾祖以來，迄我已是四代，不敢須臾慢待也。存中有興趣就看看吧！晉卿可是看過了。」

王詵說：「不妨再看看，每看一次都有新體會。聽說令尊在去世前寫了一篇《木山記》附在旁邊了，那就更該再次觀瞻。」

打開一個鎖著的小屋，裡面全是蘇家的祖傳之寶，有曾祖父以來的三代祖先畫像：

敕贈太子太保曾祖父蘇公諱杲像

敕贈太子太傅祖父蘇公諱序像

顯考秘書省校書郎謚光祿寺丞蘇公諱洵像

三尊像前共有一爐香火，此時也有香煙繚繞，柏香清幽。看來蘇家人每日來祭敬。

客人們不多言語，都順應著主人對祖先的虔敬心情。

突見三張畫像前案桌上還供著一把古老而美麗的雷琴，琴上蛇腹般的花紋隱隱顯顯。琴上刻有字：「開元十年造，雅州靈開材」。

沈括對古往今來的奇珍異事甚感興趣，對天文地理歷史掌故均很熟知，他的興致被誘發，顧不得肅靜的戒條了，侃侃而談說：「開元十年，開元是唐玄宗李隆基的年號，李隆基就是因安祿山造反、在馬嵬坡逼著楊貴妃自殺的玄宗皇帝；他的開元十年到現在已有三百五十多年了。子瞻！你家這把雷琴已是國寶級的神物了。其製作由來就更神乎其神，據《賈氏說林》記載，古代製琴師雷威在無爲山中造得一琴，怎麼彈都是五音不全而難成曲調，可又找不出毛病來。正躊躇間，忽一老人指點說，此琴要上面再短一分，其頭部保持豐滿，其腰部收束。在逢『巳』之日上漆，在逢『戊』之日上弦，這就行了。老人說完後忽然不見。雷威知道是得到了仙人指點，叩謝之後，依法製琴，無不佳絕，後人便以雷威之姓將其命名爲雷琴。」

蘇軾說：「存中乃博學大才，古今怪異，無所不懂。」

這便是蘇軾出生時，父親蘇洵取來置之兒子身旁助其扶正壓邪的古寶。

王詵說：「天地萬物，各有所長。子瞻有詩才，存中有異才，皆大才也。」

幾個人轉到一個角落，又發現一個異石硯台，樣子像個魚的形狀，通體爲淺碧色，裡裡外外都有細沙一般的銀星星，用指彈之，作鐘磬般鳴響。中間自然凹下，四周漸漸隆起。就是說中間凹處可貯水貯墨，四周隆起處可掭筆蘸墨蘸水。與所有的硯台不同，不見雕鑿的任何痕跡。

王詵問：「子瞻！此爲何硯？我怎麼從沒在別處看過？也沒見你用呢？」

蘇軾說：「我十二歲在四川眉山老家玩，與一群小朋友在園子裡作鑿地遊戲，突然得到這塊異石，中間放了墨水不會自己乾枯。家父稱爲『天硯』；說我與文字有緣，天硯就賜給我了。我怎麼捨得用，只收起來，另用買來的硯台寫字作畫。」

沈括大笑：「哈哈！難怪子瞻文才蓋世，原是上界文曲星下凡，把『天硯』都帶下凡塵了！」

蘇軾說：「借存中之異才，我想問問，這是吉兆還是凶兆？」

沈括說：「天之所賜，是吉非凶。況你有數百年文化根基之底韻，」邊說邊敲敲「開元十年」之雷琴，「此是天意給你的昭示，不可小瞧。然而官宜直，文宜曲，子瞻你既是文曲星，恐怕命運前途未必筆直平坦，而是頗爲曲折坎坷。然這也許正是成全你文曲星大業的必由之路，你不必太在意了。」

蘇軾說：「存中異才，殊當欽佩。你的判斷，其實已在先父所著《木山記》中有所暗示了。二位請看。」

木山記

蘇洵

木之生，或孽而殤，或拱而夭。幸而至於任為棟梁，則伐；不幸而風之所拔，水之所漂，或破折，或腐……或彷彿如山者，則為好事者取去，強之以為山，然後可脫泥沙而遠斤斧……余家有三峰……余見中峰魁岸踞肆，意氣端重，若有以服其旁之二峰；二峰莊栗刻削，凜乎不可犯，雖其勢服於中峰，而岌然決無阿附意。吁！其可敬也夫！其可以有感也夫！

看完這篇《木山記》，沈括大發感慨說：「子瞻！此乃府上祖傳之精神至寶也！先尊對樹木所遭受之坎坷命運，感受彌深，或也有意提示你多所留意了。然先尊在後段的論述中，或謂二峰乃子瞻、子由二兄弟矣，雖在總體上服從至高無上之中間主峰，但本身絕不可卑躬屈膝阿附權貴！依沈某看來，你兄弟二人可當此稱譽也！」

蘇軾說：「存中知我也，知我父也，知我家也，知我兄弟也！」

沈括說：「那子瞻就該多送我一些詩書矣！」

蘇軾說：「理當理當！」

於是三人走出這個小屋，王閏之隨之將房屋上鎖。

蘇軾從抽屜裡拿出了大摞大摞的手書詩詞，放在書桌上說：「借存中吉言，我文宜曲，準備接受曲折坎坷之現實。你自己挑吧！」

王詵說：「許存中挑，不許我挑嗎？」

蘇軾說：「晉卿不棄，盡可取之。」

於是沈括、王詵二人，將蘇軾的詩詞逐一翻閱下去。

突然前廳家丁唱喏：「老府台柳大人駕到！錢老東家錢伯溫先生駕到！」

蘇軾正欲出迎，柳暮春、錢伯溫二人已經進來了。

柳暮春說：「駙馬爺！沈大人！蘇大人！錢伯溫老先生乃下官兒女親家，他在吳越酒樓包下了全樓以圖安全雅靜，設薄宴恭請各位大人及親眷入席。他自知怕難高攀，便強拉下官一同來請。未知下官薄面，駙馬爺和各位大人肯賞光否？述古太守那邊，已由犬子謀順去請了。」

王詵說：「客聽主人安排，子瞻你說吧！」

蘇軾說：「本來舍下已備薄酒，謝敬駙馬和沈大人。如今既有老府台暮春公推薦，錢伯溫先生設宴相邀，錢老先生乃吳越王後代，亦非等閒之人，我看恭敬不如從命了。」

錢伯溫拱手說：「在下布衣錢伯溫，深感各位大人之恩德，我只有大禮致謝了！」說著單腿跪了下去。

蘇軾連忙上前扶起說：「錢翁請起，如此大禮，怎得敢當？不如就此赴席去吧！」

錢伯溫說：「不妨事，不著急。在下怕各位大人不肯賞臉，未敢造次動廚。各位大人先在貴府坐坐，我去吩咐酒樓準備。其實全都現成，只是調擺而已。我不久便來請各位赴席。」

錢伯溫去了，柳暮春留下來。他指著滿桌的蘇軾詩詞說：「子瞻如許佳作，怎不出個《錢塘集》？」

蘇軾還記得惠思的誠言：「謹言愼行。」不敢貿然答應。便說：「詩詞要耐得時間的推敲，這事就以後再說吧！」

柳暮春說：「那麼，子瞻就不讓我也挑幾幅詩書？」

蘇軾說：「暮春公不棄，盡可和晉卿、存中一塊兒挑。我乾脆出去，不妨礙你們三位挑選了。」說完便已出去了。

柳暮春趁機對王詵、沈括說：「駙馬爺！沈大人！子瞻不出這《錢塘集》，我看主要是沒錢不好啓齒。爲此事我親家錢翁說：不拘需多少銀兩，通通歸他出。」

王詵不屑地說：「錢事何難？亦無需一個布衣破費，駙馬府盡夠支付了。只是子瞻這詩稿如何到手？總不好向子瞻挑明了吧？」

柳暮春說，「此事亦不難。憑你我三人，各默記一部分，加上三人已取回之詩詞，詩稿豈不全已得到？存中公！子瞻這《錢塘集》可是對杭州故鄉的一大貢獻啊！」

沈括說：「對極對極！駙馬爺！我三人分頭默記吧！……」

皇上震惱京都大旱 流民罷相歷史悲哀

熙寧七年四月，時在公元一〇七四年。

王詵從杭州返回京都以後，一直想著一件心事：怎樣爲摯友蘇軾返朝鋪平道路呢？出版《錢塘集》增加蘇軾的聲譽或者不失爲一個辦法吧？柳暮春居心叵測，沈括出於敬重，但二人對出版蘇軾之《錢塘集》的心願，與王詵完全相同。三人根據在蘇軾書房中默記的詩詞，參照校正，已有定本，交王詵帶回京都，但從沒將此事告訴過蘇軾。

王詵回京後想到，關鍵是王安石，只要他還在朝爲相，蘇軾返朝希望渺茫，於是《錢塘集》稿本在王詵手中一直沒動。

最近以來，朝政有些動盪，王詵想：是不是到了王安石下野的時機呢？王詵懷著捉摸不定的心情上朝去了。

延和殿從來沒有這樣肅穆威嚴。執戈佩劍的禁軍士卒，從丹墀下直排至正殿門前。任憑十個月天旱不雨的驕陽烈焰炙烤，一個個汗流滿面，卻是不敢動彈。

特別不同的是，陳升之也來了。陳升之在王安石變法之初成立制置三司條例司時，曾和王安石共同領過這個司，但因並未積極推行變法，在那長達兩個多月的罷貶風潮中，也被趕出朝廷回福建建陽老家去了，名爲居母喪守制，實際被罷了官。後來也一直在地方官任上，近來才返京都，聽說被皇上秘密派到洛陽去了。

洛陽是司馬光被貶出京專修《資治通鑑》的處所。他多年了不回京都一次。此次皇上派陳升之前往，莫非是去叫司馬光出山取代王安石嗎？眞那樣，蘇軾回京便有指望了。在諫止王安石激進變法這一點上，司馬光與蘇軾是一個心眼，此唱彼和，司馬光返朝，蘇軾必定返朝。王詵不覺暗暗高興。

照例是群臣列班完畢，王安石才走上殿前，在御座前固定的首輔位置上坐定。他也感到了今天的氣氛異乎往常，似乎皇上背著自己在另作部署。他往左一瞥，呂惠卿、曾布、章惇、謝景溫等，這些變法多年來自己的左膀右臂一個不少，只是臉有疑惑，暗無光彩。就是說在自己「東府」「首輔」這一條線上人心有了游移。或許他們有什麼秘密瞞著自己了吧？

王安石又往右一瞥，在那些他認爲是對立派的隊伍中，今天多了一個陳升之。這個曾因不積極推行變法而被自己趕走的陳升之，此次回朝即被皇上派到洛陽找司馬光去了。今天首次站班便容光煥發，恐是帶來了對自己極不利的消息。變法六年以來，年輕的神宗皇帝趙頊時時以變法爲重，事事言聽計從，今天怎麼突然避開我而採取行動了？王安石感到自己的相位已經發生動搖。但他瞬間就已鎭定自若。他於己於私一無所求。

宦值高聲唱引：「皇上駕到——」

群臣伏地歡呼：「我皇萬歲——萬歲——萬萬歲！」

等得大家謝恩起立，無不目瞪口呆：皇帝趙頊一身雪白，不戴皇冠，白巾綰髮，長帶飄飄，煞像一身重孝。

自去年至今十個月不雨，赤地數千里，餓殍無計數，數萬流民湧進了京都汴梁，怨聲豈止載道，已經傳進內宮。趙頊許久就採取了「自責祈天」的舉措，「避殿」、「減膳」、在太皇太后和皇太后面前痛哭懺悔。這些當然不為外人所知。但他在全國頒發了《廣求直言詔》，實際是號召全國來批評自己；儘管無人敢批評皇上，但他自認為誠意應該感天。

然而天不為其所感，仍沒有雨水的徵兆。趙頊今天以此重孝在身的形象出現在金鑾殿上，能不使群臣驚駭萬狀嗎？

王安石這時反倒平靜了。他知道皇帝今天拿自己開刀已成定局，慌急枉然，只有平心靜氣對待。果然趙頊劈頭就問：「王卿！你認識鄭俠嗎？」

王安石心裡暗笑：皇上怎麼問一個無名小卒？口裡答：「是監安上門小吏。」監安上門相當於一個守門的傳達。

趙頊又問：「其人有何來歷？」

王安石答：「監安上門鄭俠，今年三十三歲，福建福清人。治千元年（一〇六四年）進士，任光州司法參軍三年，然後被臣調入京都居臣門下，一年後任監安上門，仍與臣有交往。」

趙頊又問：「其人品德如何？」

王安石答：「啓稟皇上，據臣所知，鄭俠博學辨慧，才智非凡，精研儒術，對漢朝董仲舒『天人感應』之論多有心得，熱衷於陰陽五行。對聖上推行新法，他曾以三句話表示贊同：『調琴瑟而錯之，鼓其宮則它宮應之，鼓其商則它商應之。』但他生性疏狂，不願擔任變法政務，只研習『天人感應』、『陰陽五行』……」

趙頊冷言打斷：「夠了！好一個『天人感應』、『陰陽五行』！五行由陰陽統領，陰陽由天道歸一，十月不雨乃『上天示警』。今日朕『解冠自罰，重孝感天』，只爲得祈禱天心回轉，憫我大宋黎民。『流民』不再出現，出現也只能在圖畫之間！」說著狠勁一揮手。

兩名侍宦展開了一幅驚心動魄的《流民圖》。作者：鄭俠！

遵照聖旨，兩侍宦展持《流民圖》先送到王安石面前，再在文武百官面前展示而過。

身被鎖械的流民、嗷嗷待哺的流民、咬牙切齒的流民、呼天搶地的流民、詛咒強暴的流民、餓斃街道的流民……流民，流民，在京城裡驅而不散，趕而不走，養之不起，死亡不盡的數萬流民，流民，一下子在整個朝廷掀起了巨浪。

趙頊宣布：「詔令陳升之翰林學士承旨！陳卿！你代朕宣讀鄭俠的彈劾奏表。字字血淚，句句悲淒，朕讀不下去。」

陳升之領旨謝恩，從一名侍宦手裡接過鄭俠的奏表誦讀。

論新法進流民圖

臣伏睹去年大蝗，秋季亢旱，以至於今，經春不雨，麥苗焦枯，黍粟麻豆，粒不及種。旬日來，街市米價暴貴，群情憂惶，十九懼死。方春斬伐，竭澤而漁。大營百錢，小求升米。草木魚鱉，亦莫生遂……方今之勢，猶有可救。臣願陛下開倉廩，賑貧乏，諸有司斂掠不道之政，一切罷去，庶幾早召和氣，上應天心，調陰陽，降雨露，以延天下百姓垂死之命，而固宗社萬萬年無疆之祉……

陛下之朝，台諫默默具位而不敢言事，至有規避百為，不敢居是職者；而左右輔弼之臣，又皆貪猥近利，使夫抱道懷識之士，皆不欲與之言……

臣竊聞南征西伐者，皆以其勝捷之勢，山川之形，為圖而來獻；料無一人，以天下之民質妻賣兒、流離逃散、斬桑伐棗、板壞廬舍、而賣於城市、輸官糴粟、遑遑不給之狀，為圖而獻前者。臣不敢以所聞，謹以安上門逐日所見，繪成一圖，百不及一。但經聖明眼目，已可嗟咨涕泣，而況數千里之外，有甚於此者哉？其圖謹附狀投進，如陛下觀圖，行臣之法，十日不雨，即乞斬臣宣德門外，以正欺君謾天之罪……

路嗎？

聽完這道奏狀，群臣惶惑，等待皇帝的決斷聖裁。王安石在心中說：皇上難道要走進「天命觀」之死

趙頊偏偏正是如此，他說：『開倉廩，賑貧乏』，樞密副使李寬聽旨：從即日起，開京都所有倉廩，施粥賑災。如有違抗怠慢者，殺無赦！」

李寬領旨退下。

趙頊繼續說：「『早召和氣，上應天心』，參知政事舒解聽旨：傳諭京都十大禪寺，從即日起敬佛祭天，祈求降雨，如有晨昏懈怠者，當重罰！」

舒解應諾領旨。

趙頊繼續說：「『諸有司斂掠不道之政，一切罷去』，中書門下平章事王安石聽旨：議停青苗法，議停市易法，議罷方田法，議罷保甲法……」總之，王安石推行六年的新法被判終止。

王安石心痛欲絕，本想起身申辯。誰知趙頊連聽他領旨應諾的話都不願意了，已在金殿上大聲呼喊：「天哪！天哪！你有心感應，有眼明視，朕已順應你的示警，議停新法，開倉濟災，救萬民於垂死，求你十日之內，普降甘霖，解我大宋皇朝之困厄也！……」

聲嘶力竭，趙頊跪倒在金殿之上，合掌祈天。

群臣歡呼：「我皇萬歲——萬歲——萬萬歲！」

王安石一陣昏眩，霎時不省人事，跌倒在御座之前。

王詵心裡升起強烈的願望：老天啊！快降雨。雨一下，王安石正式罷相，蘇子瞻定能回京。

天道茫茫，人道可見。救災的粥棚，第二天便在京城開張。陳州門、戴樓門、順天門、金耀門、南薰門、利澤門、封丘門、新曹門、東水門、西水門、陳橋北門、新酸棗門……數以萬計的流民湧入，絡繹不絕地領取著施捨的稀粥。樞密副使李寬騎馬巡視著全城的粥棚。

大相國寺、六國寺、祐國寺、報恩寺、淨因寺、法雲寺、龍興寺、上方寺、繁塔寺、慶愛寺，汴京的十大禪寺，各各祭天，焚香誦佛，鐘磬幽鳴。各寺住持以下，俱各誦讀祈雨禱文：

諸天菩薩，萬世導師，化清涼於五濁，救危難於三涂。今者官吏不德，刑政失中，故此驕陽，害死天物，戮殺蒼生，以警當世。

皇上聖明，以誠受責，終止厲政，解救災民，悉心自懲，敬佛祈天。伏願甘霖早降，田野再蔥。當報上天之德，黎庶禮佛敬禪……

一連七天，驕陽未退，急煞了所有的人。

冒死獻圖的鄭俠，堅持了七天的絕食祈雨，每天只靠喝水維持生命。正確地說，是靠頑強的信念堅持生命。他自信天人感應，陰陽調和，十天內斷無不下雨之理……

但鄭俠畢竟是凡人，凡人的腸胃，凡人的軀體。七天來驕陽火炙，燒毀了他的心；一度出現的陰雲雨象，曾使他欣喜若狂，然而終又雲散天燥，使他頹然而倒。今天已只能像臨死的蚯蚓一般，連蠕動都已乏力。

但他仍堅持不吃飯，只喝水。既然已將生死置之度外，還珍惜生命做什麼？如若十天不雨，難免腰斬而亡；如若未來三天有雨，還愁沒有錦衣玉食？不不不！什麼錦衣玉食？只求普通飯食而已。鄭俠我赤子忠心，冒死進諫爲黎庶，何敢有半點升官發財之奢想？……

皇帝趙頊，焦心如焚，渾身酸麻。「天人感應」，金殿宣講，這何啻於一場賭博，把皇朝基業當做了「賭天」的籌碼；萬一十天不雨，光斬一個鄭俠可以平民憤嗎？數萬災民倘若揭竿而起，豈不全國響應，傾覆我大宋皇朝？渾身酸麻，這「酸」因沮喪而起，「麻」由戰慄而發。這酸麻不是個滋味，又豈是任何御醫御藥所能治好的嗎？……

趙頊暗暗思考著應對的措施，無非是「拱衛皇宮安全」、「維護京都秩序」、「驅趕流民出京」、「預防不測事件」。他已暗下決心，三天不雨，速調十萬精兵入京，捍衛朝廷社稷。

王安石自昏倒金殿之後，七天來一直躺在病榻上。他知道不管十天之內是下雨或不下雨，他的相國使命都已經結束。與其要皇帝宣詔罷相，何如自己請辭。於是，叫兒子王雱代寫了辭職奏疏《乞解機務札子》：

……伏念臣孤遠疵賤，陛下收召拔擢，排天下異議而付之以事，八年於茲矣……今乃以久擅寵利，眾怨總至，罪惡之興，將無以免……況體力衰竭，雖欲強勉以從事須臾，勢所不能，乞解機務……

王安石叫兒子又念了一遍，覺得無須再改動，就要叫兒子送上朝去。

突然家丁報白：「呂惠卿大人到！」

王安石精神一振，呂惠卿可眞善解人心。他這時來了，就是一句話不說，也給我這去職之相國以莫大安慰了。

呂惠卿急急奔到王安石臥榻前，撲通跪下說：「老師！怎麼病成這樣了？唉！天不惜才啊！天薄大宋啊！」

王安石已掙扎著坐起說：「吉甫快起來！快起來！」忙對床前老妻吳氏說：「難得吉甫這時候還記得我，夫人你親自看座，奉茶！」感激之情，溢於言表。

呂惠卿猜想王雱手中拿著王安石辭職奏章，卻仍故意說：「老師病成這樣，還遞奏章管理政務？」

王安石說：「哪裡？我是自請解甲歸田。雱兒給吉甫看看。」

王雱對呂惠卿向無好感，他叔叔王安國和蘇轍都再三告誡過：「遠此小人！」司馬光更兩次修書給爹爹，提醒說「呂」是「兩口不對心」，不知爹爹爲什麼不聽，反而老是寵著呂惠卿，如今早已是翰林學士，也就是一般所說的「候補宰相」了。父親有令，不敢抗違，王雱不吭不響，冷冷地將手中的奏摺交給呂惠卿。

呂惠卿一看，正中下懷。王安石一走，只要他留下一句推薦的話，自己這相國之位便能穩穩到手。

但呂惠卿善於順話反說：「老師！在這國家危難之秋，棟梁豈可自失其位。即使皇上有罷相之意，稍爲辯解一下便行。國庫充盈已經是實，市井繁榮有目共睹。天旱之災，雖堯舜之世亦自不免，何獨怪罪新法之推行？鄭俠算個什麼？看門小狗而已。皇上詔令暫停新法，只是一時權宜。一旦天公降雨，自有轉機出現。管它是十天之內還是十天之外，這雨還能永世不下嗎？老師此際切不可自暴自棄。」

王安石的「拗相公」脾氣誰個不曉？呂惠卿正是要激起他的拗性。果然王安石說：「屈子有云：『長太息以掩涕泣，哀民生之多艱！』八年奉朝，六年變法，介甫我豈有私心？唯拯救萬民矣！唯改變積貧積弱之現狀矣！今現狀已有所改觀，然民生艱難更甚。天旱之災，且不論是否起自於我之推行變法，然對民生之危害，卻是近百年不見有聞。或許我下台之後，更有賢者上位，造福萬民勝我多矣！」

呂惠卿說：「老師此言未必就妥，竊觀當今之世，滿朝文武，能繼老師之相位者有誰？」

王安石說：「吉甫！你就強我矣！」

呂惠卿喜得心都要蹦到口中，但口裡卻說：「老師！學生不敢有此奢想，我永遠只是老師的學生！」

王安石說：「吉甫不必過謙。有才德者，當為國用，當為民勞。我罷相當力薦吉甫繼任，捨你其誰啊！……」感慨了一番，議論了一陣，斷然說：「雱兒！快去朝中遞交《乞解機務札子》！」

王雱不情願地走了。

呂惠卿心滿意足地走了。

三更時分，觀天台上，司天監提舉和監事全發懵了：牙月的夜空，寧靜而深遠，繁星麻密，眨著眼睛，似乎在竊笑人間的傻盼。無風可測，無雲可尋，哪來的雨水？值夜的提舉監事，在儀象台旁歇息著。

司天監沈括在台上守候了七天，今晚回去休息，該不會來了。

主管官一走，屬下難免懈怠休息。

鄭俠終於再堅持不下去，人的身體畢竟太可憐了，離開飯食僅僅七天，就支持不住了。不不，不完全是人體支持不住，鄭俠曾聽沈括講過，曾經有一本書寫了，一個人只靠喝水可以活到二十一天。就是說，我鄭俠還只堅持了三分之一。以我三十三歲的青年，應該不至於如此疲軟。那是什麼原因，垮得如此之快？啊！對了！是心已死了。雨無望了，還等什麼？腰斬不如自盡！他拿起了早已備好的一大包砒霜，正要和酒服下……

突然，窗外一道閃電，炸雷滾滾而來。

鄭俠把砒霜一丟，把酒碗一摔，瓢潑大雨驟然而至。他推開窗戶，連門也來不及開了，從窗上一跳而出，三兩步奔到大雨之中，仰天長笑：「哈哈哈哈！天不滅俠！天不滅宋啊！」

觀天台上，沈括早已來了。他在家便感覺到今晚有雨，明顯的氣象交換，使他有準確的判斷。他破例來到令晚並非他值夜的觀天台，喊醒各位提舉和監事，迎接了這場暴風喜雨。

看過天上雲層的厚度，沈括說：「這場雨起碼下兩天，解救了赤地數千里的旱情，卻是宰相王公介甫的災難！」

王安石卻反而被這場雨把病都治好了。當炸雷來臨時，他連鞋也來不及穿，從病榻上直奔出屋，來到花園裡，抬頭張嘴，迎接了第一瓢大雨的降臨，仰頭大笑：「哈哈哈哈！天救萬民，安石知足，我該走了！」

當家人聽到笑聲迎出來時，他早已在雨中手之舞之，足之蹈之。家丁們奔到雨裡要把他拖進去，他哪裡肯走。

吳夫人也跑進雨中和王安石相偎坐在一起，深情地說：「讓老天爺沖洗個夠吧！沖洗了八年京都的喧囂，才好回江寧享受常人的寧靜……」

皇帝趙頊在夢囈中高喊：「好雨好雨！再大些再大些！」

果然值守宦值前來稟報：「聖上恩德，感動上蒼！眞的下大雨了。」

夢裡的雨還沒下完，趙頊被皇后拖著，懵懵懂懂進了後花園，一下奔進雨裡，放聲大笑：「哈哈哈哈！我的雨不在夢裡，不在夢裡！」撲通一下，跪在雨地當中，仰天高喊：「大宋皇朝，舉國上下，感謝上蒼！」

這時候，皇帝的感情與常人相通了。

駙馬王詵和夫人蜀國公主，也在雨中接受沖刷。王詵淋著淋著跑進屋去，抱起蘇軾的《錢塘集》就往外跑。

公主問：「你到哪裡去？」

王詵說：「爲子瞻《錢塘集》鏤刻出版！」

公主說：「回來！打傘去！你想把子瞻的詩集都淋沒了？」迅速進屋裡拿出一把傘來，正要交給王詵，忽然心裡一閃，說：「晉卿！我怎麼預感不好，你出門就打轉身，莫非我們跟子瞻出這詩集於他不利？」

王詵說：「公主說哪裡話？詩集出版，名動天下，子瞻將是文壇新盟主，歐陽永叔公已不久於人世，子瞻耀眼文壇，何愁皇上不召他回朝任職，這有什麼不順暢不吉利的？」撐起雨傘，迅速在雨中消失了。

果如沈括所料，大雨直下了兩天兩晚，至四月初六日傍晚才收場。正是立夏時節，今年的春耕春種耽誤不了。

「天才的陰陽家！傑出的預言家！……」

官府和民間異口同聲，給守門小吏鄭俠以鋪天蓋地的榮譽。趙頊正考慮給他一個合適的大官，以作獎賞。

偏偏鄭俠跌入痴迷境界，此時謝絕出門，謝絕來訪，將自己鎖在房中，他要畫一幅新畫，借古喻今，褒貶殺伐，將王安石、呂惠卿、曾布、謝景溫等變法派的嘴臉，誇張畫出而又讓人看得明白，畫出他們受天神譴責的場景……過兩天的四月八日是「浴佛節」，皇上已詔諭，這一天他要親去大相國寺主持浴佛謝天的慶典。

鄭俠揚言：要在浴佛節慶典上親自向皇上呈遞「謝天」的新畫圖！所以這兩天他連皇上派來的宣旨內侍也不接待。

趙頊容忍了鄭俠的狂傲，心想說不定會有一張比《流民圖》更生奇效的新圖！

相傳四月初八日釋迦牟尼生出娘胎即非同凡響，他一手指天，一手指地，大有「天上地上，唯我獨尊」之氣概。

他的父親是中印度一個國家的國君淨飯王，在他誕生之日，兩個龍王難陀和伏波趕來，口吐清澈之龍涎，爲他沐浴身體。

後來，釋迦牟尼果然成佛，佛徒們便把他誕生的四月初八日定爲「浴佛節」，學當年龍王吐涎爲釋迦牟尼沐浴的樣子，也以香水沐浴佛祖其金、銀、銅、石雕塑之身。並以浴佛之水再點抹佛徒僧眾，以期佛祖降福。

太皇太后提醒皇帝：「浴佛節是佛門盛事，今年十大禪寺求雨有功，皇上親去大相國寺主持慶典正好。只是不要把政務拖到那一天！」

這其實是告訴皇帝；王安石罷相之事不能再拖到那一天。

趙頊已經決定，准予王安石請辭，詔令他以吏部尚書、觀文殿大學士身分出知江寧府。可是他走後，誰來接替他出任宰輔呢？陳升之去過洛陽找司馬光，司馬光總以《資治通鑑》未完稿而推卸。朝中其他人等，似又不太合適。唯有一個呂惠卿，才幹超群不俗，但司馬光當面向朕講過：呂惠卿是個小人！司馬光還兩次寫信提醒王安石，提醒他不要重用呂惠卿。可王安石對他一直很器重，看來非聽聽王安石的意見不可。

趙頊拿不定主意是否宣王安石上殿時，王安石前來求見。

接受叩見之後，趙頊即宣布接受王安石的辭呈，詔令他再次出知江寧府。

王安石領旨謝恩。

趙頊說：「王卿要走了，朕卻還有一事想問你呢！你猜得著是什麼事嗎？」

王安石說：「皇上體恤微臣身體衰弱，恩准退居江寧，於是想問問臣，誰來接替臣擔任宰輔爲好？」

趙頊笑了：「哈！愛卿確具宰輔之才，想事想到朕心裡去了。愛卿以爲誰人合適？」

王安石說：「果然如此，則君實不肯領旨還朝嗎？」

趙頊說：「君實潛心修撰《資治通鑑》，也是朕的旨意，就先由他吧！王卿以爲除了君實還有誰可任宰輔？」

王安石說：「呂惠卿！」

趙頊說：「哦？你一點不在意君實指責呂惠卿爲小人？」

王安石說：「臣一向看人重行動而輕言詞。呂惠卿博學辨慧，才華超群，助臣爲皇上推行變法十分得力，難免不被視變法爲異端者所誤解，皇上不必顧慮如許之多。」

趙頊說：「王卿又爲朕釋一大疑矣！……」

第二天，大相國寺舉行浴佛節之慶典。

趙頊親自參加。觀瞻的群眾人山人海，全都被阻止進入皇帝主祭的內廳。

呂惠卿已被詔命爲參知政事（副宰相），實際上駕臨於其他副宰相之上而正式接替了王安石的相國職權。

呂惠卿趾高氣揚，代替皇上宣讀《敬佛謝雨青詞》：

大宋熙寧七年四月八日。

皇上敕曰：伏以十月不雨，災及萬民，哀鴻遍野……聯德愧於天，解冠自罰，各禪寺禮佛祈天，拜祀佛祖……天神有靈，佛祖有德，遂有兩晝夜福雨甘霖……惟天之德，非朕敢忘，惟福之恩，莫報豈安。遂借佛祖誕辰之日，謹報上天佛祖鞠育深恩……

大雄寶殿肅穆無比，呂惠卿的聲音清朗傳神。正當誦讀結束時，在熱鬧的佛事展開之前的一剎，鄭俠驟然從人叢中擠出，幾步跑在皇帝面前，將一幅《天神識佞圖》，嘩地展開說：「微臣鄭俠啓稟聖上：此圖乃《流民圖》之姐妹圖，功效乃在請皇上借天神佛祖之慧眼，識破奸佞之臣，永保大宋福祚……」

呂惠卿眼尖，已從圖中誇張的人物形象中認出是王安石及其手下一班變法幹將，其中緊隨王安石之後的正是呂惠卿自己。他立即搶在鄭俠說完之前插斷大喝：「大膽！佛門清靜，豈容你滋擾？聖上推行變法，豈容你誣蔑！來人，拿下打入死牢！」

趙項說：「且慢！既是鄭俠，另當別論。今擾佛壇盛事，又對變法狂狷，當斬亦應寬宥。念其敬獻《流民圖》於國有功，今再獻圖亦非圖謀不軌。忠心可鑒，行為越軌，當即以現職安置英州（今廣東英德），不得簽書公事！」

鄭俠頹然倒地，口吃起來：「領……領……領旨謝恩。」被公差押解而出。是「天人感應」的《流民圖》使他飄飄欲仙；又是「出人頭地」的《天神識佞圖》使他幾乎粉身碎骨。從此終了一生，悲夫狂傲也！

與大相國寺的盛典相比，王安石攜夫人吳氏和門丁老僕，僅只有幾人要走，沒人送行，沒有財物，裝箱塞籠的全只是書。王安石要走了，董太師巷作為丞相府的這一大棟房子也要交了。

清靜的河邊碼頭，忽然陳升之急急趕到。他不在大相國寺參加熱鬧的「浴佛節」，跑到這淒清的河邊幹什麼？王安石甚為納悶。

陳升之急急走近王安石說：「介甫公何其如此匆急！老夫險些遲了，誤了聖上的大事。」

王安石問：「升之公此來是皇上所派遣？」

陳升之說：「正是。」

王安石問：「皇上有何聖諭？」

陳升之說：「皇上諭示：『介甫善理國財，不善家政，清廉為官，家中空空如也。陳卿你代朕送一百兩黃金與他，非等他走時交與不可，否則介甫可能連朕的贈禮也如數退回！』這便是皇上所賜，」遞上一包金錠：「萬請介甫公笑納，勿使本官為難！」

王安石接過金錠，朝大相國寺方向撲通跪下，雙淚婆娑地說：「知我者聖上也！恩我者皇朝也！……」

大宋一代名相走了。時在熙寧七年，公元一〇七四年四月八日。他的偉大精明，在於他的變法從不打出自己的旗號，而處處以維護聖尊決策為宗旨，因此變法失敗，王安石既未被五馬分屍，更沒遭誅滅九族。真不愧是一代偉人！

朝廷不和奸人當道 匪盜情結密州撫孤

蘇軾當時仍在杭州刺史任上，半個月以後知道了王安石下野，朝廷議停一切新法的消息。他立刻想到：眞是機緣巧合嗎？我因不滿於王安石的變法而被貶出京，剛好在杭州三年任期已滿，按朝制我也該回返朝廷了。正巧王安石罷相離京，按理說不久會有詔令調我回去。可是一個月以後，朝廷來的調令卻是：

詔命蘇軾以太常博士直史館權知密州

一問，懂了，如今的宰輔是呂惠卿，他能讓自己回京都嗎？就是叫自己回去，自己還不願意在他面前受擺布呢！弟弟早說他是個奸佞小人。

蘇軾在杭州建立了眾多功業，官民都懷念和留戀他，每天有告別歡送，遊覽賞玩，好不痛快，延至當年九月才從杭州動身。

新任杭州太守楊繪（字元素），應新任湖州太守李常（字公擇）之邀，親送蘇軾去到湖州，同去送行的還有山陰縣令陳舜俞等。到得湖州，主客相見，竟有六人，全是當時反對新法的官場文友，對王安石下野有所慶賀。又盤桓數日，李常並因此而在湖州建「六客堂」以作紀念。

離湖州又一路遊覽歷時四十餘天，於是年十一月始抵密州。

密州通判劉廷式，是十九年前與蘇軾同中進士的「同年」，現在蘇軾來任知府，雖與劉廷式同肩共事，卻是劉廷式的上級。

劉廷式迎接蘇軾時打趣說：「子瞻同年！十九年不見，你一來便成了我的上司，我正有三件異寶奉送：蝗蟲、盜匪、棄孩！哈哈！」

蘇軾大吃一驚：「廷式，此話怎講？」

劉廷式說：「一言難盡，改天我陪你到各處轉一圈，你自會明白。今天你新到，當以綠蟻接風！」

「綠蟻」即是酒，酒以傾到時酒面浮泡越多者越好，「浮泡」煞像「浮蛆」，故酒又名「浮蛆」，亦稱，「浮蟻」。又酒以古竹葉青之類甚佳，其色青綠，故又可稱「綠蟻」。

酒是蘇軾素好之物，自是歡喜不勝，連忙說：「好好好！廷式綠蟻，子瞻紅唇；以唇納蟻，何再貧瘠……」

這天天氣晴好，劉廷式邀蘇軾去各處視察。蘇軾說：「難得冬晴千般好，何不攜手百里行！我們且去掉這身官服，不帶差役，微服私訪，俾能更深入民眾，察實眞情。」

劉廷式說：「子瞻差矣！這裡風俗武悍，特好搶劫。近年蝗旱頻仍，盜賊更熾。縱穿官服，還須多帶衙役侍從。」

蘇軾說：「不入虎穴，焉得虎子。爲官一任，造福一方，何能懼死迴避？我二人正好扮作富商模樣，只帶一、兩個傭人，招引盜寇。後邊有裝成各色人等的兵勇衙役遠遠跟隨，伺機擒獲盜寇。」

劉廷式一驚：「哦？想不到子瞻文名之下，更有武才。倘使皇上叫你掛帥領兵，你可有膽？」

蘇軾笑笑，操起三寸大毫，在署衙前壁題詩一首：

七絕·銘志

弄風驕馬跑空立，
趁兔蒼鷹掠地飛。
聖明若用西涼簿，
白羽猶能效一揮。

劉廷式說：「好氣派！神馳天際，瞬間到了西涼邊陲，迎風跑馬，見兔撒鷹，是個驃悍的獵手也。尾部『西涼白羽』可有出處？」

蘇軾說：「此用晉朝西涼主簿謝艾之事也。謝艾本是白羽書生，然善用兵。蘇某斗膽自比，聖上若用軾爲將，亦不減謝艾也！」

劉廷式佩服有加，自是聽從蘇軾的部署，二人扮作富商，長袍裝束，錦繡一身。二侍從均新任捕快裝扮，一爲傳虎，被人戲稱「伏虎」，一爲蔣龍，綽號「降龍」，均是高手。

另有二十名兵勇衙役，化裝成各色乞丐尾隨，此隱彼伏，跟著行進。裝扮傷殘者不少。

密州城在一個丘陵平緩的山上，出城來是一望無際的大平原，偶有小山小谷，均是山不高峻，谷不深險。唯一特點是河漢縱橫。蘇軾來自江南水鄉杭州地區，對水很是熟悉而且喜愛。

蘇軾感嘆說：「唉！這裡河是不少，可是全部匯攏也不夠半個杭州西湖。」

劉廷式說：「要不然俗話怎就說了：上有天堂，下有蘇杭。這裡是濰河與膠萊河之間的衝積地帶，傳說夏禹治水時代這裡還是一片汪洋。後來漸由泥沙淤積，成了平原，間有丘陵高地。眾多的水源總要找出路，便有許多的小河成了膠萊河與濰河的支流。因膠萊河最大的支流爲密水，所以叫做密州，又稱高密。在我看來，最『密』的是這些小『高』堆。」說著朝路邊一指。

蘇軾這才注意，道路兩旁是一個又一個的小土堆，連綿不絕，無頭無尾，眞像是一個又一個的小墳包。

蘇軾驚詫問：「這是什麼？」

劉廷式說：「飛蝗冢。」

蘇軾問：「你是說裡邊埋的是蝗蟲？」

劉廷式說：「農民們捉來蝗蟲，用蒿蔓草棵包著，埋在裡邊。」

蘇軾前後指指說：「連綿不絕飛蝗冢，前前後後有多長？」

「二百餘里。」

「能有多少蝗蟲？」

「遮天蓋地，蔽日如雲。」劉廷式指指路兩旁的地說：「那些地裡要種莊稼，只好往路上擠。這些便是今年三次滅蝗的成果。」

蘇軾不解：「蝗蟲能飛，怎麼捉住？」

劉廷式說：「農民自己創造了滅蝗方法，夜半以後，各地舉火。昆蟲都有向火的習性，蝗蟲亦然。少部分燒死了，大部分只燒傷燒焦翅膀，天亮露大飛不動，正好捉而埋之。」

蘇軾連連點頭：「對對對。」忽又有了感觸：「自古以來，蝗旱相仍，有蝗必旱，有旱必蝗，今年這裡也旱了吧？」

劉廷式說：「當然，今年從夏到冬，雨雪累計還不到一寸。」

二人邊說邊走，眼見前邊有個中年婦女，正坐在道旁一個飛蝗冢上奶孩子。大概孩子睡著了，婦女放下孩子，急匆匆起身，飛快跑進路旁的一片蘆葦裡，很像內急方便去了。

蘇軾笑笑說：「鄉野村婦，不拘禮節，自行方便，全不顧我這裡去了四個男人。既不怕別人笑話，也不怕路邊孩子丟了。哈哈！」

劉廷式陪著他大笑：「哈哈哈哈！子瞻你到底只會吟詩作賦，或者還會邊塞統兵。可偏不識民間的小小騙局，那婦女正是盼你去拾了她那孩子呢！」

蘇軾說：「你是說她故意遺棄嬰兒？我卻不信！」

劉廷式說：「我還猜定那是一個女孩，馬上可以印證。」

四人走攏一看，果是一個剪成男髮式樣的女孩，而且早過了餵奶年紀，起碼是早已斷奶的兩歲女孩了。傅虎進蘆葦裡邊一看，哪有那個婦女的身影。劉廷式判斷準確：果是拾到了一個棄孩。

傅虎問：「兩位老闆，孩子放哪裡去？」

蘇軾問劉廷式：「二當家你說呢？」

劉廷式說：「邊走邊說吧！站在這裡議論太惹眼。」

於是四人慢慢前行。

劉廷式說：「不知大老闆四川老家有沒有一種民間趣俗，在我湖南老家是有。說的是兩個『同年老庚』一同走遠路，兩人共有一個包袱。兩個人走路太枯寂，包袱兩人換肩也沒定準，於是就玩一個叫做『草鞋接』的遊戲，先由甲老庚背著包袱走路，幾時見著路旁有人扔掉的爛草鞋……」

蘇軾快嘴插話說：「乙老庚發現了草鞋便又把包袱交給甲老庚。」

劉廷式說：「原來你四川也有這個趣味遊戲？」

蘇軾說：「不過我們不叫『草鞋接』，而叫『草鞋肩』。」

劉廷式說：「叫什麼都一樣，反正是見著草鞋就換肩。我們府衙裡的人出外，拾到棄孩的事早已不止十次八次了，我沒別的辦法處置，就用這種『草鞋接』或叫『草鞋肩』。」

蘇軾說：「你是先撿起孩子，見到後邊有合適的過來，又丟下孩子讓他拾走？」

劉廷式說：「除此還有什麼辦法？我又不是百萬富翁慈善家，養不起。」

蘇軾沉吟好一陣子才說：「不妥吧！讓我再想想看。」過了好大一會，蘇軾才接著說：「你那『草鞋肩』倒是俐落，怎樣拾來，怎樣丟棄。但棄孩仍是棄孩，什麼事也沒解決。我想養起來。」

劉廷式一驚：「子瞻你未必眞成大老闆了？」

蘇軾說：「幸得你講了湖南家鄉戲事『草鞋肩』，使我也想起四川老家一句俗話：『錢用少，糧盤多。』是說糧倉的穀進倉時穀乾燥，存放久了難免回潮，只多不少，尤其是大倉庫。州府下面不是有好多穀倉嗎？趕明天叫他們通通盤倉保底，多餘的不會是少數。全部集中，成立一個收養棄孩的副署，鼓勵黎庶收養棄孩，每孩每月給個……多少麥子計算一下，夠養活就行。每孩養到十來歲，討飯也餓不死了。廷式你看如何？」

劉廷式在自己大腿上猛拍一巴掌：「嗨！子瞻你的腦袋比我聰明多了。這法子好！巧借皇糧，代行聖道，只怕不宜張揚，以免訛傳出去，反被朝廷責怪。」

蘇軾說：「此事有理。傳虎蔣龍不得外傳。傳虎！現在你抱著孩子顯顯你的輕功吧！往回走找到你的任何一個手下，叫他付五兩銀子請人將女孩代養十天，十天之後再來辦理給糧寄養的手續。」

「記住今天先不要公開我們的身分，以免對那些強盜們打草驚蛇。然後你再追上我們。我們前面有什麼集鎮沒有？」

劉廷式說：「再幾里便是百尺河。這裡說是小鎮，其實才幾十戶人家，離密州已經四十多里了。」

蘇軾悄悄問劉廷式：「這附近有『買賣』嗎？」

這是預先約好的暗號，「買賣」是土匪出沒的意思。

劉廷式說：「在這左邊十多里的地方，有個叫小瓦崗寨的地方，常有土匪強人出沒。大概是借重隋唐十八條好漢中程咬金瓦崗寨的聲名吧！其實那裡並沒有寨子，只是有幾條峽谷，土匪就憑那峽谷掩蔽，爲非作歹。」

傅虎已經托付了棄孩，又已追上了蘇軾和劉廷式，蘇軾對他的輕功甚爲讚賞，就說：「那好，我們今晚就住這百尺河，你去找一家方便你夜間行動的客店，包下五間房子來，宣揚出去，蘇杭絲綢莊查大老闆，就是我，和丁二掌櫃，就是劉大人，專程到此地收購古董，不管是字畫器皿，只要是歷史久遠的，一律高價收購，時間五天。你抽空去看看瓦崗寨！」

百尺河鎮的幾家客店都看了，傅虎選定了東頭那家。這家院子很大，後邊是一片曠野，這是強盜們認爲最好的場所，曠野便於打鬥，小蘆葦便於隱蔽逃亡，於是便決定住這裡。

這客店名叫「來福客棧」，因爲老闆叫任來福。

任來福一聽說江浙查大老闆要包下五間客房收購五天古董，喜不自勝地說：「天上掉下個大財神，眞是來者有福，來者有福啊！」

傅虎說：「有福不有福，先要收拾屋。五間房四間各住一人，一間撤掉床鋪，擺上桌子收購古董。住的可都要收拾乾淨。」

傳虎交了五天的房錢，出門便往來路走，他要去給二十多個化裝成乞丐的衙役作個佈置。

傳虎跑到離百尺河一里多的一個破廟裡，找到了化妝成乞丐老頭的衙役班頭顧圓和他的一夥手下，正想交代一下今天晚上的事情，忽然發現顧圓身後躲著一個矮小的乞丐，馬上厲聲喝道：「顧圓！你怎麼把一個生人弄進來了？」抬手指著他身後的小乞丐，只見那小乞丐手指在微微發抖。

顧圓連忙護住小乞丐說：「稟報伏虎捕快！他……」

傳虎猛喝一聲：「混帳！你亂叫些什麼？」

顧圓大笑：「哈哈！捕快原是怪我叫你的眞名了，沒關係，這瘦小子是個可憐的啞巴。剛才他跟上了我，比比劃劃好像是對我說：前邊峽谷裡有很多的強盜。」

傳虎仍不放心，猛地躥了過去，朝那矮小乞丐啪地一巴掌。

那小乞丐立刻嗷嗷大叫，哭了起來，正是那種啞巴有苦有痛說不出口的嗷叫。他那被打的臉上立刻見紅見腫。

傳虎放心了：這是個眞啞巴。於是對他說：「小兄弟莫見怪。大爺我抓捕強人公務在身，不得不多有警惕。來來，我給你治治，你臉上立刻就不紅不腫不痛了。」

傳虎說完伸出右掌，貼住小乞丐被打的右臉，運起氣功一按摩，紅腫立時消失。

小乞丐朝傳虎直磕頭，哇哇叫喚，肯定是有話說不出口來。

傳虎扯起他說：「起來起來。你叫什麼名字？」忽又記起：「哦，啞巴。那就叫小乞丐吧！」

小乞丐忙忙搖頭，用手指比劃，一個「四」，一個「十」。

傳虎問：「你四十歲了？」

啞巴嘿嘿地笑著，點點頭。

傳虎說：「那叫你『小乞丐』肯定不行了。可總得有個名字才好叫啊！乾脆叫你『啞巴』吧？」

啞巴連連搖頭，卻有節奏地叫著：「哇哇，哇哇……」

傳虎笑了：「哈哈！你叫『哇哇』，是吧？」

啞巴大笑點頭：「哇哇，哇哇……」

於是滿廟裡歡聲笑語，盡是「哇哇哇哇」。

傳虎當著大家的面向顧圓佈置任務：趕快通知其他的弟兄，快點吃完晚飯，都到百尺河東頭來福客棧周圍去埋伏，今晚肯定有一場惡仗要打。

顧圓應聲去了。

傳虎忽然想起顧圓剛才的話，忙問啞巴：「哇哇！你知道那峽谷在什麼地方？」

哇哇連連點頭，出廟給傳虎指了路。

傳虎又問：「那裡強盜土匪白天也在嗎？」

哇哇搖頭。

傳虎說：「那他們只是晚上在那裡聚集？」

哇哇點頭。

傳虎沒再說話，運起陸地飛騰術的輕功，朝那峽谷疾奔而去。

哇哇啞巴卻露出了沉思的神色，表明他有更深沉的思考。

但是誰也沒去注意他。

傳虎的急行輕功確實了得，十里路他只一盞茶久便到了。

傳虎時間算得很準，他回到來福客棧時正是酉時時分。民間俗話說：「關門西，戌上燈。」酉時開晚膳正合適。

吃完飯四個男人分別進房裡休息。

傳虎進房甚感滿意，任來福聽從客人的招呼，房子打掃得乾乾淨淨，床上墊席鋪蓋全已換新。只是那枕頭略顯舊點，正打算上床休息，任來福拿一個新枕頭敲門進來說：「大夥計！真對不起，下人們不記得跟你換枕頭，我給你親自送來了。」

傳虎歡快地說：「任老闆服務周到，一定生意興隆。」

「多承誇獎。在下不打攪大夥計休息了。」任來福笑瞇瞇，拿著舊枕頭出去了。

傳虎今天走路特多，輕功施展也費去不少體力，想到晚間打鬥還要精神，於是倒床睡去。只覺頭一沾上枕頭，一股好聞的香味直撲鼻孔，叫人眞想就此舒舒服服一輩子，永遠不再起來……

傳虎腦中突然有了警覺；怪了，我四個男人各要一間房子睡覺，任來福怎麼提都不提來女人陪宿之事？鄉間客店，豈能沒有野妓嗎？……這中間莫非有鬼？傳虎想要起來查證一下，可是已經晚了，瞌睡太沉，他一下子便迷迷糊糊睡過去了……

剛一斷黑，破廟裡顧圓把衙役們叫了攏來，準備出發去百尺河埋伏。臨走去看啞巴哇哇，哇哇睡得好熟，呼嚕打得震天響。

顧圓說：「讓他睡個夠吧！今晚捉了強盜再來告訴他。」

眾衙役出了廟門直往百尺河奔去。

可是他們誰也沒注意，他們離廟門才十來丈遠，破廟裡飛出一個輕如矯燕的身影，走側面也飛向了百尺河，其輕功不知比傳虎還高出多少！

顧圓領著的衙役根本沒到得了來福客棧，半路上便被一夥強盜截住了。雙方一接觸，還沒開打，數不清的強盜已將衙役們圍住，但是避免和衙役們交手，更沒打算要殺死他們。

很明顯，強盜的目的是拖住衙役，以便來福客棧搶劫成功。看來強盜們對情況已十分瞭解，並不想殺死官員和衙役以免結怨，他們的目的只有一個字：錢！搶到銀子就走……

果然，在來福客棧裡，蘇軾、劉廷式、傳虎、蔣龍所住的四間客房全被打開，四個人毫不知覺，睡在床上呼嚕喧天。四間屋裡燈光亮如白晝，這東頭的五間客房傳虎全包下了，任來福根本不擔心會有誰來。

為了不驚動更遠處睡下的客人，任來福竊竊私笑說：「嘿嘿！蘇太守、劉通判、降龍、伏虎，可惜你們的詭計瞞不過我眾多的耳目。想化裝成江浙大老闆來抓強盜，還不是白送幾千兩銀子給我們！」

「哼哼！一是你們命大，二是我們膽小，不要你們的命，只要你們的錢！這迷魂香可真管用，瞧他們一個個睡得好香。」

瞧瞧隨身進來的強盜說：「你們還愣著幹什麼？快把他們都捆在床上，把我也捆在屋外柱子上，你們拿了銀子快走人！」

不一會兒那拿了蔣龍包袱的人大喊：「任老闆！上當了，只有二百兩銀子，其餘全是破鐵！」

任來福氣歪了嘴：「哼！蘇軾眞狡猾！原想小鉤小餌釣大魚！」

四個人已被結結實實捆在床上。

有嘍囉說：「任老闆！當官的騙我們，乾脆把他們宰了算了。」

任來福吼道：「混帳！他們都代表朝廷，你殺了他們頂得住朝廷的追殺？一個也跑不了。你們也不過因衣食所迫起而爲盜，並非眞的與朝廷作對，何必犯傻去殺朝廷命官？有二百兩也不少了，拿上！把我捆了你們快走！」

忽然院子裡高喊一聲：「慢走！」一個人躥進屋來，只是三五幾下，便把全部強盜打得爬不起來了。

強盜們都是附近農民，幾個人能有武功根底？稍爲強些的都到路上堵衙役去了。任來福知道枕頭裡迷魂香能把人薰暈，就像人喝了蒙汗藥，根本不要打，捆了人搶了銀子就走，還要什麼武功？於是三兩下便被打趴下了。

只有他任來福武功不弱，可是沒有提防，又加已被自己人捉著要捆，還不是兩下就被打翻在地，還傷了一條腿。

救人的高手身手俐落，首先抽出各人頭下的枕頭，一下扔到院子裡，再在四個人口中灌下一粒什麼丸子，四個人慢慢醒來，救人武士卻故意不解開他們的繩子。

武功最好的傳虎最先醒來，一看是啞巴哇哇站在床邊笑，再一看自己被捆在床上，一股氣直朝哇哇撒：「果然是你這個壞蛋！怪我下午在破廟裡沒收拾了你！」

哇哇其實不啞，此時開口就笑：「哈哈！好一個糊塗的伏虎！我且跟你解開，你先去其他幾間房子看看去。」一刀便把他身上繩索挑斷了。

傳虎奔進蘇軾住房，見他也被綁在床上，尚未完全清醒。又去劉廷式房裡一看，也是這個樣子。再跑到蔣龍房裡，強盜們搶了銀子都在這裡集中，不過全都被打斷腿骨。

任來福哭泣哀求：「大捕快饒命！大捕快饒命！怪我財迷心竅……」

傳虎什麼都明白了，撲通跪在哇哇面前說：「小人有眼無珠！請賜告尊號，在下沒齒不忘救命大恩！」

「我的名字不當緊，蘇大人至今還不知道我的名字，我叫陳小波。你去解開蘇大人，說我是蜀僧去塵的朋友，他就明白了。」

傳虎說：「陳大俠！在下永不忘這救命大恩！」跑去蘇軾房裡，蘇軾已經醒來，傳虎一邊幫他解繩子，一邊說：「蘇大人！都怪卑職一時疏忽，被任來福在枕頭裡灌了迷魂香，是一位陳小波大俠救了我們，他說他是蜀僧去塵的朋友！」

蘇軾快口說：「好好！快帶我去見他！」

陳小波已進來了，拱手說：「在下陳小波，參見蘇太守。本人受蜀僧去塵所托，前來助你捉拿強盜，恢復密州治安！」

蘇軾也拱手回禮：「有勞陳大俠！有勞蜀僧去塵大師！大俠說吧！眼下該怎麼辦？」

陳小波說：「路上還有六、七十個強盜，正圍住了顧圓的人。但他們不會受到傷害，有傳虎蔣龍去足矣，還得手下留情。蘇大人！我有個建議，這些強盜只宜判刑，不宜格殺。他們是被蝗旱天災逼得走投無路的農民，並沒有殺害你們的打算，只是想搶錢而已。飢寒之中，難免鋌而走險。繩之以法應當，殺死卻嫌過分。蘇大人自己斟酌吧！」

蘇軾說：「陳大俠言之有理！傳虎蔣龍速去，務將強人全部活捉，但一個也不准殺死！」

傳虎、蔣龍齊聲說：「聽令行事！」

就在當晚，傳虎、蔣龍、顧圓帶領二十來個衙役，將數十個強人緝拿歸案，其中十多人是追到三條峽谷小瓦崗寨才抓到手。

可是兵勇們來客棧會面時，陳小波早已不知何時溜走了。

第二天強盜們全被押到密州。

遵照陳小波的建議，蘇軾將任來福等強盜分別判處了十年至五年的苦役徒刑。他在給朝廷的《論密州盜賊狀》中說：

……竊以為，欲為農夫，又值凶歲，若不為盜，唯有忍飢……冒法而為盜則死，畏法而不盜則飢，飢寒之於棄市，均是死亡。而賒死之於忍飢，禍有遲速，相率為盜，正理之常。雖日殺百人，勢必不止。

故爾，以懸賞緝盜！緝而勞役為刑，已獲顯效，近盜匪已肅然……

經過七天的盤倉量斗過秤，密州府庫糧倉長出麥粟七百餘石。

於是，設立了以劉廷式爲首的收養棄孩的保密組織，公開名字爲「密州各界撫孤募捐委員會」，用移出單另收藏之七百石長餘公糧，作爲撫育棄孩的基礎……廣泛鼓勵養育者確認被領養者爲乾女兒、童養媳或別的什麼親屬名稱……

沒有多久，李常從湖州寄信來，要蘇軾給「六客堂」送去新的詩文，蘇軾當然推辭不得，便將來密州後的作爲和感受，寫了一首七律寄去：

何人勸我此間來，
弦管生衣甑有埃……
磨刀入谷追窮寇，
灑涕循城拾棄孩。
為郡鮮歡君莫怪，
猶勝塵土走章台。

章台是指京兆官員。末二句是說：別看我當了密州郡守沒有多少歡樂，可千萬不必為我嘆息；我自認為這比我在京都作塵士之官強之多矣！

清除了盜匪，撫育了孤女，蘇軾在政事上清閒了下來，便將密州城牆上一個廢舊的土台子進行了修復，作為與朋友們共同觀賞遊玩的處所。

蘇軾和劉廷式兩人正在商量給這台子取個什麼名字，突然弟弟蘇轍來看望哥哥。

劉廷式說：「子由來得正好，你哥正愁這台子沒個名字呢！」

蘇轍說：「先讓我猜猜哥修這台子的打算吧，是不是閒時邀約朋友登台遊玩？」

劉廷式大笑：「哈哈！難怪世人都說子瞻子由兩兄弟是一個鼻孔出氣，我看你倆兄弟簡直就共著一根腸子。子瞻修這台子正是為得賞玩，子由你就說取個什麼名字好吧！」

蘇轍說：「天下之士，奔走於是非之場，浮沉於榮辱之海，囂然盡力而忘返，亦莫自知也，而達觀者哀嘆說：難道人就不能超然於物外嗎？老子曰，雖有榮觀，燕處超然，試以『超然』名之，可否？」

蘇軾脫口而出：「取名『超然台』，真是太貼切了！子由，你真想到哥心眼裡去了。」

劉廷式說：「好個『超然台』，雖是土築，卻很神奇，乃精神寄托之所在也。子瞻、子由，昆仲二位，少不得哥哥作記，弟弟作賦了，哈哈！」

蘇軾、蘇轍頻頻點頭。於是劉廷式立即召來了密州官妓中的佼佼者，共為十六人，八人彈奏，八人歌舞，甚為熱鬧。旁邊便是本地文人達士十來人觀賞助興。

就在這熱鬧的場景中，蘇軾揮毫寫下了《超然台記》，蘇轍寫下了《超然台賦》，兄弟二人寫下的都是千古名篇。當時文人學士喜在美女歌舞陪伴下寫作，由此可見一斑。

劉廷式暗暗一想：巧中不足，官妓十六人，而官員和達士才十五人，不好配對……誰知他還沒想完，忽然下人通報：「潞國公文彥博文老太師駕到！」

這下子把超然台上的歡樂推到了高潮。文彥博便是在蘇洵葬禮上故意挑起王安石與司馬光「兄弟鬩牆」之爭的老太師，是著名的三朝宰相，如今已被封爲潞國公了。他一來當然便成爲了大家的中心。

蘇軾說：「小小土台，承老太師命駕，已是晚生等人的萬分榮幸了。」

文彥博說：「老夫閒人閒逛，不意竟碰上這等意外之喜。子瞻，雖是土台，命名超然便超絕非常了！哈哈！」

蘇軾說：「敢請老太師賜詩！」

文彥博說：「那是自然。」於是欣然寫下了《超然台》一首：

……憑高肆遠目，
懷往散沖襟。
琴觴興不淺，
風月情更深……

寫者無意，看者有心，劉廷式一看文彥博詩中「風月情更深」之句，心裡猛然震動：啊！剛才還說配對官妓之男士少了一人，天巧就來了潞國公湊數！只不知他六十開外的「性趣」如何？於是拿話套問：「潞國公果是高雅風流，年逾花甲仍吟詠出『風月情更深』之佳句。晚生請教潞國公，對酒、色、財、氣四字作何闡釋？」

蘇軾已聽出了劉廷式的話外之音，心想劉廷式好鬼，當著這麼多男男女女，巧妙地問出了這麼玄之又玄的問題。於是假裝責怪說：「廷式！潞國公乃國之棟梁，我等之前輩，你問這類問題豈非有傷潞國公之大雅？」

文彥博說：「不！子瞻，不要責怪廷式。玉皇大帝若不愛色，哪來的七仙女？何況老夫我更是凡人。依我看，酒者糧食，色者生存，財者膽魄，氣者精神。這四者誰人敢能或缺？哈哈！」

「哈哈哈哈！」眾人陪著大笑，超然台果是超然。

是夜，十六名官員達士和十六名官妓各有所屬。三朝宰相文彥博與文人學士共同狎妓，蘇軾與蘇轍兄弟，在相互知情的情況下各別狎妓，在當時不過是家常便飯而已。

介甫回朝再次為相 惠卿敗露遺臭金鑾

呂惠卿得王安石薦舉而躍居參知政事，他實際上已接承了王安石的權位，便以接近皇帝八年的心機，抓住趙頊的弱點密奏說：「皇上！臣以為，王安石一走，新法盡廢，給人以新法乃王安石之法而非皇上之法的感覺，豈非有損聖上之英名？此對皇威多所不利也！」

趙頊最瞧不起歷史上的傀儡皇帝，當然最害怕人家小瞧了自己，連忙反問：「依卿之言，朕當如何為好？」

呂惠卿說：「實行沒有王安石之王安石變法，將其內容更充實完善，而不必再用王安石已用過之《青苗法》等名稱，世人方知變法成果乃皇上所獲，而非王安石之功。」

趙頊說：「卿言甚善，著予擬定方略，奏朕准行。」

呂惠卿的目的是排除他人，不管這個他人是朋友還是師長，排除之後才可最終取得宰輔相位。目前名義上的宰相還是韓絳，呂惠卿時刻想取而代之，但他認為韓絳已經老朽，不堪一擊。

在呂惠卿心目中，目前對自己權位有威脅的是另外三個人：曾布、章惇和呂嘉問。這三個人都是和自己並駕齊驅，是輔助王安石變法中崛起的新秀，不得不時時提防。

目前，章惇以中書檢正官之職巡視西南，未在朝裡，不足爲患。曾布現爲權三司使，呂嘉問爲市易司提舉，這兩人均居要津，不速除去，後患無窮。

新法推行中權宜舉措多如牛毛，呂惠卿全都知曉，他順便抓起一個透支九十六萬緡銀錢的舊案展開殺伐。當時一千錢爲一貫也叫一緡。九十六萬緡不是小數，但實際上是趙頊宮內糜費和濫施獎賞超支了。下邊沒有辦法，只好從曾布與呂嘉問共同經管的「市易庫錢」中透支九十六萬緡補上，而在「市易庫錢」中設一個「庫存盤虧」九十六萬緡的假帳以作搪塞。趙頊當時已知內情，只好裝聾賣啞，不予過問。

現在呂惠卿要拿這件事向曾布與呂嘉問開刀了。開刀的方法很現成：要挾皇上。

眼下趙頊要呂惠卿擬定新的方略法規，實行沒有王安石的王安石變法，呂惠卿假裝著長嘆一口氣說：「唉！皇上，不是臣不肯爲皇上分憂，臣實在也有難言之隱。」

趙頊怒氣沖天：「豈有此理！在朕面前，有何難言之隱？從實說來，朕爲你作主就是！」

呂惠卿慌忙跪下：「臣謝聖恩！如此斗膽呈奏，權三司使曾布與市易司提舉呂嘉問，皆王安石一手所提攜，對於皇上罷王安石相位嘖有煩言，甚至私下散布議論，謂『市易庫錢』『盤虧』之九十六萬緡，乃皇上超支所致。然臣以爲，他二人共管之『市易庫錢』虧空九十六萬緡，即或不是貪污侵占，亦是瀆職虧虛，理應懲辦。何如將二人革去現職，貶往州府，俾使皇上之新方略順利推行！」

趙頊一聽，怒火中燒，聲色俱厲說：「罷曾布權三司使，貶知饒州；罷呂嘉問市易司提舉，貶知常州。呂惠卿作速奏呈所擬二人罷貶之奏章，朕即批示！」

呂惠卿三呼萬歲，領旨謝恩。他知道趙頊正要找一頭替罪羊洗刷糜費九十六萬緡的責任，如今只是一頭「羊」變成了兩頭「羊」。

一下子清除了兩個競爭對手，呂惠卿立即按照兩個弟弟的建議行動。

呂惠卿共是三兄弟，他爲老大。他二弟呂升卿，現任崇政殿說書；三弟呂和卿，現任曲陽縣尉。三兄弟一母同胞所出，心氣相通，密商後搞了一個《手實法》：

……官為定立物價，使民各以田畝、屋宅、資貨、畜產隨價自占。凡居錢五，當藩息錢一。非用器、食粟而輒隱落者許告，獲實，以三分之一充賞……縣受而籍之，以其價列定高下，分為五等……此實施，當使庫藏國用增加五分之一……

說穿了，這《手實法》乃向黎民加緊搜刮脂膏之法令。要求各人手寫實報所有田畝、屋宅、資貨、畜牧等家產，縣裡登記入冊，分爲高下五等，釐稅賦，各以所報財產之五分之一繳稅。因其要各人手寫實報，故名之爲《手實法》。此稅之重，曠古少有。

更有甚者，如有自報不實，他人可以檢舉揭發，凡揭發隱瞞之財產，核實後以其三分之一獎給舉報人。此獎之重，世亦稀有。

呂惠卿說此法一實行，國庫馬上增加五分之一的收入。他正是抓住了趙頊想國庫迅速富足的心思，進呈此盤剝全國人民之《手實法》。

如此嚴厲的稅賦之法，趙頊覺得太冷峻，但又捨不得一試的機會，於是降旨：先不以詔令形式頒行，而以「司農寺」名義頒發。

蘇軾一接到《手實法》仰天長嘆：「天哪！上盡其利，民何以生？」朝廷搜刮民脂民膏如此刻薄，民眾何以聊生？

此時，蘇軾在密州正肅清了盜匪，收養被棄女孩達數千人，廉政愛民之聲譽鵲起，他怎能容忍密州十萬民眾受此《手實法》之殘害，立即不顧身家性命之安危，上書反對《手實法》。

上韓丞相論災傷手實書

……稅之不均者久矣，然而民安其舊，無所歸怨……今又行手實之法，雖其條目委曲不一，然大抵恃告訐耳。

昔之為天下者，惡告訐之亂俗也。故有不干己之法，非盜及強姦不得捕告……

而今之法，揭賞以求人過者，十常八九。夫知告訐之人，多有兇奸無良者，異時州縣所共疾惡，多方去之，然後良民乃得而安。今乃以厚賞招而用之，豈吾君敦化，相國行道之本意歟？……

……且手實法非朝廷制定，而出自司農寺，是擅造律條也……

故本州治下暫不執行，若相國以為此手實法無謬，當奏明聖上以朝廷名義正之……

宰相韓絳已處昏暮之年，自知遠不是呂惠卿之對手。正在無計可施時，接到蘇軾這封信，如獲至寶，擊節稱讚。蘇軾眞乃赤膽忠心，冒死敢諫。看他說得多麼有理有力！

稅賦自古難以均衡，但民眾忍耐而接受。今天突然來一個自報手實，並且鼓勵他人揭發檢舉，這是多麼的荒唐！自古以來，朝廷都厭惡告密者擾亂風俗，有法規定凡不干己之事，不是搶劫、強姦等兇惡案件不准告密捕捉。如今倒好，縣重賞以鼓勵告密之人。但凡告密者，多是兇奸無良的小人，過去幾乎所有的州縣都厭惡已極，想方設法驅逐出去，使境內良民安居樂業。

手實法以厚賞招募告密小人，這是皇上敦化黎民，丞相推行國政之本意嗎？況且這手實法非朝廷頒制，而是司農寺所發，這是擅自立法，所以我蘇軾治下的密州暫不實行。

好一個蘇軾子瞻！錚錚鐵漢，老相國感謝你及時的諫止忠言。韓絳捧著蘇軾這封信深夜進宮，跪奏說：「權知密州蘇軾有書論及手實法，臣不敢擅專，特深夜進宮稟奏聖上。」

趙頊看了蘇軾的信，也深感言之成理，便試探韓絳說：「愛卿以爲蘇子瞻此信所寫若何？」

韓絳說：「錚錚鐵骨，金玉良言，句句爲我皇社稷著想也。」

趙頊說：「既如此，卿可與呂惠卿面談一次，讓他自動收回手實法是了。」

韓絳說：「臣老邁昏花，力有不逮。自介甫罷相一年以來，呂惠卿氣勢日盛，囂張無比，老朽敵他不過。就此乞請解除機務，罷相歸田。」

趙頊猛一打愣：「怎麼又來一個辭職的宰相？」稍停說道：「愛卿不必如此激烈進言，卿以爲當朝誰可壓下呂惠卿之氣焰？」

韓絳說：「王介甫！」

趙頊一驚而起：「你是要王安石再回來？」

韓絳說：「介甫見識高遠，爲政清廉。執政爲相，八年以還，除政見紛爭，豈有個人缺失？介甫離京返江寧之時，皇上不是還派陳升之送黃金百兩以作嘉許嗎？」

趙頊激動得走動起來：「卿言善矣！介甫罷相一年以來，朕已多次想過，在他爲相之時，雖與朕多次頂撞，但事過思之鑒之，全是赤膽忠心，絕無二臣私念。朕與介甫爭鬥之後，反而覺得離他不得。去年因鄭俠《流民圖》一事罷相介甫，事後證明鄭俠不過是玩弄陰陽之術的小人。朕愧對介甫矣！韓卿聽旨：詔令復王安石中書門下同平章事，讓他火速進京。手實法交他去決斷……」

熙寧八年（一〇七五年）二月初九，身居江寧府的王安石，跪拜接過大內宦侍送來之復相詔令，喊過「我皇萬歲萬歲萬萬歲」之後，卻是久久不想起來。

他潸然淚下，感慨奇多。十個多月罷相歸來的日日夜夜，無一不是悲哀和淒涼。兒子王雱在京都被呂惠卿逼得「病」到停職，二弟王安國被呂惠卿罷官放歸故里，僅幾個月便氣病而死於自己的臥室，時年才四十七歲啊！呂惠卿到底是個什麼人？王安石開始在心裡反思了。

多年前，二弟王安國勸自己「遠此小人」，自己還將二弟斥責了一頓；司馬光兩次寫信告誡說呂惠卿「兩口不對心」，自己也置之不理；愛兒王雱去年反對自己舉薦呂惠卿入相，表示「誓死不與呂惠卿爲伍」，自己還斥罵雱兒「小兒意氣」，那年爲把蘇轍從制三司撵走，呂惠卿不是將蘇軾的一些言行記錄向自己告密嗎？當時自己對呂惠卿的告密行徑有所不滿，但認爲他「才智超群」，認爲只有他可以協助推行變法，便原諒了他的毛病……現在看來，我一離京呂惠卿更囂張無比，此次回去要狠狠教訓他一番……

王安石思前想後，奮然起立，通知家人：「即刻起程返京！」

呂惠卿得知皇帝發出恢復王安石相位的詔令，猛覺頭皮發麻，渾身打顫，氣得半天沒說出一句話來。他揣想有人背著他搗鬼，卻根本不知蘇軾的上韓丞相書是直接誘因。

像對待任何一個對手都掌握著對方的弱點一樣，呂惠卿對王安石也早有自己的絕招。在朝前八年，他一直是王安石的助手，便利用這絕好的機會收集掌握可致王安石於死命的資料。去年還以爲已用不著，誰知一年不到就用上了。

呂惠卿走進書房門好了門，把變法六年中當王安石助手的記錄、摘抄、品評等取了出來，足有厚厚的二尺。他對這些資料早已爛熟於心，於是很快摘出了一份資料：

前丞相王公安石未辦奏章再呈御覽

一、熙寧五年□月□日戎州札奏五百刁民聚嘯山林事。前丞相王安石閱批未奏。

二、熙寧五年□月□日清州札奏清河縣吏朋黨陰通遼邦安圖叛國事。前丞相王安石閱批未奏。

三、熙寧五年□月□日均州札奏雨澇傷農事。無閱無批。

四、熙寧五年□月□日沂州札奏僧道雲集余姚縣其跡可疑事。前丞相王安石批為「傳經佈道」四字留中積壓。

五、熙寧六年□月□日沂州再奏余姚縣主簿李逢、醫官劉育、道人李士寧等似有藉宗教活動為名進行謀反的跡象事。前丞相王安石批以「查清再報，疑象怎擾聖躬」十個字，未有奏呈。

六、……

此狀共列王安石十條罪責，最後說明：每條均附呈王安石批簽或未予批簽的原件，請皇上定奪是「瀆職失察」抑或「欺君罔上」。

作爲參知政事，呂惠卿隨時可進宮面聖。他偏挑了晚飯後的寧靜時光，走進皇帝寢居的福寧殿，看看十六日的滿月，正在東方天邊升起，可馬上被雲遮了，而燦爛的星光，此時卻正好更爲展現，分外耀眼。呂惠卿覺得，王安石正是那時隱時現的月光，掩映了眾多的星宿。不然怎麼皇上一高興，又要召他回來呢？我這次非叫這討厭的月光永遠被遮住不可！

趙頊晚飯後休息片刻，正好起來，心情愉快，照例和皇后奕棋，以作消遣。

侍宦奏道：「參知政事呂惠卿晉見。」

趙頊笑笑：「哈哈！正好讓他來猜猜我今晚的棋怎麼樣。宣他晉見。」

呂惠卿跪拜參見之後，趙頊說：「愛卿來得正好，以你的辨慧猜猜我今晚與皇后奕棋結局如何。」

呂惠卿說：「皇上與皇后奕棋，臣未曾侍立領教，妄斷豈非欺君？正如臣今晚進宮參奏之事一樣，臣也不敢妄斷，前丞相王公安石是瀆職失察呢？抑或罔上欺君？」

趙頊棋子一丟，收住笑臉，急問：「此話怎講？」皇后便知趣地悄然走了。

呂惠卿說：「啓奏聖上，臣領聖恩，不敢於東府理政有絲毫懈怠，爲得完善東府理政規程，臣近日翻閱近幾年來存案文書卷牘，發現前丞相王公安石積壓延誤或處置失誤者頗多，現特摘抄十件，謹呈御覽。」隨即遞上奏章。

趙頊越看越擰緊了雙眉，呂惠卿所持來之十件札章，大都有王安石閱簽字樣，唯獨沒有上呈福寧殿字樣，這不是王安石貪權瀆職、自作主張、藐視聖躬嗎？這還了得？……一霎間，覺得早幾天下詔恢復王安石相位太過匆急，怎不先問問這位「博學辨慧」的呂惠卿？……忽又一閃，這「博學辨慧」的讚語，不正是呂惠卿尊爲師長的王安石所說的嗎？呂惠卿何以突然向這位師長反擊？以「學生」反「師長」，與殺父弒君一樣同被歷史所不恥，呂惠卿竟如此坦然處之，殊非奇怪？一轉瞬，司馬光關於呂惠卿是小人的議論浮上腦際，看來這呂惠卿確係心術不正之人！再不可掉以輕心了。

呂惠卿看著趙頊緊鎖的雙眉，心中竊喜：這一招奏效了。想起八年前皇上召王安石進京時，他以江寧政務未了爲由拖延了幾個月。這個「拗相公」此次不知拖多久呢！只怕還不及從江寧動身，皇上又已發出取消恢復他相位的詔命了。

呂惠卿正暗自高興，沒想到皇帝臉上陰雲又散開，望著呂惠卿一笑說：「好了，朕知卿意，當審察之。卿之所言，愼勿外語。」

呂惠卿心裡一驚：完了！這一招竟然不靈，皇上未曾發怒，未曾當即取消對王安石的復相御詔，這究竟是爲什麼？難道是自己錯了嗎？可是自己又錯在哪裡？好在自己還有絕招……

正在這時，福寧殿內侍宦臣梁惟簡急步走了進來，跪呈一份「急奏」。

趙頊看完這奏章勃然大怒，脫口而出：「該殺該斬！」急步走攏御案，提起御筆要批。忽又瞟見案上呂惠卿剛才拿來的「再呈御覽」，馬上翻開，對照了一下，嘴邊撇出一個訕笑，放下筆來，心想：正好！讓王安石和呂惠卿這一對「師生」去爭鬥吧！於是高聲說：「呂惠卿聽旨！」

呂惠卿忙又跪下說：「臣在。」心中坦然。

趙頊說：「此乃大宋開國一百多年來少有的一宗謀反大案，你速爲朕核查再奏。」隨即把「急奏」扔給了地上的呂惠卿：

李逢劉育謀反案

……沂州百姓朱唐告發：余姚縣主簿李逢，夥同河中府觀察推官徐革、醫官劉育、道人李士寧等，藉宗教名義進行謀反活動……

呂惠卿一看心裡踏實了，果然是自己預先泡製好的這份「急奏」，兩個弟弟呂升卿、呂和卿辦事和自己一樣精明，正在當緊的關口派心腹送來了這份「急奏」。他覺得這可致王安石於死命的「絕招」即將大功告成：皇帝被深深激怒了。於是進一步挑唆說：「啓奏聖上，本謀反案正是臣適才所呈御覽的第五條，足見前丞相王安石養癰爲患也。」

趙頊說：「朕當然明白此即卿奏之第五條，否則何以下旨卿去核實。」此時趙頊心中已有定數：縱是王安石與此有牽連，也比你呂惠卿暗中放箭強多了；當然，如果王安石果然與此案有染，那也是饒他不得；不過，對這暗進讒言的呂惠卿，已是不願多聽，於是趙頊下了逐客令：「呂卿可以走了！」

呂惠卿謝恩要走。

梁惟簡又急步走進跪報：「中書門下同平章事王安石奉旨返朝，請求晉見。」

呂惠卿頓時嚇得腿軟，想走卻邁不動步去。

趙頊好個喜歡：拗相公此次不拗了。事情將很快水落石出，連忙說：「快宣王卿晉見。呂卿你也不必走了。二人六面，更容易說明白。」

呂惠卿只好戰戰兢兢坐下了。

王安石進來跪奏：「臣王安石奉旨返朝，我皇萬歲——萬歲——萬萬歲！」

趙頊說：「王卿平身，一路勞頓，賜坐說話。」

王安石起身未及側目，呂惠卿起身拱手：「老師一向安好，學生甚爲掛念。」

王安石沒想到能在這裡見到呂惠卿，在江寧時已對他有所疑惑，於是不冷不熱說：「老夫骨賤，尙能勉力堅持也。」

趙頊心裡在笑，呂惠卿果然是當面尊稱「老師」，背後頻射暗箭的屑小之輩！是該看他們「師生」之間如何玉石俱焚了吧？於是說：「你師生二人不必多客氣了。朕今有兩件公案，煩王卿先看看吧！」將呂惠卿所呈「御覽」及「李逢劉育謀反案」急件一起交給了王安石。

王安石看完後心如刀絞：花數十年心血栽培的呂惠卿果是小人！於是起身再次跪下說：「啓奏聖上：臣罪該萬死！未能及早識破呂惠卿之奸佞面目，定使許多人中他暗箭矣！」

趙頊說：「哦？王卿只此一罪嗎？」

王安石聽出皇上話中帶刺，不覺一驚，但馬上鎭定說：「除此一罪，臣無他罪。呂惠卿所奏御覽，實屬無稽之談！」

面臨生死關頭，呂惠卿早已不再顫動，起而奮爭說：「王安石！你能否認我所奏十條全是事實嗎？」

王安石已經站起，他不能在呂惠卿面前低頭，擲地有聲地說：「呂惠卿！你爲官多年，主政也有一年，未必會不知道；設若事無巨細，全要轉呈皇上親躬，那還要丞相幹什麼？」

呂惠卿說：「事有巨細，你已講明。我所列十條多爲各地謀反跡象，不軌端倪，難道也是小事？」

王安石說：「你之所奏，全係熙寧五年、六年之事，當時皇上親力推行之新法起步艱難，擺在首位，此乃皇上當時親口諭示，捨此均可先放一邊。」

眼下趙頊也不能否認此事，故爾一言不發。

呂惠卿卻強辯：「不軌行動，有關朝廷安危，你將其置爲小事一端，何其居心叵測？」

王安石說：「你所奏均熙寧五年、六年之事，如今已是熙寧八年，朝廷何曾被顛覆？何處又因謀反而受損失？當時若然風聲鶴唳，杯弓蛇影，何能把心血傾注到變法大事上來？」

呂惠卿說：「王安石休要胡言亂語！在我御覽所列你罪責的第五條，即是余姚縣主簿李逢謀反跡象之奏札，如今該謀反案已然成形，你之罪責何能得免？」

王安石說：「呂惠卿休得借題發揮！我當時批曰：『查清再報……』這有何錯？此次急件奏報，或許正是我那批示的結果！」

呂惠卿說：「王安石不得狡辯：你與造反之道人李士寧交情甚深，別人不曉，我可全知！」

趙頊猛然插說：「介甫先生，果有此事？」

王安石說：「啓奏聖上，我與李士寧有交情但非甚深！」

趙頊沒有耐心了，他斷然吼道：「住口！與反賊相交，何分深淺？王安石中書門下同平章事暫停視事。參知政事呂惠卿聽旨：速查清李逢、劉育、李士寧謀反案各節情由，具細奏報！退朝！」皇上召見臣子，均可視爲上朝，散場即叫退朝。

王安石垂頭喪氣走了。

呂惠卿趾高氣揚走了。

趙頊早沒了和皇后奕棋的興致。

王安石回到家裡，已經連腳步都挪不動了。兒子王雱和夫人吳氏急忙攙住。

王雱說：「爹！事情有了變故？」

王安石長嘆一聲：「唉！養虎爲患！呂惠卿恩將仇報，爹我自取其咎，罪有應得啊！哇哇！」五十幾歲的老人，鐵骨錚錚的硬漢，朝野傳頌的拗國公，竟孩子似地哭了起來，歔泣不止。內疚之心，是一個悲傷的缺口，大政治家也堵不住眼淚的湧流。

王雱問清事情的前因後果說：「爹！你不用擔心，呂惠卿的奸佞醜惡，我早已在收集揭破他假面具的證據，已經有了一些眉目。你可能還不知道吧，呂惠卿有個兒子叫做呂坦，他可能正是他父親的剋星。」

王安石說：「沒聽說過呂惠卿有兒子啊！眞有兒子，怎會成爲父親的剋星？別瞎說了。」

王雱說：「呂惠卿多行不義必自斃！爹，呂坦說不定正是上天派下來促他自斃的剋星呢！我已經知道怎麼去找到呂坦了。」停停忽又笑笑說：「爹！我相信天理公正，在京這一年裡，明面上呂惠卿逼得我『病』了，實際上辦一個『病休』手續，暗地裡搜尋揭破呂惠卿假面的證據呢！已經被我抓到手了。」

王安石說：「雱兒辦事可要誠實，絕不能捕風捉影栽贓陷害，那可不行！」

皇帝一道御旨，李逢、劉育、李士寧、徐革等一個不曾跑脫，呂惠卿酷刑逼供，屈打成招，一個對朝廷只有不滿意識的團夥，被呂惠卿打成一個眞正的謀反集團。並從道人李士寧口裡，得到了他與王安石交往八次的口供。呂惠卿把這些寫成了一個彈劾王安石的奏表，深信足以致王安石於死地。

呂惠卿呈上奏表並要求說：「臣乞求皇上先不把這彈劾奏表宣布出去，請皇上定一個時間午朝，臣當著文武百官的面宣講王安石與李士寧的交往事實，使王安石反賊嘴臉無以遁形，也便於皇上當殿作出聖裁！」

趙頊對謀反朝廷之事深惡痛絕，看過呂惠卿彈劾王安石的奏表更是火上澆油。心想這很像一年前的故事重演，那次鄭俠一幅《流民圖》把王安石罷相攆走；今年呂惠卿一份彈劾表，王安石比去年罷相時情狀將悲慘得多。此事是他王安石咎由自取，朕也顧不得許多了。

趙頊於是斬釘截鐵地說：「明天午朝，不得有誤！」

王安石接到大內傳來的聖上口諭：「暫停視事王安石，明天午朝延和殿上朝，不得有誤！」

暫停視事不能問政，要他上朝必須有聖諭。

王安石聽大內傳諭的口氣很不友好，那「不得有誤」的措辭更爲稀奇，想過去在朝八年何曾受過如此輕謾。這都是自己瞎了眼睛的苦果，悔不該豢養舉薦了呂惠卿這隻惡狼。但一切已經晚了。天意啊！天意！我理應得到這個惡報。但我心底無私，怕他明天午朝則甚？想此次從接到復相詔命起到明天整半個月。

第二天，熙寧八年（一〇七五年）二月二十四日，延和殿百官肅穆，排列整齊，誰都怕先說出一句話，以免引起麻煩。

王安石因暫停視事，不能坐到御座前固定的宰輔位置上去，只能在百官排班的尾後忝列。

與此相對照，現任參知政事呂惠卿，卻站在東府序列官員的頂排頭；丞相韓絳已坐到往日由王安石坐的宰輔位置上去了。

趙頊今天滿臉陰雲，心頭藏火。他領受過參拜之後照例問一句：「諸卿有事早奏。」他知道呂惠卿今天定是頭一個出班彈劾王安石，他早已把那彈劾表背得滾瓜爛熟。趙頊不經意地朝御案上瞧瞧，那裡正攤開了呂惠卿彈劾王安石的奏表。

呂惠卿自是更為得意，今天當殿一舉擊倒王安石，叫他永世不得翻身。自己再擊倒韓絳老朽便易如反掌，丞相捨我其誰！他拿腔作勢不急於啓口，料想誰也不敢搶先參奏。

誰知偏有人搶先出班奏曰：「臣知諫院蔡承禧有本啓奏聖上：彈劾參知政事呂惠卿弄權自恣，朋比欺國。呂惠卿奸巧，路人皆知。執政一載，黨羽已豐，章惇、李定等皆為其死黨。現朝政梗阻嚴重，難以上通下達。宰輔韓絳丞相，實際已被架空。此令臣深感不安，位居知諫院之職，感戴聖恩，特此呈奏。」便將彈劾呂惠卿之奏本呈遞上去。

同平章事韓絳接著啓奏，附議蔡承禧的言詞，彈劾呂惠卿弄權害國。

滿朝文武中，受呂惠卿欺壓者超過大半，平時沒有說話的機會，現見有人開頭，且有現任宰輔韓絳附議彈劾，立刻躍躍欲試，情緒活潑歡快起來。

呂惠卿何曾料到這一著，一下子慌了手腳，直怨恨自己開初賣弄老成，被人搶去了先手。

趙頊對知諫院和宰輔的彈劾，當然不會等閒視之，嚴厲地瞪著呂惠卿問：「呂卿有何話說？」

趙頊這句話，倒使呂惠卿鎮定下來。皇帝並沒因兩人彈劾自己而興師問罪，可見皇上還站在維護自己的一邊。心想，我何不把大家的注意力全引到王安石身上去，這可是自己唯一的脫身之計了。

呂惠卿站了出來說：「啓稟聖上，對臣的誣蔑攻擊，我不想多作辯解。這是一個大奸大惡之人，為了轉移滿朝文武對他的注意力，而組織的欺君罔上的活動。我只須把手頭彈劾大奸大惡之人的奏表誦讀出來，文武百官便知端的。我要彈劾的大奸大惡之人，便是前中書門下同平章事王安石。臣已奉旨查明，奸惡道人李士寧，妖言惑世，煽動罪犯余姚縣主簿李逢，迷惑朝臣河中府觀察推官徐革、醫官劉育等密謀反叛朝廷。妖道李士寧與王安石過從甚密，王安石對他包庇縱容，甚或出謀劃策。早在熙寧六年，沂州密札奏報李逢等人有藉宗教活動之名陰謀造反的跡象，王安石爲丞相，扣壓奏札，罔上欺君。據李犯士寧供稱，他曾由王安石陰邀往來八次。李犯士寧供詞如下：『王安石延於東府三次，傳授導氣養生之術，王安石每次都治茶酬之；延於宰相府邸五次，爲夫人吳氏講導氣養生之術，並望病製藥，王安石每次均治酒餚酬之』。王安石在其夫人吳氏病癒之後，曾經贈詩一首作爲酬謝。其詩云：『杳杳人傳多異事，冥冥誰是見此高風……』『杳杳』者何？『冥冥』者何？李士寧慌忙應付，不吐眞言，僅以『導氣養生』四字應之。王安石一生疏狂，藐視天命異說，何以獨對李士寧情鍾於此？實乃密謀造反之意趣相投也。奈何王安石官居宰輔，朝制護身，未曾敗露，一拖又是經年。直至現在王安石被罷相，謀反案始眞相大白。其餘案犯一一未漏網，唯王安石尚逍遙法外！臣奏疏已報呈聖上，乞聖上明察！」

呂惠卿此本一奏，朝臣驚慌莫名。看來此事已成定局，皇上早有呂惠卿彈劾奏表在身，難怪剛才蔡承禧、韓絳彈劾呂惠卿時皇上不興師問罪……可千萬不要讓王安石謀反案扯到自己身上來。各大臣都儘量往後躲，別出頭，萬一被皇上問起就糟了。

於是一個人也不吭聲了。

趙頊便問王安石：「介甫先生：對呂卿的彈劾你有何話說？」

滿朝文武大驚，「介甫先生」這稱呼可以要了王安石的命！

王安石出班奏曰：「啓稟聖上，介甫並非先生，乃是聖諭詔命之中書門下同平章事，現有聖旨在身，臣不敢捏造。只是暫停視事而已。暫停視事並非革職，更非判罪，故臣亦恪守臣道，如實將情況稟明。」

呂惠卿此人，原來出自臣之門下，臣對其呵護有加，提攜舉薦，衆所周知，皇上亦很明瞭。早自熙寧二年臣接聖諭執掌朝政以來，屢有司馬君實提醒說：呂惠卿，小人也，不可與之交。此事司馬君實告奏過聖上，承聖上向臣兩次轉致此意。只怪臣老朽迂腐不化，不聽好友君實之勸，不受聖上之教誨，反在聖上面前爲呂惠卿百般辯解，嘉獎其『博學辨慧』。去年臣罷相之時，還向聖上舉薦呂惠卿主政。承皇上相信臣不謬，果委呂惠卿爲副相之職。如今呂惠卿恩將仇報，務必將臣置之死地而後快，此臣咎由自取之罪孽矣！」

論及呂惠卿對我之謀反指控，實屬荒唐。臣一向執拗，也尚清廉，任相期間曾多次與皇上頂撞，乃至拒不上朝多時，人所共知之事，誰能謂其未聞？試問：豈有謀反之人而與皇上頂撞之道理？夫謀反者，在隱蔽階段，無不諂媚逢迎，以包藏禍心，圖謀他日謀反便利。去歲罷相赴江寧，承皇上隆恩，派陳升之親送一百兩黃金給臣，以資嘉獎爲相六年之清廉。試問：謀反者爲圖他日之活動經費，豈有爲相六年而分文不取之理？設若臣參與謀反，何等臣罷相一年之後始有爆發？臣在相位時謀反不是更方便嗎？然而，臣從來忠心不二也！」

呂惠卿謂李士寧道人曾被我延請八次，此事不假，但全爲老妻治病而請。呂惠卿謂臣在老妻病癒之後曾寫詩致謝李士寧，詩云『杳杳』『冥冥』云云，說此『杳杳』『冥冥』便是密謀造反。呂惠卿在此玩的是斷章取義之把戲，臣贈詩七絕四句如下：『杳杳人傳多異事，冥冥誰見此高風。慢慢推拿疑無效，攸攸氣脈已貫通。』詩句明明白白，是寫導引治病之術，與謀反有何牽連？今既查明李士寧謀反，當予嚴懲不貸。然捕風捉影於臣參與謀反，臣不敢認同。乞聖上明察。」

蔡承禧、韓絳二人力奏：「王介甫所奏是實，於情於理皆合。呂惠卿誣告謀反，自當反受其罪。」

呂惠卿驚慌地力奏：「此事複雜，非三言兩語可以辯清，乞聖上延其裁斷！」妄圖再作部署。

蔡承禧堅決不許：「啓奏聖上，此事明明白白，不能拖延。否則夜長夢多，呂惠卿又會使出新的奸計。」

趙頊被雙方吵得不耐煩了，喝道：「道理無須多講，有事實再行稟奏，朕自有裁決。無事則可以退……

……」

未等皇帝「朝」字出聲，蔡承禧忙又跪下：「啓稟聖上：臣有事實稟奏，今有一人，敢當朝作證呂惠卿是我朝頭號奸臣！」

趙頊問：「證人者誰？」

蔡承禧說：「呂惠卿之親生兒子呂坦！」

趙頊一驚：「呂惠卿對朕多次說過，他並無兒子，何人敢來此冒充？」

蔡承禧說：「此人就在殿外，冒充與否，讓他上殿，呂坦與呂惠卿一對質，全明白了。」

趙頊高喊：「宣呂坦上殿！」

呂坦一套僧人打扮走上殿來，禪味十足地說：「世人者，先有父母，後奉君王。」走到呂惠卿面前跪下說：「父親！可還認得孩兒呂坦？兒就是從十三歲起偷去南少林寺習武之呂坦也！」

呂惠卿恨得咬牙切齒：「畜牲！我不認你這畜牲兒子！」

呂坦起立說：「啓稟聖上，」跪在殿前卻不低頭，「呂惠卿不認我這畜牲兒子，但畜牲兒子亦是兒子，我可以作證嗎？」

趙頊說：「從實講來！」

呂坦說：「謝皇上。呂惠卿既說我是他的畜牲兒子，他自然是我的畜牲父親，他也盡幹些禽獸不如的事……他勾結京東轉運使王廣積，貪污大量錢財。還私刻兩塊印版，誣蔑蘇軾販賣私鹽，又誣蔑他作了《奸相論》。此二塊雕版他拿錢買通他以爲是孤兒乞丐的陳小波雕刻印刷張貼，又派我去殺了陳小波滅口，原來陳小波是個世外高俠，憑我呂坦十人也不是他的對手。我從他那裡瞭解了父親的罪過，又暗地裡一一核查屬實。我恥於有這樣的禽獸父親，也才離家出走，遁入空門。今天我受佛祖教義囑托，前來揭露眞相，以挽救王相國等大批忠臣，乞皇上鑒察！」

呂惠卿出班跪奏道：「呂坦一派胡言，是受奸人唆使，反誣其父，何爲人子？聖上明察！」

呂坦說：「你誣蔑陷害王相國，又是『學生』對師長之道嗎？」

趙頊說：「呂坦！言詞攻擊，誰人不會？且你所說均是過往之事，並無以稽考。你下殿去吧！朕自有決斷。」

呂坦說：「皇上，在下尚未說完。信與不信，請皇上派人速查一件事實。」

趙頊問：「什麼事實？」

呂坦說：「我那畜牲父親呂惠卿，與我畜牲叔父崇政殿說書呂升卿，還有另一個畜牲叔父曲陽縣尉呂和卿，他三兄弟互相勾結，與華亭知縣張若濟狼狽爲奸，以強權借取華亭富民朱華等人銀子五百萬兩，用以購買無數的私家田產、房屋、山林等！」

趙頊大怒：「呂升卿在否？」

呂升卿渾身顫抖，跪下已說不成話來：「臣……臣……在……在。」

趙頊吼了起來：「來人！將呂惠卿、呂升卿拿下候審！……」

進京受阻二蘇悲恨
徐州聚首兄弟情深

蘇軾在密州任上未滿兩年，於熙寧九年接到詔令改任河中府知府。上述李逢反案便是發生在這河中府沂州地區。

李逢、劉育、李士寧等屈打成招的謀反案無人伸訴，他們或被處決，或被杖責發配，全做了呂惠卿政治陰謀的犧牲品。

可是呂惠卿本人也從此徹底暴露，和呂升卿、呂和卿一起，三兄弟被一貶再貶，從此終了一生。

王安石復歸相位。呂惠卿《手實法》銷聲匿跡。

密州人深以爲幸，他們幸得太守蘇軾庇護，絲毫沒受《手實法》的摧殘。

對於蘇軾調離密州，密州各界人士依依不捨，都來送行，感謝他在密州的三大功德：肅盜匪、養棄孩、拒行《手實法》。

蘇軾本人對此次調任又十分樂意，從密州（山東）到河中府（今山西永濟）必經齊州（濟南）和首都汴京，弟弟在齊州任掌書記，主管文書檔案等工作，兄弟分別五年，眞是太想念了，這次總算順道可以相見。

前來密州接任蘇軾職位的孔翰周，是孔子的後代。他對蘇軾的文名政譽均極欽佩，到任之前，即已寄詩給蘇軾表示敬意。

蘇軾自覺在密州二年政績平平，對不住密州十萬黎庶百姓，因此他在留給孔翰周的謝詩中深情自責：

秋禾不滿眼，
宿麥種亦稀。
永愧此黎庶，
芒刺在膚肌。
平生五千卷，
一字不救飢。
何以累君子，
十萬貧弱啼。

蘇軾把十萬民眾托付給繼任者孔翰周，於當年年底依依不捨離開了密州。催著馬車朝齊州快走。兩兄弟同在山東爲官兩年，可是密州與齊州仍相隔四百餘里，從未有機會得見。此次路經齊州，豈能不催馬快跑？

到得齊州城門口，大馬車被叫「停下」，蘇軾以爲遇到了什麼麻煩，下車一看原是好友李常（字公擇）攔車迎接。

李常身材短小，蘇軾慣來昵稱他「短李」，當即驚奇說：「短李！你不好好在湖州當太守，不好好守著我們的『六客堂』，怎麼跑到幾千里外濟南（齊州）來了？哈哈！」

蘇軾說：「哦！是遲兒、良兒吧？遲兒還認得，良兒一點都認不出來了。你爹呢？」蘇遲、蘇良是蘇轍兩個稍大的兒子。

旁邊兩個孩子，一起跪下說：「侄兒迎接伯父！李老伯現已是齊州太守了。」

蘇遲說：「爹爹到京城辦事去了。伯父來信時他已走了，不然他怎麼也會在家裡等，爹爹好想伯父呢！」

李常說：「子瞻！這也是我的過錯了。我一來便派子由去京城辦事，偏巧你會這時候經過這裡。」

兩輛車上的任媽、王閏之、大月、蘇邁、蘇迨等，一聽說蘇遲、蘇良來了，忙下來相見。說不完的親熱話，流不完的歡喜淚。

任媽、王閏之、大月三個大人爭相說：「遲兒、良兒五年長這麼高，都成半大人了。」蘇轍夫婦先離京兩年，大人們分別已七年；蘇轍的孩子們由蘇軾在京都撫養了兩年，直到自己也被貶去杭州時，才帶去交給他們的父母，所以和孩子們分別才五年。

頓時吸引了一大批人，都讚頌蘇家兩兄弟親情可敬。

蘇軾與李常同進了一輛馬車，兩人有說不完的知心話。

李常家在江西廬山，在廬山五老峰下讀書，名聲甚好。兩人交情很深，蘇軾從杭州調密州時路經湖州，時任湖州知府的李常邀主客六人共聚，歡送蘇軾，並建「六客堂」以作紀念。後宋向擔任密州太守的蘇軾索詩，蘇軾寫詩寄去：「……磨刀入谷追窮寇，灑涕循城拾棄孩……」今天李常又以齊州太守身分出城迎接，蘇軾自然感激萬分，當即在馬車內吟誦七絕一首以作答謝：

廬山五老高有德，
短李風流更上才。
三世有緣天注定，
六客兩聚自安排。

李常快口接住說：「好！六客中此次只你我兩人相聚，一切由我安排，非等子由回來不可。」

蘇轍進京辦事，正趕上老友張方平調任商都（今河南商丘）知府，保薦蘇轍去他手下任簽書判官，需要辦很多手續，便延誤了下來。他一點兒卻不知道兄長在家裡等，否則早已飛回了齊州。

李常留蘇軾在齊州住了一個多月，可玩的地方去了兩三次，風景區大明湖遊了五次，還不見蘇轍回來。李常寫了信派專人送去京城蘇轍處，告知蘇軾朝京城去了，要蘇轍在京城外迎接哥嫂一家。

送信的單人獨騎走得快，早見到了蘇轍。

蘇轍一得信，片刻也等不得了，兄弟七年分離，五年前兄長送兒女們來陳州時短暫見過一面，轉眼又五年多了。兩兄弟從小至今從沒分別這麼久過，多少書信往來都是紙上談兵，非見面晤談不可！他拔腿就朝齊州方向走去，不信路上撞不著哥哥。

蘇轍個子又高，心裡又急，於是走路飛快。他第一天走了八十多里，過了封丘，過了長垣，到了澶州（今河南濮陽）地面，天黑不見哥哥馬車的影子，便住了客店。

晚上都睡不安穩，半晚起來到櫃台上去查，看有沒有哥嫂晚上來投店。仍是一無所獲。還不甘心，又到這鎮上其他幾個客店查問一遍，通通沒有，這才回客棧住下。

第二天天剛亮就起身，邁開長腿就走。過了澶州，過了范縣，進入山東地界，到了陽谷地方，一算已走了一百多里。

累的事不記得，坐車子又怕錯過了哥哥，只好再往前走。下午申牌時分，來到了陽谷縣城西街口一個客棧門口，遠遠看見兩輛馬車緩緩而來。蘇轍猛跑一段，一路高喊：「哥！哥！」趕得雞飛狗跳，路邊人以為是個瘋子。

馬車內的蘇軾一驚：「啊？怎麼像是子由的聲音？」忽一想，瞎猜了，想昏頭了，子由在京城辦事，離此陽谷二、三百里，早呢！

突然車子被人勒馬停住，車外人掀開車門帘責怪：「哥！你怎麼不答應？」

蘇軾簡直懵了：「啊？子由！眞的是你嗎？」雙手直擦眼睛。

蘇轍說：「哥！不是我還是誰？嗚嗚！」已自先哭出聲來。

蘇軾往車下一跳，抱住弟弟說：「子由不哭！子由不哭！嗚嗚！」可是自己也哭出來了。

後面馬車裡任釆蓮聽到聲音，急急就喊：「二郎讓我看看！讓我看看！」已經下車來了。

蘇轍忙跑過去，撲通跪下去說：「任媽！任媽！你老人家可好？」已是泣不成聲。

任媽只說了一個字：「好……」就再也忍不住了，也不扯蘇轍起來，就伏在蘇轍肩膀上啜泣，一邊嘮叨叨：「五年了！五年了！想爛了心肺，今天才見到我家二郎……」

王閏之、大月、蘇邁、蘇迨都哭做了一堆。圍觀的人不計其數，都不知發生了什麼事情。問過馬車夫才弄明白，這是當今文名貫耳的大才子蘇軾、蘇轍兩兄弟，闊別五年，才得一見，難怪眼淚長流。兄弟骨肉，何其情深。

終於都住進了店裡。

蘇軾問：「子由你從京裡辦完事回齊州吧？」

蘇轍說：「哪兒呀？我京裡事沒辦完，這是來接你們到京裡去。」

蘇軾說：「什麼？你從京城接我接到了陽谷？有三百里吧？」

蘇轍憨笑起來：「嘿嘿！哥！沒有，才二百四十里。」

蘇軾問：「你坐車來？」

蘇轍說：「坐車我怕錯過了哥哥嫂子的車子。」

「你走路？」

「我腿長。」

蘇軾在弟弟肩上拍了巴掌：「嘿！子由，我懂，我懂，跟我一樣，同你早見一刻也好啊！嗚嗚……」又哭起來了。兩兄弟剛斷線的眼淚，又在一塊兒流。

當晚，兩兄弟把別人撂在一邊，鎖在一個房間裡，雖然是兩張鋪，二人抬攏在一起，五年積下了太多的話題。

別後的雙方情況，雖在信中早有交流，仍覺得那是隔靴搔癢，見了面又從頭說一遍。談完了兩家別後變遷，於是談京都朝政，談世事紛爭，談各人見聞的一切。

蘇軾最關心的是朝廷政爭：「子由！你把朝裡的事說細致一點。」

蘇轍說：「哥！朝裡的事只八個字：同朝爲官，勾心鬥角。我連多說的興趣也沒有，煩透了。」

蘇軾說：「子由話少，老脾氣改不掉。那我來問你：介甫除掉了呂惠卿，他第二任丞相做得順手吧？」

蘇轍說：「哪兒呀？一個呂惠卿沒有了，兩個、三個又拱出來，李定、舒亶、章惇，個個野心冒尖了。我們要提防這三個人。」

蘇軾說：「李定，我曾譏諷過他不守母孝；舒亶，我曾笑謔過他文藻太差；這兩個人可能恨我。章惇是同年進士，一貫待我們好，我離京他送了我四輛馬車去杭州，他未必會有心害我們吧？」

蘇轍說：「你忘了他見風使舵？人家都留春、惜春、追春，他說春去了可以逐夏。將來說不定如何。」

蘇軾說：「將來的事不用猜了。沒有了呂惠卿干擾，有皇上支持，眼下介甫的日子應該好過吧？」

蘇轍說：「皇上太年輕，三十歲不到。如今連介甫的話都半信半疑，喜歡推行他自己的一套。好像要著力消除變法中的王安石色彩，增加皇上的色彩，介甫都似乎冷了心。最近他兒子王雱又病得很重，恐怕不久於人世。王雱一死，介甫怕也要引退了。」

蘇軾說：「如此看來，與其在朝廷做別人勾心鬥爭的犧牲品，還不如當個地方官，爲百姓辦幾件實事，黎庶們可是最知感恩戴德啊！我離開杭州，離開密州，都出現了百姓留謝多時的局面。」

蘇轍說：「這話不假，不過還是要提防小人。哥，這件事我要多說幾句，告訴你一件事情。你在杭州不是修了西湖嗎？慶典會駙馬和沈括都去了，老知府柳暮春顯得格外熱情。他三人把你寫的詩詞全背記下來。柳暮春慫恿駙馬回京就出你的《錢塘集》。王詵看那時還不是時候，等到去年王安石第一次罷相之後才出了書，王詵想出你的詩集《錢塘集》，是要幫助你鋪平回朝的道路，沒想到是呂惠卿接替了王安石，呂惠卿更不願你返京。那個柳暮春便和他親家錢伯溫一道，向呂惠卿告密，說你《錢塘集》有很多『反詩』，什麼『獸在藪，魚在湖……誤隨弓旌落塵土，坐使鞭箠環呻呼』，什麼『鹽事星火急，誰能恤農耕』，還有《山村絕句》、《吳中田婦嘆》等，呂惠卿正要羅織你的罪名，幸得他兒子呂坦上殿揭破他奸佞老底，使他完蛋下台。介甫復相後見到柳暮春的揭發信，笑著扔在一邊說：『詩無達詁，豈容致罪？』這才息下事來，免了哥的災難。王詵好氣惱，沒想到柳暮春和他那個親家錢伯溫是如此卑鄙的小人！他提醒你以後在地方上結交朋友要愼重。」

蘇軾聽過以後只覺害怕，繼而喟然長嘆說：「唉！子由，這也難啊！那個錢伯溫捐了十萬兩銀子給我修西湖，沒有他這十萬兩我西湖修不好。當時感激還來不及，怎會想到他正是要用十萬兩銀子來結交我，誘我寫詩刻版出書，他們再抓『反詩』害我呢？難怪西湖孤山高僧惠思再三地提醒我要『謹言愼行』。我看這也是命中注定。眞要是有壞人充好人接近我再來害我，我也是防不勝防！我只求無愧於心了，子由你說對嗎？」

蘇轍說：「哥說的事我幾時說不對了？」

蘇軾說：「雖說朝廷風波險惡，可是五年不見京都，眞想回去看看。我們的南園蘇宅怎麼樣？楊威伯身體還好嗎？」

蘇轍說：「我正要跟你說這件事呢！楊老伯已病得不行了，我要他把兒女們接進南園去住，他不肯，說是：『奴才怎配住主人屋？』我要他乾脆搬出去和兒女們在一起，他也不肯，說是：『狗都知道守主家屋要守到死！』楊老伯一片忠心沒話可說。

「我只好把南園賣出去了，才把楊老伯打發回兒子楊雄那裡去。哥！按說你才是家長，我賣屋沒同你商量，你不怪吧？」

蘇軾說：「子由！你辦的事我怎麼會怪？我兩兄弟都在外爲官，還講什麼家長不家長！不過這事要告訴小妹，免得她回京了還把南園當成了老家。你知道小妹和少游怎麼樣了？」

蘇轍喟然一嘆：「唉！他們一家也受你我牽連，仕途多舛，什麼定海主簿、蔡州教授，少游被一步步貶著往下走，如今在處州呢！小妹脾氣你還不曉得，聽說已氣惱成病，不久於人世了。」

蘇軾也長嘆起來：「唉！莫非眞有天注定，太聰明的人活不長，姚辟的兒子姚蓬當上狀元就死了；王安石兒子王雱也是狀元，年輕輕的不久也快死了；我家小妹是不上榜的『女狀元』，還不到三十歲吧，也快去了。唉！老天不公平！」

蘇轍說：「哥！你也不必再急了。你還記得不？爹死的時候，小妹幫爹記錄《易傳》，她當時就說：她不會是長命人。可見她早有預感了，聽天由命吧！……」

第二天，蘇軾兩輛馬車向京城進發，走了兩天才到汴京城外陳橋驛，就是說，馬車跑的速度比蘇轍的長腿還慢些。這是因爲蘇軾一家老的老，小的小，又有雷琴、天硯、木假山等家傳珍寶，蘇軾不准馬跑快，還時不時停下來喝水、休息、打尖、方便……

到了陳橋驛不能不下車走走、看看。這裡是宋朝開國皇帝宋太祖趙匡胤黃袍加身、創立國祚的勝地。蘇軾還是第一次來，哪能不看看以領略其風采？蘇轍自然緊跟。

誰知他們下車不久，就有兩個禁軍校卒迎上來說：「二位是蘇軾、蘇轍兩位大人吧？小校恭候多時了。」

蘇軾心內一驚：難道又有禍事？忙說：「下官正是蘇軾，此即舍弟子由，敢問校軍有何貴幹？」

校卒說：「奉吏部派遣，在此恭候通知：詔令蘇軾改知徐州。你二位大人不必進京都了！這裡是吏部調遣函札。」隨即遞過公函，要蘇軾簽了收單，轉身回京去了。

蘇軾、蘇轍並肩呆呆立著，半晌說不出話來：京都咫尺在望，卻是進去不得！朝廷啊！皇上啊！我兩個赤手空拳的文人你有何可怕？……天公啊！地母啊！偌大京城，豈無我兄弟立足之地？……

兩兄弟相顧無言，搖頭啜泣，哭吐自己的苦水冤情，悲嘆自己的坎坷命運。

突然，一個老者顫顫巍巍走了攏來，說：「蘇氏昆仲！還認識老朽嗎？」

蘇軾轉身一看，歡叫起來：「景仁范公！晚生再是眼拙，也不會忘記昔日錚錚鐵骨於朝的知通進銀台司范鎮大人！」拱手敬禮。

當年王安石推行變法掀起第一次罷貶風潮，知通進銀台司范鎮（字景仁），同時還兼有翰林學士侍讀之高爵，在罷貶風潮未觸及他時，他自己主動掛冠致仕，錚錚鐵骨，不著一言。對此，蘇軾何能忘記？

范鎮已是鬚髮皆白，仍自談笑風生：「子瞻過獎了！老朽不過稍識時務，主動請辭，退避三舍，如今才安然無恙，八、九年來沒奈何我半根毫毛。」

蘇軾說：「但還多得兩歲年紀，晚生也一定學范公急流勇退。那就不至於像今天如此狼狽不堪，連一個暫時棲身的地方都找不到。陳橋驛是爲勝地，不准開旅店客棧啊！」

范鎮說：「子瞻不必著急。如不嫌荒疏，老朽的東郊寓所就在近處，隨時恭候光臨。」

蘇軾說：「范公莫非掐指會算？知道晚生會有此急難發生？」

范鎮說：「有所謂吉人天相，當是天意安排也。老夫住在東郊別墅已經有很長時間了。有家丁向我報告，兩個公門校卒每天在這裡好像等人。我一回京就問清楚了是怎麼回事，原來是王安石兒子王雱死了，他傷心已極，向皇上寫了堅辭相位的奏章，末尾兩句詩說：『一日鳳鳥去，千年梁木摧。』皇上知他已無法挽留，恩准他罷相，以鎮南軍節度使、同平章事判江寧府，回江寧養老去了。朝廷人馬大換班，吳充爲相國，以李定爲御史中丞。朝廷怕引起大亂，朝官只出不進。子由你的詔令也下來了，商都改稱應天府，張方平是太守，子由你做他的簽書判官。非常之時期，凡外地進京述職的一律免了，不讓你兩兄弟進京，我當然該在這裡接二位到敝屋一住了。呵呵！」

蘇軾嘆道：「唉！天意如斯，還不知要再隔多少年才能再進京看看了。范老景仁公，多謝你給我兩兄弟一個棲身之所了。晚生理當送一首詩以作酬謝。」

進得范鎮東郊寓所，蘇軾便揮毫寫了下來：

交游畏避恐坐累，
言詞欲吐聊復吞。
安得如公百無忌，
百間廣廈安貧身。

蘇軾要去的徐州是古來兵家必爭之地，又叫彭城，在江蘇北部；蘇轍要去的應天府在河南南部商丘，徐州與應天相隔很近，於是蘇轍便又把哥嫂一家拉回齊州家裡，和齊州知府李常辭行，兩兄弟兩家人四輛馬車，一同向南進發。

蘇軾的後人少，只有兩個兒子蘇邁、蘇迨，沒有女兒，加上蘇軾自己及任媽、王閏之、大月，總共才六個人。

蘇轍兒女多，其時已有三個兒子六個女兒，加上蘇轍自己和妻子史翠雲共是十一個人。蘇轍兒女多是雙胞胎，共有三對，所以高矮像樓梯凳子。

四輛車子分不出誰是誰家，多是一時坐這輛，一時坐那輛，叔伯兄弟或姐妹嫡哈打鬧沒個完。只是兩妯娌一車，兩兄弟一車成了定局，這樣說話方便些。

蘇軾感嘆說：「子由！孩子們要能常在一起有多好，免得一家人過起來孤單。」

蘇轍說：「哥！父親在世時總是說我們蘇家人丁單薄，上三輩子單傳，到我兄弟也才兩個；上頭那個八娘大姐，嫁出去養頭胎就難產死了；下邊小妹看也不是長命人。好在我兄弟已有十多個兒女，爹娘地下有知，還不知高興成什麼樣子。」

蘇軾說：「可惜天公不作美，讓我們老是各奔東西。」

蘇轍說：「我們雖是各在東西，心總是在一起，比有些兄弟在一起總是吵罵打架要強得多！」

蘇軾說：「是啊！都是子由你脾氣好，哥哥有時說幾句大話你也聽著，不吭聲。」

蘇轍憨厚地笑著說：「嘿嘿！你是哥，我是弟，我不聽你的聽誰的？」

蘇軾說：「那好，子由，我今天說兩件事你都得依我。」

蘇轍說：「哥說十件八件我都依。」

蘇軾說：「到底子由是好弟弟。第一件，我們家天硯、雷琴、假木山這三件傳家寶，這次隨著我已有七年，從現在起，它們都歸你管，起碼也是七年；第二件，上次賣四川老家產業時分錢，我六成你四成，這次賣京都南園蘇宅，你六成，我四成。」

蘇轍說：「不行不行不行！第一，你是哥，你是家長，三件傳家寶要永遠跟著你，你才代表我蘇家血脈香火，我不能要；第二，上次分房子錢已有先例，照樣辦理，還是你得六成，我得四成。」

蘇軾說：「怎麼怎麼？子由你才說了哥說十件八件你都依，怎麼哥才說兩件你都反對？」

蘇轍說：「哥你使鬼！騙我說啥事都聽你的，結果是兩件事都要我占便宜。我不幹！」

蘇軾高聲道：「子由聽話！」

蘇轍更硬氣：「我偏不聽！」

蘇軾說：「你不是說我是家長嗎？我家長說話你就得聽！」

蘇轍說：「你不是說我兩兄弟沒什麼家長不家長嗎？有事要商量著辦。」

蘇軾說：「你的兒女多、你的擔子重，你應該多分！」

蘇轍說：「你的名聲大，你的應酬多，你應該多分！」

蘇軾說：「再不聽話我不認你做弟弟！」

蘇轍說：「你不認我我也要喊你哥哥！」

「聽話聽話聽話！」

「不聽不聽不聽！」

兩兄弟怕是頭一次吵嘴，臉都脹得通紅，聲音嚇人的大。

前面任媽在車裡聽見兩兄弟在後面大吵大鬧，忙喊停車下來瞧。一問原來是兄弟讓家產，大家都笑了起來。

任媽說：「我說大郎二郎怎麼會吵架呢？嘻嘻！世上只聽說兄弟分家如仇敵，爭要財產打破頭。沒見你兄弟倆，互相推讓也吵起來。這事我作主，我一碗水端得平：以前分的錢再不算，這次二一添作五，兩兄弟對半分。三件傳家寶，這次輪到二郎家，輪滿七年再換。」

蘇轍說：「任媽你偏心，幫著我哥。到底是哥吃了你的奶，我沒吃你的奶。」

任媽說：「我呀！手掌手背都是肉，大郎二郎從不分彼此。如今任媽老了沒奶餵，你兄弟成大器了也不再吃奶，我看這樣，等到了應天府，二郎你跟張方平張太守請個長假，你跟我到徐州，我每天三餐炒好菜你兩兄弟吃！」

蘇轍像個孩子似的大叫：「好！我一想起小時候吃任媽炒的菜就流口水……」

應天府太守張方平是蘇氏兄弟文才的崇拜者，不然他也不會一接到去應天府任職詔命便把蘇轍要來當自己的僚屬簽判。這簽書判官公事的職務，正和當年蘇軾在陝西鳳翔府擔任的職務完全相同。

一等蘇轍在應天府把家安頓好，張方平真的准了蘇轍三個月長假，他便隨哥哥一起到了徐州，登山唱和詩作，應酬新老朋友，還到附近不遠的微山湖去蕩舟遊玩。

歡快的日子容易過，轉眼蘇轍在徐州住了一百多天，終於要回應天府公幹去了。

蘇軾捨不得弟弟走，於是別出心裁，把弟弟約到當地有名的逍遙堂去對床眠臥，最後享受兄弟間的親情交流。

這一夜，兄弟倆實際上沒睡多少，兩人都感受到這一次兄弟晤面，是近七年來最快活的日子，也揣想今後再難有這樣好的機會，所以幾乎是徹夜長談。所談內容，許多是蘇轍向哥哥傳授從僧道那裡學來的養生之術。

要分手了，蘇轍寫下了著名的詩篇：

逍遙堂會宿二首

（一）

逍遙堂後千尋木，
長送中宵風雨聲。
誤喜對床尋舊約，
不知漂泊在彭城。

（二）

秋來冬閣冷如水，
客去山公醉似泥。
困臥北窗呼不醒，
風吹松竹雨凄凄。

蘇軾送弟弟也是兩首詩，其詩題竟是記敘其事的一百餘字：

子由將赴南都，與余會宿於逍遙堂，作兩絕句，讀之迨不可為懷，因和其詩以自解。余觀子由，自少曠達，天資近道，又得至人養生長年之訣，而余亦竊聞其一二。以為今者宦游相別之日淺，而異時退休相從之日長，既以自解，且以慰子由云

（一）

別期漸近不堪聞，
風雲蕭蕭已斷魂。

猶勝相逢不相識，
形容變盡語音存。

（二）

但令朱雀長金花，
此別還同一轉車。
五百年間誰復在，
會看銅狄兩咨嗟。

蘇軾詩詞慣愛用典，此詩用典亦多。這兩首歸結的大意是說：神仙們練長生丹，把最好的兩份情誼揉合在一起，神鳥朱雀便調製成金花，養成銅鑄的人體；人間誰能活得五百歲？銅鑄精神又何止只活五百歲？……手足情深，千古傳頌！

51 熱湯浴腳高僧嬉戲 抗洪備料低處設防

蘇軾生長在南方，又長期在南方爲官，素來只道春天雨水多，尤其是梅子黃時的梅雨季節，雨多煩人，他在杭州三年對此深有感觸。在山東密州兩個年頭不足，遇到的是乾旱和蝗災，接連不斷，雨水實在金貴得很。

現在到了這古楚地的徐州，突然覺得天氣異樣，對慣來把長江當做南北分界線的南方人來說，徐州在長江以北屬於北方；但對於以黃河劃定南北界線的北方人來說，這裡又在黃河以南很遠應屬南方；那麼，處在長江與黃河中間這一大片地方，叫做南北交接的中間地帶最合適。難怪這裡與北方的乾旱和南方的多雨都不相同，呈現反常的態勢。當前最大的反常表象，便是七月仲夏而陰雨連綿，令人煩惱。

就在今天，蘇軾還處理了一件因下雨引起的糾紛，結果還很不愉快。

徐州因是古來兵家必爭之地，歷來朝廷皆駐重兵。徐州此際，駐有武衛營禁軍八千多人。統領的是禁軍都尉里行尚清正。「都尉」是大將軍，連駙馬的官名都叫「駙馬都尉」。但「里行」卻是「見習」、「實習」之意，兩個職位其貴、賤便差之天遠。八千多禁軍交給一個「見習軍官」統領豈非兒戲？這其實是宋太祖趙匡胤爲防止兵變亂政而採取的「將兵分離」原則的結果。

趙匡胤於後唐天成二年（公元九二七年）生於河南洛陽夾馬營，父親趙弘殷歷後唐至後周都是武將。趙匡胤秉承父性，容貌雄偉，精於騎射，很早便投身行伍。在柴榮當開封府尹時，趙匡胤便成了柴榮的馬直軍使。後隨柴榮兩次南征，功勳卓著，升任忠武軍節度使。柴榮是後周太祖郭威的養子，郭威死後他即繼任後周國王稱爲周世宗。趙匡胤爲柴榮屢建戰功而被升爲將帥職務。

柴榮死後他兒子柴宗訓繼位是爲後周恭帝。此時趙匡胤已羽翼豐滿，實際上成了後周的太上皇，連皇帝柴宗訓都奈何不得。

可憐柴宗訓這兒皇帝也只當了短短的七年。到了公元九六〇年正月，趙匡胤奉命北征契丹，正月初三日出發，僅僅開到京城外的陳橋驛就住下了。第二天拂曉前，演出了一場「黃袍加身登帝位」的鬧劇，說是士兵嘩變，給趙匡胤「黃袍加身」，叫他非當皇帝不可；於是趙匡胤只好逼宮，要周恭帝柴宗訓「禪讓」帝位給自己。他趙匡胤立國號爲宋朝，年號爲建隆。這便是宋朝的開國史。

誰都明白：「陳橋驛兵變」不過是趙匡胤玩弄的篡權立國的把戲，核心實質是趙匡胤握有兵權，皇帝奈何不了。

趙匡胤怕人家步他「擁兵開國」的後塵，於是建立了「將兵分離」的原則，即平時兵不識將，將不領兵，部隊在平時由一般的庸常強人去統領，到征戰需要時，朝廷再任命眞正的將帥統領士卒去殺敵。

徐州八千軍隊交給一個「都尉里行」尙清正統領便也毫不奇怪了。

當時徐州已十分繁華，但全城居民也才四、五萬人。其中軍隊就有八千之眾，可見軍民接觸有多廣泛了。

每一支駐軍駐地周圍，百姓都住得很近。居民養的雞鴨豬狗，常在駐軍周圍覓食。其中零零星星被禁軍兵勇偷吃的自然不少。但既是零零星星，便也惹不起大事。

偏偏這天是久雨初晴，雞鴨禽畜大群大群出來覓食，到得禁軍駐地的便多。不料晴是假象，突然烏雲合攏，大雨傾盆，一大群雞爲得躲雨，急急忙忙往屋裡奔去。雞們不認識「禁軍」與「平民」，跑到禁軍屋裡去了，總共有二、三十隻之多。

兵勇們好不歡喜，捉而殺之，褪毛蒸炒，吃一個痛快淋漓。

偏巧這群雞的主家是大富戶朱信強，他平時對禁軍已有不少孝敬，以爲他們會講情面退出雞來，便前去追問。

也是活該有事，禁軍兵勇並不認得雞們屬誰，只圖吃個痛快。等到朱信強家裡來問時，已經晚了，雞已吃掉，只好賴帳推諉，說根本沒見過雞群。

朱信強有錢有勢，也早知本朝「兵無將管」，覺得兵們平時受了好處而翻臉不認人，是豬狗德性，大吵大鬧，家丁們和兵勇鬥了起來，百姓便到太守蘇軾這裡告狀。

蘇軾知道禁軍歸朝廷直接管理和指揮，自己沒有過問的權力。但府治之內有黎庶投告便不得不理，於是送了一張太守名刺（名片）去軍營給都尉里行尙清正，請他到知府衙門說有事商量。

尙清正雖是個小小的都尉里行，官職遠在太守之下，但自恃有八千多兵勇歸自己管束，從不把地方官放在眼中。

事實上軍隊中多的是游手好閒之輩，不務正業之人，偷雞摸狗之類，蠻橫無理之徒，管理他們的絕不能是一個正人君子，或是慈善好人；往往必須是強人之中的強者，連手腳功夫也都十分了得，下邊眞有亡命之徒，他也必能收拾。

尙清正恰恰是這樣一個亡命之徒的頭領，不然他還眞的管不了手下這八千兵丁。他豈會把一個文弱太守放在眼裡？不過他早聽說過蘇軾是個大才子，他弟弟蘇轍在徐州住了一百多天，交往的也都是大有來頭的人物，所以對蘇軾還沒敢太放肆，只對送名刺來的衙役說：「本都尉今天身體不適，外面又在下雨，不便去府衙敘事，另改晴天吧！」他自稱「都尉」而不加「里行」二字。

蘇軾聽到衙役如實的回報，暗暗惱怒，卻沒發作出來，心想：好一個官迷心竅的傢伙，「里行」二字是自己隨便去得的嗎？「都尉」之官銜又是可以自封的嗎？

又一想，正好，這是個「官心」很重的小人，不如且以其人之道，還治其人之身；起碼利用他這弱點先接近了他再說。在密州時，自己曾對通判劉廷式說過：「聖明若用西涼簿，白羽猶能效一揮。」並將該詩題寫在密州府衙前壁上。自己確乎有過學習晉朝書生謝艾擔任西涼主簿揮兵殺敵的想法，但對軍隊一無瞭解，不如趁此機會去看一看。

蘇軾揣上一支人參，叫兩個衙役陪著，撐著雨傘到禁軍去了。

尚清正聽得「知府蘇軾大人來訪」的通報，吃了一驚：他來幹什麼？只怕是來者不善，善者不來。反正雞肉變了兵屎，沒有把柄你奈我何？於是懶洋洋回一句：「接客。」

進得門來，蘇軾朝尚清正一拱手說：「都尉大人！竊聞大人偶感小恙，本府特來拜望。」遞上人參說：「不成敬意，還望笑納。」

尚清正好不歡喜，不是歡喜區區一支人參，是歡喜「都尉大人」四個字。心裡說：這個蘇軾果然有才，他知道本官喜歡這個稱號，喊得也很親切。於是接過人參說：「有勞府台大人掛欠，於心不安。」隨即把人參交給隨身小弁，吩咐說：「好茶侍候！」

兩人慢慢喝茶閒談。蘇軾漸漸往正題上扯，他說：「都尉大人！下官初任本府，百事生疏，還望大人多所照應。」

尚清正說：「府台大人！我聽說為官之道，管事越管越多，不管清閒自得。本都尉素聞蘇大人文才蓋世，倘不管更多的政事，定能作更多的詩詞。此於府台大人恐怕更好。」他想把話扯開。

蘇軾不讓：「食君之祿，忠君之事，文章只可偶爾為之，政事何能不管？」停停，心想乾脆挑破了說，免得他躲躲閃閃，便單刀直入：「都尉大人！軍隊兵勇與黎庶百姓之間究是何種關係？本府願聽大人有所明言。」

尚清正一聽蘇軾硬要管事，便想厲言加以警告，於是說：「知府大人！據本都尉知曉，此事乃並非適合你我討論之軍機大事，你該去問朝廷。」

蘇軾豈畏懼這軟釘子，針鋒相對說：「朝廷連兵勇偷吃黎民雞禽這類事都管，豈不是管不過來了嗎？」

尙清正先把自己部下的責任推開，高高遠遠的說起：「大人既然並非實指某人統領的軍隊偷吃百姓雞禽，本都尉也可坦率相告：軍隊兵勇以自己的生命保衛百姓生命財產之安全，老百姓送幾隻雞禽給予慰問，也在情理之中。」

蘇軾心裡一顫：這尙清正絕非草包！知道避實就虛，處處維護他的兵勇，難怪他能當上這統領八千多人的都尉里行。於是反口接話說：「百姓慰問贈予之雞禽，本府又何至於誤說『偷吃』？恐怕都尉大人聽之未明，本府再加重述：有人向本府投訴，都尉大人之兵勇偷吃了他三十三隻雞禽。」

「證據何在？」

「天理良心！」

「那知府大人向『天理良心』去查問吧！本都尉大人管得了實實在在的八千兵勇，卻管不住虛無幻想之『天理良心』！」

「大人請別忘記：『都尉』與『里行』並非從來就可以互相取代。據本府所知，大人乃『都尉里行』而非『都尉』。設若本府具報朝廷，大人擅自稱爲『都尉』，似有擁兵自重之嫌，只恐是『三十三隻雞禽』之事也最終難免露底吧？」

誰知尙清正根本不吃這一套，他大笑起來：「哈哈！想威脅本官？只怕你的報奏信使會無緣無故地失蹤了，那奏札根本到不了京城；且不說你個人的安危了。退一步講，你的奏札送到了朝廷，你的眞憑實據何在？奈何本官一個『口說無憑』！什麼事都沒有。哈哈哈哈！」

蘇軾倒抽一口冷氣：亡命之徒，活靈活現！他們什麼事做不出來？朱信強失雞之事已根本無從查實。一邊要告是「口說」，另一方否認也是「口說」，「口說」均是無憑，不能把關係弄太僵了，眼下還是忍氣退兵爲好。於是也笑起來：「哈哈！尙大人果然是智勇雙全之才俊，下官今天不過是來閒談湊趣而已，看望大人病體才是本眞，望能體諒。告辭！」

「送客！」

蘇軾窩著一肚子氣回到府衙。

他知道，自己與尙清正雖然表面上一團和氣，但彼此心裡都有了底，絕不會善罷干休！尙清正肯定恨得咬牙切齒。

懵懵懂懂回了家，又懵懵懂懂吃了飯，蘇軾只在心裡琢磨一件事情，如何抓住尙清正自封「都尉」的罪錯把柄？否則出不了這口惡氣。

晚飯後大月給蘇軾打來了大半桶熱水。自從蘇轍傳授了這種叫做「熱浴雙足」的養生功以來，蘇軾堅持天天晚上做。

具體的做法其實很簡單：把熱水倒進一個腳盆裡，水溫剛好是人所能忍受的熱度，水深起碼要淹過兩邊的腳踝。然後把雙手放在膝蓋上，用雙掌包住膝蓋。眼睛微微閉攏，想像著水裡的溫熱，透過兩個腳心稍稍靠前的湧泉穴，慢慢地沿小腿上升，經過膝蓋，再上大腿；從兩腳上來的熱氣，在肚臍下二寸處的丹田穴會合，再從背後正中一直往上走，走過腦頂，翻到鼻根，乃至下到鼻孔下之人中穴；再在口中翹起舌頭，抵住上顎，是曰「搭橋」，讓熱流沿「橋」而下，透過前胸正中，仍下到肚臍下二寸之丹田穴，凝住不動。這叫做「熱流周轉任督二脈」的「周天」。

當然這是一個意念活動，是想像著「熱流」轉了一圈。

蘇軾起初做起來覺得很難，似乎這種「熱流走動」的感覺一點也找不到。後來根本不去注意有沒有這種熱流走動的感覺，反正心裡總是這樣去想。久而久之，習慣了，自然了，似乎那熱流眞有那麼一點意思，雖不明顯，但全身覺得舒暢，似乎一下子減輕了疲勞，恢復了活力。

按照蘇轍的講解傳授，這種想像中的「熱流周轉」要想三次。這時候，水溫降了不少，於是進行水浴按摩。

其動作要領是手腳並用，雙手手心按著兩個膝頭，慢慢地從左向右轉九遍，再從右向左轉九遍；就這樣不停地交錯轉下去。與此同時，泡在熱水裡的腳開始互相按摩，先抬右腳擦左腳的腳背和腳後跟，各擦完九次之後，用右腳的腳心按住左腳的內踝骨，旋轉九次。做完之後放下右腳，再抬左腳，把剛才的動作反做一次。就是說右腳按摩完左腳，便用左腳按摩右腳，各是九次。

今天晚上有了變故，他剛剛把想像中的「熱流周天」做完，忽聽外邊大月喊：「有貴客來見！」便有一老僧人隨大月進來了。

蘇軾對大月說：「怎麼這時候領高僧進來？我太對不起客人了！」

僧人說：「本該如何，繼續如何。熱湯浴腳，任督皆活。」指指大月：「莫怪小夫人，老衲強求也！」

蘇軾說：「高僧既是養生行家，在下便聽從教誨了。請問高僧法號？」

「應言應不言，子瞻子非瞻。」僧人竟打禪語。

蘇軾默然一想，他這話的意思：我有話不知該不該說，因爲不知你蘇子瞻看得起我看不起我。於是答覆：「應言應言。子瞻子瞻。」這意思是：有話儘管講。我蘇子瞻尊重你。

僧人說：「承謝子瞻，老衲應言。」

蘇軾說：「原是應言大師到了。請指教。」

應言說：「黃河近期暴漲，不日可能決堤，速叫全城人等，及早籌備畚箕、石料、竹篾、石灰等，以便抗住洪水，保住彭城！」

蘇軾脫口反問：「啊？黃河離此數百里之遠，縱是決堤，能到此處？」

應言說：「子瞻非瞻，應言誤言。」轉身就走。

蘇軾拔腳出水，赤腳追上，攔住應言，拱手致禮說：「子瞻愚鈍，已然後悔，謹此道歉，望大師原諒，再有教言。」

應言感慨道：「善哉！蜀僧去塵果有眼力，子瞻可教可信也。」

蘇軾好不驚喜：「哦？應言大師原也是蜀僧去塵大師的朋友？」猛然想起自己在杭州，在密州，都間接得到蜀僧去塵的幫助，這神秘的蜀僧去塵難道無處不在嗎？忙問：「敢問應言大師，蜀僧去塵大師豈是無處不在嗎？在下從南到北多次蒙他相救了。」

應言說：「佛法無邊。子瞻豈未聽說過？」

蘇軾恍然大悟：「哦！蜀僧去塵大師在盡佛法救善的責任，跟著我的腳跡，保護一個善心人！」

應言說：「子瞻身後，維繫萬眾黎民，豈止救你一人耳？」

蘇軾說：「子瞻代萬民感謝大師了，請教我該怎樣去抗擊黃河決堤？」

應言說：「仰仗仲伯達，求助尙清正。」

仲伯達是徐州衙署屯田員外郎，是蘇軾的僚屬，找他沒問題。可是尙清正這位統領八千禁軍的都尉里行，今天已經不歡而散，他還會幫助自己嗎？蘇軾想問問怎樣去求助尙清正，一抬頭，應言早已走了。

蘇軾哪敢怠慢，連忙穿好鞋襪，去到仲伯達的家。可是他根本不在屋裡，他家裡人說他到城外東南隅的縣水村去好幾天了。

屯田員水郎是工部派往各州各府專管營田、屯田等事務的官員，就是專抓農田水利事務的官員。仲伯達把城外東南隅的縣水村當做聯繫的重點，離家這麼近都幾天不回來，眞是難得的好官吏。蘇軾心裡深深地記住了他。

第二天，蘇軾騎馬來到了縣水村，剛一下馬，便覺得雖未見仲伯達其人，卻已見仲伯達之魂！

這縣水村的居民，都把房屋建到了本地的最高處；還在村裡修築了五個石砌的大高台，這五個高台在村子四周及中央作梅花形分布，就是說，大水一來，人人可以跑到一個就近的高台避水。

蘇軾找到仲伯達時，他正指揮一些人往高台上運糧食油鹽。

蘇軾遠遠地高喊：「好個有遠見的仲屯田！」

仲伯達聞聲迎上來說：「啊？知府大人，怎麼到城外來了？」

蘇軾說：「專程拜望仲屯田。」

仲伯達拱手致禮說：「府台大人太高看卑職了。敢是有何見教，請裡面坐坐吧！」

高樓底下原是仲伯達的臨時辦公處，桌凳齊全，除此卻沒有一樣多餘的擺設。一切都爲抗擊洪水著想啊！

蘇軾撇開了僧人應言提醒之情由，直接問仲達：「仲屯田，爲預防黃河決堤帶來的災害，本府想和你在這縣水村一樣，做點準備。你看該怎麼辦好？」

仲伯達說：「徐州百姓有福，修來了愛民知府大人。卑職提議作三條部署。其一，城裡城外，廣貼告諭，曉之以利害，責之以條規，黃河隨時都有決堤之可能。水來不講情面，管是窮人富人，人人生死與共。規定每人必須置備茅草、竹篾、畚箕、石料等，具體數字等我計算後擬個條陳報給大人。說明若不齊備，洪水無論到否，均將受到處罰。其二，告知彭城四郊之村民，凡不能抵禦漫地三丈洪水之居戶，迅速按縣水村之榜樣做好抗洪準備。各村設觀水員日夜觀水，來洪報警。其三，速與駐彭禁軍統領尙清正接洽，叫他們按市民同等標準備齊八千人料具，不得因不在本州建制之內而拒絕……」

蘇軾不由自主嘆息一聲：「唉！可惜我昨天與尙清正已經弄僵了……」便將昨天之事細說一遍，補充說：「他這一關只怕難過啊！看該想個什麼辦法？……」

果然尙清正火冒三丈。

蘇軾把告諭貼滿全城，連禁軍駐地也不例外，內有「備料防洪，駐軍與市民一體看待」等語。

尙清正大發雷霆：「什麼狗屁告諭？他蘇軾算個什麼東西？本禁軍只聽皇上調遣，豈由他一個小小的徐州太守管轄？他有什麼資格給我分攤防洪備料任務？」

尙清正一邊在喝酒，一邊罵蘇軾，他還把幾天前因為兵勇偷吃老百姓幾十隻雞引起爭執一事牢記心上，這下子以為找到了出氣的地方：他偏不按蘇軾的規定辦。兵勇們不打仗之時都是自稱老子天下第一的角色，吃喝更是平常。尙清正藉著酒瘋越罵越來勁，越說越高聲。

尙清正的兩個副手千夫長冷欣昌和梁子空陪他喝酒，此時為他幫腔。

冷欣昌說：「都尉大人說得對，我們偏不按他蘇軾的規定辦，看他找誰評理？」

梁子空說：「我仰著睡有個雞巴給他咬，仆著睡叫他雞巴都咬不著！哈哈哈哈！」

三個人都來了酒瘋，幾乎同聲笑著大喊：「哈哈哈哈！蘇軾咬雞巴……」粗野的本性，更暴露無遺。

偏偏這時蘇軾和仲伯達來到了營門外，遠遠聽見了裡邊的笑罵聲。仲伯達推開哨兵，衝進去說：「豈有此理！你們敢如此下流辱罵朝廷命官？」

三人都認得仲伯達，冷欣昌笑道：「哈哈哈哈！誰的褲襠爛了，冒出一個小小的屯田員外郎仲伯達來？」

梁子空幫腔：「虧你冷大哥這也不知道，不是尙清正都尉大人，褲襠裡能有這麼大的玩意？哈哈哈哈！」

仲伯達火衝腦門頂，吼問道：「梁子空你混帳？你敢把尙清正叫做都尉大人？他只是個都尉里行！」

冷欣昌說：「都尉大人就是都尉大人，什麼『里行』『外行』都一樣！哈哈哈哈！」

尙清正更洋洋得意了：「天高皇帝遠，徐州兵勇我爲尊！連蘇軾都被我罵走了，你小小的仲屯田來充什麼英雄？」

三個酒瘋子早已不知天高地厚了。

蘇軾沒有衝營門，說通了衛兵慢慢進來了，這時笑眯眯地說：「仲屯田你熄熄火，我等本來就不是英雄，眞正的英雄是殺敵衛國的兵勇將帥，像這位尙清正都尉大人，像這兩位千夫長冷欣昌大人和梁子空大人，他們三位，才是眞正的英雄！上陣殺敵是英雄！平時敢說敢爲敢作敢當也是英雄！我一介書生手無縛雞之力，我就最佩服像三位大人一樣的英雄！」邊說邊豎起了大拇指，朝三個酒鬼亮著。

酒醉人更易飄飄欲仙，對奉承話最爲順耳，尙清正笑道：「蘇大人客氣！哈哈！」

冷欣昌附和：「蘇大人懂理！哈哈！」

梁子空幫腔：「蘇大人義道！哈哈！」

蘇軾趁機裝傻：「尙大人！本府正是因爲自己所出告諭有損大人聲名而來，剛好兩位千夫長大人作個見證，我把事情說明白：尙清正都尉大人所統領之八千徐州駐軍，只聽從皇上一人調遣，我一個小小的州官，豈能規定他們與市民一樣參與抗洪備料？剛好今天來聽到三位大人的議論，也是不贊成參與備料抗洪。這樣我們雙方就看法相同了。現在，爲了說明這件事情的來龍去脈，以明確這個責任在我蘇某人，我收回擅出告諭中關於駐軍部分之條款，以挽回尚清正都尉大人的聲名。我想，作一個你我雙方洽談此一事件的記錄，證明此事已妥善解決。這記錄由我念，不恰當之處三位大人提出修改，由仲屯田作記錄，最後由尚大人與我簽名認可，由兩位千夫長與仲屯田簽名作證。尚大人你看這樣好不好？」

尚清正連連點頭：「好好好！到底蘇大人是文曲星，道理說得明明白白，不比得仲屯田只知道吵吵吵。」

仲伯達心中有數，樂得聽尚清正三人再多罵自己幾句，於是更加湊趣地說：「尚大人和兩位千夫長大人剛才罵我罵得對，罵醒了我的愚蠢。請尚大人快吩咐手下拿了紙筆來吧！」

紙筆很快拿來了。蘇軾念著，仲伯達記著，一份奇特的洽商記錄出來了。

關於徐州城若遇黃河決堤造成災害之駐軍責任洽商記

茲有徐州太守蘇軾，為防備黃河決口張出告諭，規定城內市民，每人各備畚箕、石料、茅草、竹蔑等若干，以便洪災來時加固城牆以抗洪水。

蘇軾告諭中並將徐州城所駐八千禁軍視同市民一體對待，聲言：「洪水來時不分官民吏卒，同樣生死與共。」於是規定八千兵勇和市民同樣備料防洪。

此事駐軍首腦都尉尚清正認為甚是不妥，便攜屬下千夫長冷欣昌、粱子空二人，與蘇軾攜屬下屯田員外郎仲伯達作洽談商討。

商討之結果是：駐徐禁軍都尉尚清正認為：自己所統率的八千兵勇只聽從皇上的調遣，不合由州官蘇軾交撥任務，即使洪災真的來了，兵勇遭有不測，也是天意如此，皇上不會責怪；如若擅為改變成制，聽從州官蘇軾之安排參加備料防洪，則皇上怪罪下來，無人擔當得起。

於是蘇軾表態：既然都尉尚清正認為可以承擔八千兵勇的一切責任，也就無話可說，決定撤銷告諭中有關軍隊與百姓同等備料之條款。

雙方洽商完畢，恐口無憑，立記錄以為據。蘇軾代表地方與尚清正代表軍方簽字為准，地方代表旁證人仲伯達與軍方代表旁證人冷欣昌、粱子空簽字副署，以為佐證。……

回到知府衙門，仲伯達再也忍不住大笑：「哈哈哈哈！三條蠢醉豬！掉了腦袋還不知道是自己賣了命！」他與蘇軾計謀分唱「紅臉」、「黑臉」，哄著尙清正簽署承認自己爲「都尉」的文件到手了；同時還有把皇上八千禁軍當做他尙清正私人兵勇的條款，肯定死到臨頭，罪無可赦。

蘇軾說：「伯達！玩笑歸玩笑，正事是正事。我的目的不是要他們三個人的腦袋，我是想抗住黃禍保住徐州數萬軍民！尙清正資質太低，說道理對他無用，才不得不出此下策。但願這一招把他逼上了絕路，讓他幡然醒轉，領著八千兵勇與我共抗洪災。八千精壯勞工，可頂住我徐州半邊天下！」

仲伯達說：「蘇大人比我站得高，看得遠，忍辱負重，拯救黎民。可是他們三條蠢豬，如若沒人提醒，只怕掉了腦袋還不知是被自己賣掉！」

蘇軾說：「所以我想請你出馬，去找一下兵營近處那個大戶朱信強，把話挑明說：黃災一來，他越是大戶越受損，那就不只是丟失三十幾隻雞禽的小事了。為了保救他的身家財產，更為了保救徐州數萬軍民生命財產安全，告訴他不要再心痛雞鴨豬狗。要他再親自送三、五隻雞去給尙清正下酒，說上次那三十多隻雞並沒有失掉。在好像是順便的談話當中，你要他把這『洽商記』的殺頭大禍提醒尙清正，把他尙清正嚇出一身汗來，他就會帶著冷欣昌、梁子空二人到府衙來認錯。只有到那時候，我們這防洪保城的計畫才可能成功。伯達，辛苦你走一趟。」

仲伯達五體投地般佩服，連連說：「高才！高才！蘇大人果非凡響。卑職馬上去找朱信強。」說著已經邁步。

蘇軾說：「慢！你把尙清正他們簽字的這個『洽商記』帶去給朱信強看看。他是讀書人，一看就明白利害關係，說動尙清正率兵勇備料防洪就更有把握了。」

三丈城牆水淹三月 黃災安渡喜築黃樓

第二天上午，蘇軾在府衙內擬定一個城牆堵補隙縫的計畫，這是他前一天晚上進行雙腳熱浴時得到的啓發。

昨晚上，大月突然用一個桶子提了熱水給他，而不是把水倒在腳盆裡熱浴。他很詫異：用慣的那個大木盆哪裡去了？腳盆邊淺，腳才能打橫，用一隻腳的腳心去按摩另一隻腳的內踝骨才不礙事。今晚用桶子，桶子邊高，不好動作。於是便問：「大月！怎麼想起改用桶給我浴腳，不好按摩。」

大月說：「那大木盆用久了，邊縫漏水，用桐油石灰修補了還沒有乾。」

蘇軾當時就一驚：「啊？城牆這麼古老了，說不定哪裡有隙縫漏眼，平時沒什麼，黃水一來就壞事了。」

因此，他今天進府辦公的頭件大事，就是擬定一個堵補城牆漏隙的計畫，等仲伯達來了以後好商量部署實施。

仲伯達不久便來了，進府衙便興高采烈地對蘇軾說：「府台大人算計周到，我把那『洽商記』交朱信強一看，他高興得不得了，恨不得朝廷馬上誅殺了尙清正才痛快。我把蘇大人所說道理一講：兄弟鬩於牆而禦於外，眼前外部敵人是洪水洪災。它不分你是百姓還是兵勇，更不分窮人富人，水來城垮，大家遭害，越是富戶越遭殃。朱信強想通了，說是今天午飯以後提了雞去找尙清正；上午去只怕他還睡得像條死豬！」

蘇軾點點頭：「很好！」便說出了給老城牆查隙縫補漏洞的設想。

仲伯達盛讚蘇軾想得周到，二人便商量著補隙措施。

才剛開始，忽有門下報告：「都尉里行尙清正大人來訪！還有兩位千夫長陪同！」

蘇軾驚喜說：「有請！」

仲伯達說：「不對吧？朱信強昨晚說今天下午才去找他們。」

蘇軾說：「你就不允許他們酒醒以後明白過來，自己來認錯，不是官銜都已自報爲『都尉里行』了嗎？」

果然，尙清正領著冷欣昌和粱子空進門便都單膝跪下了。

尙清正說：「府台大人鑒諒！昨天我酒後狂亂，謾罵府台大人和屯田大人，並簽下了欺君罔上的商談記錄，犯下了當予斬殺的律條。今晨酒醒，後悔莫及，特帶了二位屬下同來請罪。下官願以戴罪之身，率八千兵勇備齊防洪料具。若然洪水果來，下官願率八千兵勇，隨時聽從府台大人調派。萬望將昨日所簽之商談記錄退還銷毀。」

蘇軾說：「三位快快請起，人非聖賢，孰能無過。知過能改，善莫大焉。伯達！把那記錄拿出來當面毀了。」

仲伯達隨身帶了記錄去給朱信強看過，當然還在身上，但他怕尙清正是一介武夫，毀了記錄反口不講信義，於是推諉說：「唉呀！我放在抽屜了，改日禁軍備齊了料具再毀不遲嘛！」

蘇軾暗暗笑了一下，知道仲伯達在擔心他們變卦，玩一點扣著劉備取荊州的手段。於是說：「伯達！我們那防洪備料的告諭，不是還存了不少嗎？你去取八份來，請都尉里行尙大人每份寫上『軍民合力抗洪』六個大字，再簽上名，兩位千夫長也簽名副署，這樣四城各貼一張，禁軍軍營內貼一張，既是對全城軍民抗災的激勵，又是三位軍校戮力抗洪的證明。合起來貼去五張，下剩三張三位軍校各收存一張。原有的那份商談記錄就成了廢紙。事實證明三位軍校是抗災英雄，那商談記錄便沒有意義了。三位大人看看怎樣？」

尙清正說：「府台大人思謀周到，這樣全城軍民也都爲我三人努力抗洪作證了。」

冷欣昌和梁子空當然附和贊成。

仲伯達到裡面取了八份告諭。還有筆墨硯台，尙清正、冷欣昌、梁子空三人很快就簽寫完畢。

蘇軾迅速叫來衙役去分頭張貼。

尙清正等三人各收下了一張。

仲伯達這時從懷中掏出那份商談記錄，交還尙清正說：「尙大人！你的抗災決心我信服了，這記錄你收回吧！」

尙清正「啪啪」兩下撕碎「記錄」，把冷欣昌和梁子空身上的「簽字告諭」收攏，連同自己的一起共是三張交給蘇軾說：「蘇大人！叫人再把這三張告諭貼出去，讓更多的人知道我軍民抗洪守城決心！」

軍民備料進行到第十天上，消息傳來，黃河已於七月十七日在澶淵（澶州府治）附近曹村下埽一帶決口，勢如萬馬奔騰，以每天淹浸一、兩個縣的速度擴展，頂多一個來月，便會淹到徐州。

這下子，城內軍民奮起備料的工作，受了天災的督促，做得更歡騰了。城牆堵漏補縫更加細致。大難臨頭，人倒更爲親密。

八月二十日，就是黃河決堤後第三十三天，黃河已連淹四十三縣，前鋒到達徐州東門之前。

蘇軾正在城上觀察，那大水初來時非常不起眼，像是誰家放水澆地，水的前鋒是又淺又薄的一小層。蘇軾甚至覺得那還淹不住腳板，比自己每晚熱浴雙腳的水還淺些。似乎並無大的威脅。

誰知轉眼之間，水勢如驚獵的奔兔，排著隊朝前跑；再一看成了駿馬，脫韁而來；晃一眼，更變成飛電過隙，跳珠翻荷，使人頭昏目眩。巨大的聲響震動耳鼓，像鷹擊的唳叫，像脫弦的箭鳴，像遠雷的滾動，像瀑布的嘩嘩……終於再也分辨不清是什麼聲音了，只聽得「轟」、「轟」、「轟」……似乎腳底都已顫動。啊！已是水推城牆了，似乎那三丈多厚的城牆都已晃動。

不到一個時辰，城牆外水勢已經平穩。可是那高達三丈的城牆，漫浸已達二丈八尺，頂上只露出二尺高了。大水沖不垮厚實的城牆，當然已向別處尋找奔逐的去處，所以這裡才平穩了。

水平穩了，心倒更不安了。天上還在下著瓢潑的大雨，好像嫌這洪水還不夠似的。

蘇軾急於瞭解各處的情況，便朝城牆的南邊轉了過去。他知道城南地勢更低，怕那裡會有閃失，定要趕去看看。

自抗洪備料以起，他與仲伯達幾乎形影不離。他深深感到仲伯達是個責任心極強又極有抗洪經驗的好助手。現在要去南門視察，當然不能少了他，便叫：「伯達！伯達！」

侍從說：「大人忘記了，你昨天派他到城外檢查去了，沒回來。」

蘇軾記起來了，倒更擔心了：「哦，對。可不知他現在在哪裡？該不會有危險吧？水來一下就兩、三丈深，他走及了嗎？」

懷揣對下屬的關愛之情，蘇軾帶領十多人的侍從到南門去。不是他擔心自己的安全需要保衛，只是怕各地出現險情，必須隨時調遣人力物力，到時候險情多，人太少了會不夠派遣。

來到南門一看，果然比東門更危險。東門是黃河決口水頭的前鋒所指，頂住了也就平穩了。這南門卻不同，地勢低，危險大，雖城牆也有三丈高，卻不和東門水平一致，東門那裡城牆水上還有二尺高，這裡最低處已只剩八寸，連一尺的盈餘都沒有了。

蘇軾嚇了一跳，在東門已趨平靜的心猛又狂跳起來，心裡說：「水火不容情，專找弱處攻！」雨還在下，水還在大，這八寸的盈餘能頂多久？

蘇軾馬上派了一人，去通知都尉里行尙清正，至少帶六千人來，將南門城牆加高二尺；另派一人去東門抗洪臨時指揮所，通知城內各地所備之石料、茅草、竹篾，至少抽一半運到南門，保證城牆加高二尺之需要……

南門是交代了，還有北門，那裡也是水必淹到的地段，非去不可。於是朝西邊再轉過去。本來西門地勢高，水淹不著，不必擔心。但是從東邊轉過去是走現路，還不如走西門新路好，萬一有點什麼新情況也好對付。

到了西門更嚇一大跳：水不深，人心亂。包括朱信強在內的大戶，正從這裡坐船逃出城去……

蘇軾忙上前攔住朱信強說：「朱翁你怎麼往城外走？你信不過我能守住彭城？」

朱信強已是五十多歲的老人，由幾個家丁陪護，正要下到外邊的船上去。見到知府大人，眼淚長流說：「蘇大人！不是我信不過你，實在是我家被大水嚇怕了。不瞞大人說，我家老祖輩子是住在黃河邊。那年漲大水我家被沖垮房屋，淹死了爹娘，我和妻子年輕力壯跑得快，爬上一座山救了命。家裡一貧如洗，寸土不剩，我倆夫婦一直往南走，到死也不想見到黃河。跑到這裡已經幾百里，心想再不遭黃害，便住下了，靠打工積攢，慢慢起了房子，從小賣生意做到今天這份光景。誰知黃河決堤追幾百里還是追上了我們。我老伴一聽說黃水就發抖，非要我陪她到對面那山坡上去不可。莫怪她，她是逃到山上才救了一條命。」邊說邊指指後面。

蘇軾這才注意到，一個五十多歲的老太婆，被兩個丫鬟攙著，不敢正面看蘇軾，只拿眼角餘光瞟著，果然渾身在發抖。城牆一處架著一座大絞車，絞著一個大竹簍，竹簍四圍用紅布包著。十分明顯，老太婆要坐到竹簍裡去，由絞車像絞水桶下深水井打水一樣，把老太婆送到城牆下一丈多的船裡去。老太婆太怕黃水了，竹簍用紅布裹起來讓她看不見水……

洪水兇魔面前多麼膽小可憐的老太婆！

蘇軾撥開朱信強，跨近幾步說：「朱老太！你老人家放心，有我蘇軾在，保這彭城不垮！」隨即轉頭對侍從說：「快到東門城樓，叫指揮所在城牆上給我搭一個茅草棚子。洪水不退，我誓不離開，吃住都在茅棚裡！」

侍從領命飛奔而去。

朱信強忙走攏老伴說：「夫人！府台大人如此仗膽，與民同在，抗擊黃災，我們就不走了吧！免得我們帶頭一走，人心慌慌，對抗洪不利。」

朱老太太還在猶猶豫豫之中。

蘇軾說：「朱老太太！正是剛才朱翁說的那個道理，人心散亂，比眼前的洪水更危險啊！我們已經測算過了，如今城外的水深是二丈八尺，比我們城裡平地已高出一丈多，萬一人心散亂，那災禍就可想而知了。我想是這樣，要朱翁跟你找一處高過城牆一丈以上的石樓，你老人家搬上去住，瞇著眼睛養神，就當什麼也沒看見，只念『南無阿彌陀佛』，管保你不受洪水之災！」

朱老太突然高興地喊：「行！行！多虧蘇大人提醒！他爹！我們搬到古鐘寺去，那裡是個小山坡，寺裡又有好多菩薩，有菩薩保佑我不怕水！」

朱信強拍一巴掌說：「對！我怎麼先沒想起。寺裡住持應言大師還是我朋友呢！」

蘇軾也歡快地接口：「這下太好了，應言大師也是我的朋友。請朱翁先跟應言大師捎一句話去，還是有勞他提前一個多月告誡了我，叫我喚醒彭城軍民，早備下了防洪料具，要不今天我眞一籌莫展了。朱翁你先代我謝謝應言大師。過幾天我安排妥當了，穩住了災情，我再到寺裡去向應言大師討教下一步的抗災方法。」

這穩定民心的一著果然奏效，原先準備學朱信強出城避難的至少有一百人，他們一走還不知要牽動多少人心浮動。這一下全退守城中不走，人心也完全安定下來。

蘇軾又到了北門，北門和東門差不多，局勢比較穩定。

蘇軾再回到東門時已經天黑了。他顧不得進新搭好的茅棚休息，又去前邊探看。不好，水勢還在漲，雖已漲得很慢，但一天也漲了二寸多，城牆上露出部分已不足一尺八寸了。這樣下去不行，城牆非多處加高不可。

於是，蘇軾又要侍從陪同，提著燈籠到南門去，那裡最危險，尙清正領著六千兵勇會如何呢？找他商量商量去。

南門城牆上到處是燈籠火把，幾千兵勇做得不錯，城牆已加高一尺五寸了，但似乎人已疲憊。

蘇軾只見兵勇，不見他們的領隊尙清正和梁子空，忙問兵勇：「你們尙大人在哪裡？」

兵勇們朝城裡一個燈火輝煌的樓房一指：「尙大人、梁大人剛才喝酒去了。」

蘇軾只覺腦門一麻：統領不督戰，此時去喝酒，軍心一渙散，抗災將功虧一簣啊！眼淚忍不住，從眼角滾出來。

侍從領班程博良說：「大人！要不要我去把尙大人請上城來？」

蘇軾一想：不妥！自己能管束得了他嗎？又能指揮得了他嗎？爲了要他備料抗洪，自己絞盡了腦汁，使出了計謀才使他就範。他畢竟是流寇之類的人物，道理懂不多，義氣還講究。那麼只有用自己的實際行動，或許可以影響他。

蘇軾下定了決心，對程博良說：「博良！不要去叫尙大人，他督戰一天也夠累了。現在只有這裡是最危險的地段，你們暫時也沒有通知聯絡的任務，都和我一起上吧！和兵勇們一起加高城牆！」

沒等程博良反應過來，蘇軾已去和兵勇一起堆壘石塊了。

程博良目瞪口呆，但知道府台大人脾氣，他認定了的事沒人阻止得了。便也招呼一聲，十來個衙役全上，圍住蘇軾，幫助兵勇遞石、壘方，用茅草裹石灰拌泥塞縫隙……

這一招比什麼都靈，不多久，兵勇們自發去把尙清正和梁子空二人從酒館裡叫來了。

尙清正見蘇軾滿身泥水上了陣，羞愧難當，朝兵勇大喊：「弟兄們！加勁幹！知府大人和我們一起幹啦！」

一邊喊著，尙清正和梁子空也捲起袖子上陣。

蘇軾見了，反而停下手來，走攏尙清正說：「尙大人！你要指揮八千人馬，只要坐陣督戰就行，不必自己做。」隨即招手喊攏程博良說：「程領班！你派人到指揮所去一下，叫他們傳我的話，通知全城人等，明天籌集五十頭肥豬，三百隻雞鴨，送給尙大人，慰問抗洪的兵勇！」

尙清正說：「府台大人！我先代表武衛營兵勇謝謝大人，謝謝全城百姓！大人是不是還有什麼事情，只管吩咐好了。我尚某別的不多，義氣管夠，我認下你這位府台朋友了！」

蘇軾這才抖出底來：「尚大人！洪水還在增加，這裡原計畫加高兩尺不夠，還要增加五寸，加到二尺五寸。東門北門原沒準備加高，現也要加高一尺，你看還能騰得出人手來嗎？」

尚清正不回答蘇軾，卻是高喊：「馬弁！快回營去，傳我的命令，叫冷欣昌千夫長領了家裡待命的二千人，全上北門，務必在今晚上加高城牆一尺！事情緊急，你們去兩個人！」

馬弁不是個人名，是勤務兵的代稱。兩個馬弁領命飛身而去，怕一個人傳令出意外，尚清正指揮得體。

尚清正又對梁子空說：「你從這裡分出兩千人，馬上帶到東門去，務必在今晚上加高城牆一尺，不得有誤！」

梁子空領命便去點兵。

尚清正對蘇軾說：「蘇大人！你回東門指揮所去，也該休息一下了。我在這裡帶領四千人馬，務必把城加高三尺，而不是二尺五寸！」

蘇軾又下命令：「博良！你再派兩個人到指揮所，通知他們：明天慰勞豬、雞都翻一倍，豬一百頭，雞六百隻，一頭、一隻也不能少！」

程博良又派人走了。

蘇軾對尚清正說：「尚大人！城牆上就全依仗你了！我馬上到古鐘寺去找應言大師，他們清心寡欲，潛志修行，既有善德，又有眼光，看得比我們高遠，我找他去討主意！」

蘇軾喊了程博良等一行人就要動身，應言和尙已經從東門方向來了，遠遠地就說：「子瞻不負民意，身體力行，抗住洪災有望。老衲正有一言進獻，何能要你再走到寺裡？」

蘇軾好不高興：「如此多謝大師！請予賜教！」

應言說：「離此往北三十里，有一道梁子，那是黃河曾經改過道的古河堤，久而久之已不顯堤形了。其實那裡超過現在水面不過三、五丈，地名叫做清冷口。明天，你只須去得三、五百人，用不了半天時間，就可把那山梁扒開一個口子，讓這圍城的水慢慢向舊河道流去，重新流出一條黃河新道來。最少可以減低這圍城之水五尺，彭城也就可保無虞了。尙清正大人定會爲此出力！」

應言說話絲毫沒有提高聲腔，竟使這平常的話語傳到了六千兵勇的耳朵裡。

還沒等得蘇軾和尙清正說話，兵勇中許多人爭相喊了起來：「都尉大人！何必等到明天再去？今晚就派船送我們去吧！」

尙清正大聲宣布：「士卒們注意！從今往後不得隨意呼叫本官，本官只是都尉里行，並非都尉，切不可以訛傳訛，聽清楚了嗎？」

兵勇說：「清楚了！都尉里行大人，今晚去不去清冷口？」

尙清正說：「抗洪總指揮是知府蘇大人，我們聽他的調遣！」

蘇軾說：「此計由應言大師所出，他想的必定高遠。本府初來乍到，四處生疏，不宜亂講。聽應言大師的吧！」

應言說：「兵勇們其情可嘉，但是不必急於今晚行動。一則，此處加高城牆仍須進行，按蘇大人部署不得減低，有備無患。黃河全線都在下暴雨，比我們此地的雨更猛更大，即使是清冷口黃河故道被扒開，並不能徹底解除黃禍，只是減輕圍困彭城的壓力而已。整個抗洪期至少會有兩個月時間，而且還要防備更大洪水的襲擊，彭城長期抗洪決心不可動搖！二則，現在已是八月下旬，月亮下弦，較晚才出，本就沒有多大光線，加上現在陰雲密布，時有雨來，實際上便一團漆黑，燈籠火把之下不便開挖河道，天明了去不遲！」

尙清正親率五百精兵，黎明分坐三十條小船到了清冷口，不到半天便把山梁子挖開，給黃洪積水開出了一條新河道。

起初走水不是很急很多，那黃河古道經過多年風沙淤積，已成平原勢態，水流非常緩慢，到當天傍晚，徐州圍城之水才下降一寸多。也許是故道裡淤沙淤泥被衝走了吧，水越流越快，到第二天傍晚，徐州城下之水已退去五尺之多。

蘇軾和全城軍民鬆了一口大氣。

但降水也就到此爲止。徐州城外積水一直保持二丈三尺左右，偶然漲一些，隨又退下去。

就這樣一直堅持了七十多天，直到十月十三日，黃河決口的澶淵地段才風停雨住，洪水倒灌入河，黃禍威脅才最終停止。

蘇軾聽到這個消息，首要願望是睡上一覺，心想睡一個三天三晚不起床。這七十多天沒睡一個囫圇覺，三過家門而未入，百姓傳爲笑談：「當年夏禹再世，應著眼前芥大人！」黃禍威脅消除，補瞌睡是第一件大事。

尙清正給他的兵勇下令：「休息七天，補足瞌睡。哈哈哈哈！」

城牆上下，響起了震天撼地的笑聲。

突然朱信強興高采烈地走了過來，向蘇軾一拱手說：「蘇大人！佛祖顯靈，古鐘寺城牆下抓著了一條大鱷魚，足有三丈多長，大家派我來請蘇大人和尙大人前去一同處置。」

這消息暫時把瞌睡趕跑了，兩人飛快來到了古鐘寺。遠遠望見一、二十個人，圍著一條被挖死的大魚嬉笑。

蘇軾也只聽過鱷魚的名字，從沒見過，便興致勃勃仔細地瞧。

魚長三丈左右，呈長紡錘形，背面茶褐色，腹部灰黃色，整個身體披滿斜方形之硬鱗，每片鱗有面盆那麼大。

這魚與別的魚顯著不同是一頭一尾，頭的特點是嘴巴在頭的下方，格外突出，像一個大缸往下噘著圓口；尾部特點是尾鰭不正，偏倒一邊。這一前一後的特殊之處，恐怕就是人們識別它的特徵了。朱信強說：「黃河鱷最珍貴的是頭上軟骨，稱爲鱘骨，可算得海味山珍的極品。這條魚不止一千斤，頭上鱘骨有五、六十斤，砍下來交給蘇大人招待尙大人、仲屯田大人和抗洪功臣吧！……」

蘇軾一聽提到仲伯達，才記起七十多天沒見過他了，還不知他在哪個村，應該沒有危險吧！心想水退了仲伯達回城會先到指揮所，便邁腿要上那裡去。

朱信強拉住他說：「蘇大人！這黃河鱸不是哪一個人抓到的，是這次抗洪大捷的戰利品。蘇大人是抗洪總指揮，你說該怎麼辦吧？」

蘇軾脫口而出：「全部慰勞武衛營兵勇！沒有他們奮力參加，我們彭城難得這樣安然無恙！」

大家齊聲說：「好！武衛營有功！尙大人有功！」

尙清正說：「我就慚愧了。蘇大人，把魚劈開，軍民各半吧！」

蘇軾說：「劈就不必了，軍民抗洪不分家，這魚用一百口大鍋熬湯吧！不管是兵勇百姓，全城人分喝，攤到一口是一口！」

說完，蘇軾急急往東門城樓指揮所去，果然碰見了仲伯達，兩人在指揮所門口見面，相互凝視了良久，彷彿是生人一般。

還是蘇軾內疚地先開口：「伯達！要是見不著你，我將抱恨終身。是我派你去了城外。」

仲伯達說：「大人這樣說，我更無地自容！我要是連命都保不住，還做得什麼屯田員外郎？」

蘇軾這才舒心說：「伯達如此豁達，我就放心了。來來，快說說你在這次洪水中的所見所聞所感吧！」

仲伯達娓娓道來，好像說的是有趣的經歷，而不是一次攸關性命的危險……蘇軾根據仲伯達的敘述，融合自己的感受寫成了著名的詩句：

萬山合沓圍彭門，
官居獨在縣水村。
居民蕭條雜麋鹿，
小市冷落無雞豚。
黃河西來初不覺，
但訝清泗奔流渾。
夜聞沙岸鳴甕盎，
曉看雪浪浮鵬鶤。
呂梁自古喉吻地，
萬頃一抹何由吞……

仲伯達說：「蘇大人的詩寫出來，比我說的生動有趣多了。我看我們馬上要著手，向朝廷呈報，明年要將城牆外邊的護城修好，再有這樣的大水來，也不能讓水直接衝到城牆上。」

蘇軾說：「很對，這是爲子子孫孫千秋萬代辦大事啊！」

不到兩天，蘇軾向朝廷呈報了此次守城七十多天，彭城徐州安然無恙的情況。更主要的是申報請求調工撥款，修築徐州外城牆。

朝廷甚爲滿意，批復嘉獎蘇軾：

親率官吏，驅督兵夫，救護城壁，一城生齒，並倉廩廬舍，得免漂沒之害。為黎庶立有功動，為州官樹有榜樣……

不久之後，朝廷又准賜二百一十萬緡錢，撥工四千零二十三人，又發奉平倉積穀錢六十三萬，米一千八百餘斛，募招三千人……修護外城牆。

經過八個多月努力，在徐州城外東南方向，築成一條長達萬尺，高爲十尺，厚達二十尺之護城牆，上建木壩四座，於次年八月初旬全部竣工。

爲了紀念去年抗洪和今年修築防洪外城的勝利，蘇軾在徐州東門城樓修建了一座紀念樓閣。按照《易經》的觀點，「水」歸「土」剋，大水怕的就是土，土色爲黃，故此樓取名爲「黃樓」。時爲神宗趙頊元豐元年（一〇七八年）。

趙頊推行變法時年號爲「熙寧」，故稱「熙寧變法」。王安石因兒子王雱死後悲傷，堅辭相位，也即是第二次罷相之後，趙頊不久便把年號改爲「元豐」，以示去掉王安石色彩。

元豐元年九九重陽節，蘇軾邀請三十多位文人達仕參加黃樓落成慶典。

弟弟蘇轍時在應天府（商丘），應邀參加了慶典，也作了《黃樓賦》，內中記述了蘇軾的感慨言詞：

子瞻曰：「今夫安於樂者，不知樂之為樂也，必涉於害者而後知之……」

蘇軾自己也寫了一首詩《九日黃樓作》：

去車重陽不可說，
南城夜半千漚發。
水穿城下作雷鳴，
泥滿城頭飛雨滑。
黃花白酒無人問，
日暮歸來洗靴襪。
豈知還復有今年，
把盞對花容一呷……

山中遺寶掘爲石炭 招來殺戮除暴安良

轉眼到了十一月仲冬。

突然冬雨夾雪，不緊不慢地下了起來。

這天蘇軾見到城裡有人爭相購買薪柴木炭，價錢看著往上漲。最後沒人講價，搶著買，連樵夫挑柴的扞擔，都被搶著買走了。

蘇軾問侍從領班程博良：「這是怎麼回事？」

程博良是本地人，自然知根知底：「蘇大人你有所不知，這裡大地名號曰呂梁山，其實有山少樹，一到特冷的冬天，薪炭奇缺。去年暖冬，顯不出。要說前年，雨雪早到，冬天奇冷，到了後來，抱一床大被子上街去，還換不到半捆濕柴，凍得腳杆子像要開裂。今年才到十一月就來了雨夾雪，肯定是個冷冬，百姓凍怕了，不得不及早搶購薪柴木炭。大人！徐州人苦啊！」

蘇軾再沒說話，他陷入深深的思慮之中。想自己從家鄉到京官，從京官到地方，還從未遇見過這種情況。

四川眉山老家，柴米油鹽，樣樣不缺；京都更不用說了，什麼都往那裡運送，市貨充足；杭州是富饒的水鄉；密州雖貧瘠卻是地寬人少，山上隨便收拾收拾，便是燒不完的茅草薪柴……

「柴」？柴米油鹽醬醋茶，每天開門七件事，「柴」是第一宗，小看不得。地方官，父母官，不爲黎庶辦實事，算什麼「父母」？

蘇軾搜尋記憶，有沒有解決黎庶燃薪問題的好辦法。只顧想事情，走路沒留心，蘇軾絆一個石頭幾乎摔倒了。

程博良趕忙上前扶住說：「大人怎麼了？」

蘇軾回頭一看絆腳的石頭說：「啊？博良，你有沒有聽說過有能燒的石頭？」

程博良憨笑說：「嗨嗨！哪有石頭能燒啊？我只聽說石頭被燒狠了變石灰，砌屋砌牆都用。今年我們修防洪外城不就用了很多嗎？」

蘇軾說：「哦？你不懂你不懂。」

蘇軾陷入執著的搜索之中，翻找有關的書籍。

找到了！《前漢書．地理志》有云：「豫章郡出石，可燃爲薪。」

「豫章郡？」漢朝豫章郡是江北淮南的一大塊地方，徐州不正是在這個地帶麼？未必徐州沒有可燃之石炭？

蘇軾再找有關徐州風物地理的歷史記載。《尚書．禹貢》說：「徐州厥貢，惟土五色。」《漢書．郊祀志》說：「王莽使徐州厥貢五色土。」

蘇軾激動起來，自言自語：「五色土？五色土不正是可能有石炭的證明嗎？」

蘇軾又把程博良叫來問：「博良，你知道徐州附近哪裡有五色土嗎？」

程博良說：「徐州城西南四十里的白土鎮，那裡有五色土。」

「有黑色的嗎？」

「黑色的最多。」

「正是這樣，正是這樣，有五色土，又黑色土最多的地方，就可能有石炭。石炭是黑石頭。」

「可是，蘇大人，白土鎮那裡山又多又大，怎麼去找？」

「有辦法！你親自去請武衛營尙清正大人，再派人去請仲屯田仲伯達大人，還請朱信強老先生……」

三個人都及時趕來了。

蘇軾把翻閱到的資料念給大家聽了以後說：「我推測在我州治下白土鎮山裡有石炭。你們知道徐州這地方冬天取暖缺柴，找到石炭就有辦法了。你們認爲我說的對不對？」

仲伯達笑起來：「哈！我猜出蘇大人的意思了，你是叫我們去白土鎮找石炭。」

朱信強苦笑著：「蘇大人：我都五十好幾了，白土鎮那裡盡是山……」

仲伯達說：「朱大爺！你以爲蘇大人會要你去跑路？不會！你十天跑的路，尙大人手下一個兵勇半天就跑完。」

自從去年抗洪以來，尙清正對蘇軾十分敬重。可眼下這事實在爲難，便直通通地說：「蘇大人！聽剛才仲屯田大人說的意思，你是想要我們武衛營的兵勇幫你去找石炭，可這實在不行。武衛營調派權全在皇上手裡，沒有皇帝的御令，連我也沒有權力調動他們去做事情。否則就是擁兵自重，有殺身大禍了。請恕下官不敢。」

仲伯達很奇怪：「尙大人！去年抗擊洪災，你不是讓八千兵勇都出動了嗎？」

尙清正說：「這事仲大人你就不懂其奧秘了。去年抗擊黃災，全體兵勇的活動範圍都在城牆上爲止，加上洪水威脅的也有兵營，兵勇抗洪相當於起而保衛自己家室。現在要去白土鎭找石炭就完全不同了，白土鎭離徐州有四十里，去那裡便是軍隊調動，何況找礦之事與軍隊任務沒有任何關聯，我不敢作主，必須報請皇上恩准才行。」

蘇軾說：「尙大人放心，就是你願意派兵勇，我也不敢接受；那樣遲早會被發覺，給我一個擅自調兵的罪名，我也受不起。我今天請你來根本沒有調動兵勇的意思，仲屯田瞎猜。」

仲伯達也奇怪了：「哦？蘇大人的意思難道是要我一個人去找石炭？」

蘇軾說：「要是眞叫你去找呢？你找得到嗎？」

仲伯達說：「根據蘇大人的那些歷史文獻分析，我看找得到。」

蘇軾說：「要你一個人去找需要多少時間？」

仲伯達想了一下說：「白土鎭周圍的山再多，我看我一個人三年也全走遍了。」

蘇軾說：「那冬天要等三年來才好啊！哈哈！」

仲伯達說：「我一個人只有一雙腿。」

蘇軾說：「要是再給你八十雙腿呢？」

仲伯達計算著說：「我一個人三年走滿，一年三百六十天，三年合計一千零八十天，除以八十，十四天，頂多一個月，全跑滿了。可是你蘇大人到哪裡去找這八十雙腿？」

蘇軾說：「我找尙清正大人借。」

尙清正說：「蘇大人！我只聽說有個千手觀音，還沒聽說有個千腳菩薩。何況我是凡人，不是菩薩。」

蘇軾說：「尙大人，這事我已想過了。據我瞭解，大人統領的武衛營兵勇不是有各種告假規定嗎？生病了、家裡父母去世了、父母子女遇到天災人禍了……」

尙清正說：「那是不假，可也有個額度。」

蘇軾說：「這個額度，好像是『百中告一不告三』吧？是說一百個人最好告假一個，最多不超過三個，是這樣嗎？」

尙清正說：「沒想到蘇府台對兵勇典章朝制也這樣熟悉。」

蘇軾說：「不把事情來龍去脈弄清楚，想辦成任何一件事都難。比如這件事吧，我弄清了這個禁軍告假的典章成制，就想提醒大人想想：大人管轄八千人，每天最多可告假多少？」

尙清正說：「哦！我明白了：按『百中告二』來計算，每天可告假一百六十人。蘇大人想借這一百六十人去找石炭！」

蘇軾連連搖頭：「不！不！其一，我早已說了只借八十個人，只要『百裡告一』；其二，這八十個人並非去找石炭，而是告假去了！哈哈！」

尚清正也會過意來大笑：「哈哈哈哈！對對對！是『告假』。」忽又想起來，「兵勇告假，我武衛營再打不出吃住用項開支，能叫他們喝西北風去？」

蘇軾還不及回答，仲伯達笑對朱信強說：「朱大爺！這就是蘇大人請你來的目的了。你家大財旺，一定肯幫這個忙！」

朱信強對蘇軾十分感激，但他是一個精明的生意人，對錢財看得很重，他小心翼翼地說：「蘇大人！不是我撥你大人的金面，要是十人、八人，三天兩頓，我老朽還供管得起。這一下子便是八十個人的吃喝開銷，我一點小買賣，支撐不起呀！」

仲伯達說：「朱大爺你放心，石炭肯定能找到，時間不得長，頂多半個月，半個月開銷你總負擔得起吧？」

朱信強說：「八十個人半個月能吃掉半座金山，我還是虧得太多了！」

蘇軾慢悠悠站了起來，在書房裡踱著步說：「俗話說：『來者千千，都是為錢；去者萬萬，穿衣吃飯。』朱翁！做買賣不像你這樣精明還不行。我從一開始就沒打算要你虧本。普天之下，莫非王土，白土鎮找到了石炭，本府將派州府衙役前去把守。每百斤石炭抵得一千斤薪柴，然我們只按一百斤薪柴的價格收取地方費用。但是對你朱翁，你借錢墊了本，特別優待償還，你每天可以派五個人去挖取石炭，免收地方費用。你說行不行？」

「行行行！」朱信強迅速算好了這是一筆一本萬利的生意，連忙應承：「蘇大人是不是要我派五個人長期挖下去？」

蘇軾說：「只要我在這裡一天，就允許你挖一天！」

朱信強說：「好好好！八十個人半個月吃住費用我包下了。」

蘇軾說：「那就有勞三位了！尚大人回營去和兩位千夫長商量好，看派誰『告假』合適，迅速給他們辦好手續，不超過三天；朱翁，你就先墊交一千兩銀子吧！交仲屯田統一經管使用，不夠再補；仲伯達你去『屯山』半個月吧！」

仲伯達帶領八十名「告假」兵勇出發，兵勇們全穿了便裝，使人看不出半點禁軍的痕跡。尚清正暗中派了一名百夫長也告假便裝跟隨。事實上，這是一支穿便衣的禁軍。

進山以後，仲伯達作了周密安排，使八十個人排開一個長陣，每人相隔丈許，像梳頭髮一樣，將山地慢慢地「梳」。

哪裡等到半個月呢！在第十一天，就是十二月初，在一個因山洪沖刷而成的斷槽裡，發現中間有烏黑放著油光的石炭，頓時八十多人在山谷裡狂呼、吶喊：「找到了！找到了！烏金石炭！石炭烏金！……」

仲伯達叫大家連拾帶挖迅速弄了二千多斤回城裡去，一路上浩浩蕩蕩，八十多人的隊伍已經很長，聞訊跟在後邊的人越來越多，零零落落，前前後後，逶迤十里之遙。

蘇軾早已出了告諭，公開招請曾經燒過石炭的能人。包括烤火取暖的燒法、煮飯炒菜的燒法、打鐵鍛劍的燒法等。

徐州是歷史上的軍事要地，哪兒來的人都有，蘇軾一下子便招請到了五十多個曾經燒過石炭的人。在知府衙門外搭起了一個置爐的台子。

蘇軾料想到人會萬民空巷，還有城外的人聞訊也會來，便在全城各主要街道和寬闊的場地都搭台置爐，全城二十多處。

準備工作在找礦隊伍出發的第五天便弄好了。等了幾天不見白土鎮有消息來，招請來的人有的開始洩氣，他們猜測這東西徐州沒有。

街上老百姓就不同，他們不相信「石頭」能燒火。好事者編著兒歌順口溜唱：

爹生子，
子生孫，
自從盤古到如今，
沒見石頭做柴薪……

蘇軾並不氣惱，他先是一笑，轉瞬也奉和一首，自然是反其意而用之：

休怨子，

莫怪孫，
丟開盤吉論如今，
官應為民勤負薪……

果然便有仲伯達領人挑了二千多斤石炭回城來了。蘇軾即刻叫他分送到全城二十多個點上去，叫掌爐師趕快生火。

這些掌爐師都有經驗，於是煽火的、扯風箱的，好不熱鬧。忽然便有一些藍色的火苗呼呼地往上升，近處的並聞見了一股從沒聞過的腥臭氣味，但人人都不怪罪這氣味難聞，處處讚歎著：「耳聽爲虛，眼見爲實。知府大人硬是神人，能把石頭燒出火！」

事實擺在面前，不由得不信。於是全城歡呼雀躍，明明誰都看見了，還要互相訴說自己的所見所聞，所感所想。這是人們由衷信服的標誌。

按照蘇軾的部署，仲伯達向萬頭鑽動的人群宣布：「知府大人爲黎庶百姓找到了石炭，彭城父老再不會爲冬天缺乏薪柴而著急了。但是，這石炭才初發現，還要請人去開挖，不能一下子都湧去，更不能由誰個去霸占。爲了滿足各家各戶過冬取暖的要求，各家各戶先供應石炭二百斤。這種石炭一百斤頂得一千斤薪柴，有二百斤過冬一定夠了。因爲石炭要請人去挖，石炭的管理也要人負責，石炭分到各戶還是要收費。本來一百斤石炭抵得一千斤薪柴，但只按一百斤薪柴的價格收費。比如現今薪柴一百斤是一百文，石炭一百斤也只收一百文……」

蘇軾好不激動，這件事的作用不亞於帶領全城軍民抗洪守城，這是爲當代黎庶也爲子孫後代辦了一件大好事。

習慣成自然，蘇軾當晚就作詩記述了這一件事情。

石炭 并引

彭城舊無石炭。元豐元年十二月，始遣人訪獲於州之西南白土鎮之北，以冶鐵作兵，犀利勝常云。

君不見前年雨雪行人斷，
城中居民風裂骭。
濕薪半束抱衾裯，
日暮敲門無處換。
豈料山中有遺寶，
磊落如磬萬車炭……
根苗一發濬無限，
萬人鼓舞千人看。

投泥潑水愈光明，
爍玉流金見精悍……
為君鑄作百鍊刀，
要斬長鯨為萬段。

爲刻印告諭四處張貼，爲招請組織挖取石炭的人員，知府衙門忙了兩天始算一切就緒。

仲伯達帶著八十多名開挖石炭之人員和十多名維護秩序的衙役，出發到四十里外白土鎮北坡去。

誰曾料想，剛到白土鎮就聽議論紛紛，談炭色變。

仲伯達帶領人員趕緊跑上山去，果然，整個北坡已是人山人海，揮鋤舞棍，打得一塌糊塗，到處是血肉模糊的屍首。

仲伯達發一個口令，上百人振臂齊呼：「住手！住手！住手！……」力圖阻止鬥毆的場面繼續下去。但在這人山人海面前，這百把人的聲音竟無一絲反響，全部被淹沒在嘈雜喧囂之中。

仲伯達知道已無法控制局面，立刻帶了一個人，在近處借了兩匹馬，飛奔去州府稟報蘇軾。

蘇轄聽得頭皮一麻，喃喃說：「果眞是福兮禍所伏！要是早有預防，派了衙役守著，不讓失去控制就好了。」

和仲伯達商量的結果，也沒其他的辦法，蘇軾只好去武衛營尙清正那裡求援。急急地擬寫了一份奏摺報告朝廷：刁民借搶奪山中石炭之機，以鬥毆形式醞釀叛亂謀反……故此，由徐州知府一面報奏朝廷知曉，一面已向武衛營都尉里行尙清正提出請求：幫助彈壓謀反叛亂！

都尉里行尙清正援引「保衛朝廷安全爲第一要務」之有關成制條規，已當機立斷率部卒前往彈壓，以息事端……

這是調動禁軍之必辦手續，否則誰也擔當不起調兵之責任！唯有「出兵彈壓叛亂」名正言順，朝廷不予追究，反而會給予褒獎。

形勢十分緊急，尙清正親率六千兵勇出發，家裡留下二千兵勇以應付朝廷可能來的緊急調令。留下的二千人由冷欣昌率領。蘇軾隨六千兵勇出發。

尙清正、梁子空、蘇軾三人騎馬，六千部隊中二千馬隊，共同飛奔而去白土鎮；餘下四千人跑步行進跟隨。

兵勇們趕到白土鎮北山後，迅速將群鬥群毆之人團團包圍。

尙清正親自喊話：「停止鬥毆！放下兇器！否則作謀反論處，就地格殺！……」

尙清正喊一句，數千兵勇齊聲重複一句，振聾發聵，地動山搖。喊話重複了三次。

鬥毆的紅眼人終於驚醒了，停手了。一看周圍是數千禁軍，誰敢再亂動？誰不怕就地格殺？

北山坡很快平靜了下來，鬥毆者全都把鋤頭、扁擔等兇器丟在地上，誰不怕背上鬥毆叛亂罪魁禍首之罪名？

所謂「法不責衆」，這麼多人怪誰是搗亂的頭子？又怎能辨別出誰是打死人之元兇？

尙清正很爲難：抓吧！抓不了這麼多；抓頭子吧！又找不著；不抓吧！將來怎麼向朝廷交差？已用快

馬發出「調兵彈壓叛亂」的奏報，一個不抓沒法覆命收尾。他問蘇軾：「蘇大人！怎麼辦？」

蘇軾成竹在胸：「全部放掉！」

尙清正說：「怎樣向朝廷交差，調兵彈壓叛亂不能沒有結果！」

蘇軾說：「當然會有結果！上報可分兩大內容：其一，已死之人全部查清登記：姓名、年齡、住址等。已死不能復生，均可定爲『死有餘辜』之叛亂首惡，在彈壓中被禁軍擊斃，此非大功一件嗎？死者違反州府『不得私人霸占奪取石炭』之禁令，確乎也是咎由自取。其二，放走之人，共分十個口子走，各口登記其姓名、年齡、住址等，告訴他們群毆奪炭不應該，但不追究責任，放他們走，穩住大眾人心。但告訴他們如查出謊報姓名、地址者，必誅殺不貸。放走眾人之後，我們派人暗地查訪，平時是好人者，人所鑒之，可爲佐證；是惡人者，人所厭之，會想除去，我們再暗中將其捕捉，然後按其在當地作惡之程度，分別定以叛亂之首犯、主犯、從犯等，上報朝廷，以作懲處。尙大人，如此處理，豈不是既平息了眼前的風波，又清除了社會的渣滓敗類嗎？於國於民，都有好處，這不又是大功一件嗎？朝廷不致再怪罪吧？尙大人以爲如何？」

尙清正說：「妙計妙計！蘇大人不僅是文才高過八斗，武才也不輸將帥啊！」

於是依此佈置下去，首先由蘇軾講話：「各位父老鄉親！群鬥群毆十分可恥！但念及都是初犯，今天一律不予追究，全部放大家空手回去，但兇器一律不得帶走。並且，各人走前要向禁軍報知自己的姓名、年齡、住址，由禁軍登記備案存查。今後不犯事，不再追究，如有爲非作歹，將加重處罰。如發現謊報姓名住址者，一律捕捉，以謀反論處，勿謂言之不預也……」

即使是分十個口子放人，因要詢問登記，將近一個時辰才把二千多名鬥毆群眾放完。

隨後清理屍體，共死一百零三人，但辨認登記費了第二天一整天的時間。許多死者的家屬不認死者，說他本是本地大流氓，死了正好，不願將屍體收去。官府也樂得作首犯登記呈報，按格殺罪犯之公屍處理了。

經過十六天的官差暗訪，查出有四十多名社會敗類混跡其中，他們不少人強姦搶劫、殺人放火，無惡不作。於是暗中逮捕，依謀反罪嚴加懲處。

當地社會治安，頓時好轉。百姓無不拍手稱快。

蘇軾感嘆說：「禍兮福所伏，大亂達到了大治！」

嚴冬來臨，石炭需求迫切，挖掘之人一度擴充到四百多人，終於使家家戶戶在今年冬天得到了廉價的溫暖。

朱信強每天派五個人去挖取石炭，可得一千八百多斤，完全免費，而他可賣到一百斤二百文，他樂得嘴都合不攏了。

再巧不過，剛把石炭之事處理好，王鞏與陳師道專程看望蘇軾來了。

王鞏，字定國，前丞相王旦之孫，現工部尚書王素之子，蘇軾老友應天府知府張方平之婿，是蘇軾才華的崇拜者。陳師道，字無己，進士出身，自願成爲蘇門六君子之一。

王鞏，三十餘歲，陳師道，不到三十歲，兩人倜儻風流，與蘇軾性格相若。蘇軾自按文人中盛行的方式招待他們：攜妓遊樂！

和各州府一樣，徐州也蓄有官妓一百多人，其中絕色女子全住在燕子樓上。這燕子樓可有來頭。

唐朝白居易《燕子樓詩序》有記載：故尚書張建封爲徐州人，納名妓關盼盼爲妾，建燕子樓以藏嬌。張建封死後，關盼盼念夫情深，死守此樓十餘年不再嫁，直至不食而終。故此，燕子樓乃戀情彌篤的代表。

但這官屋燕子樓原先只是個驛館，是蘇軾來後，才將其改爲高級官妓的住所。

無獨有偶，今天徐州官妓中的頭牌也叫盼盼，只是姓馬而非唐朝盼盼姓關。依次排名的官妓是張英英和宋卿卿。

蘇軾於是攜此盼盼、英英、卿卿三名妓，陪王鞏與陳師道泛舟游泗水，北上聖女山，南下百步洪險峻之處。這百步洪雖短只數百步，卻是壯麗異常，見之無不振奮。

陳師道一驚就喊：「蘇師！如此壯麗河景，豈能無詩？」

王鞏說：「無己莫急，子瞻胸中之詩正在奔湧，豈不噴出？」

蘇軾爽聲接應：「好！聽我吟來……」

長洪斗落生跳波，
輕舟南下如投梭。
水師絕叫鳬雁起，

亂石一線爭磋磨。
有如兔走鷹隼落，
駿馬下注千丈坡。
斷弦離柱箭脫手，
飛電過隙珠翻荷。
四山眩轉風掠耳，
但見流沫生千渦……

王鞏脫口而出：「好！子瞻奇才，古今少有。請看一連七個比喻：兔奔、鷹擊、馬馳、箭脫、飛電過隙、跳珠翻荷，眞眞把這裡寫神了。」

陳師道說：「果然如此，只此七喻連用，便夠學生學一輩子了，此行不虛！」

王鞏說：「子瞻才具之高，爲詩直抒胸臆，實難企及也！」

陪妓張英英說：「王大人所言無差，蘇大人之詩，不僅明白裡是如此直抒胸臆，就是睡夢裡吟哦，也是個中情深啊！」

王鞏一驚：「哦？英英此言，當有所指。」

張英英說：「王大人！你可知蘇大人那一闋新詞《永遇樂》？蘇大人在詞題下自注：『彭城夜宿燕子樓，夢盼盼，因作此詞。』其詞美妙無比：『明月如霜，好風如水，清景無限……寂寞無人見……燕子樓空，佳人何在……但有舊歡新怨……爲余浩嘆。』蘇大人眞是性情中人。自此以後，蘇大人便將燕子樓劃歸妾身等居住了。」

王鞏連連點頭：「這個來由我知道，子瞻的《永遇樂》早爲天下傳誦了。」

宋卿卿接話說：「可是王大人不一定知曉，蘇大人除那闋《永遇樂》之外，還有一首夢吟好詩，才更是蘇大人直抒胸臆。英英姐是說王大人不知曉的那一首夢吟七絕詩。」

「哦？什麼樣的夢吟七絕？」王鞏、陳師道異口同聲發問了。

張英英說：「請聽我念誦出來……」

好風如水月如霜，
不見太白明月光。
原是床前立盼盼，
何得擁枕慰愁腸。

「怎樣，蘇大人這夢中所吟更是直抒胸臆吧？」

羞得馬盼盼滿臉緋紅，卻是自豪地抿嘴笑樂。

蘇軾記得很分明，這詩是那晚在燕子樓寫完《永遇樂》之後，伏在桌上半夢半醒時所吟，未便公布，何以官妓們竟知道了？於是反問：「英英此詩，只怕是杜撰了來誣我吧？」

宋卿卿搶著回答：「蘇大人！你夢吟那詩由大人的侍從領班程博良轉告我等，怎有錯誣？」

蘇軾也便羞紅了臉，忙忙掩飾：「有這事嗎？一個夢，記不清了。」

王鞏揭破老底說：「子瞻何必扭怩作態？瞧你臉和馬盼盼一樣紅了。憑你一州之長，喚盼盼侍候，未必她不依從？哦！懂了！懂了！子瞻追求的是男女心氣相通，兩相愉悅，非是牛不吃水強按頭的野性癲狂……」

「哈哈哈哈！」滿船是歡樂的大笑。

三男三女月明方回，無須細說是晚燕子樓各償所願……

出乎任何人的意料之外，也不符合官吏調徙的朝制典章，蘇軾於次年二月即接到詔令：改任浙江湖州知府。時爲元豐二年（公元一〇七九年），從石炭發現至此，才三個多月。

通常，官員調徙，並不規定到任的期限，許多是一拖半年。但這次十分奇怪，朝廷命蘇軾立刻前往湖州上任，到任期限不得遲於四月底。就是說，在徐州頂多停留半個月就得動身。

蘇軾這次眞不想走得這樣急，他答應了朱信強，自己在這裡一天，就讓朱信強派五人免費挖炭一天。原以爲自己在徐州至少還有一年半，償還他尋炭開銷的千兩紋銀綽綽有餘，誰知這麼快就要走了，朱翁一千兩銀子遠未到手啊！

自然是仲伯達向大家傳遞了蘇軾要調走的消息，官吏和百姓絡繹不絕到府衙裡來，邀請蘇軾前去餞別。

最先是尙清正、冷欣昌、梁子空三個人一起來了，這三個武衛營禁軍統領，被蘇軾勤政愛民的人格力量所感動，連蠻野的氣息都克服了很多。三人盛情邀請，非叫蘇軾攜夫人和愛妾同去不可，蘇軾只好攜妻妾成行。

軍營裡女人不多，王閏之和大月又十分美麗，一去就招引得官兵們嘖嘖讚賞，大月還爲官兵們獻上了一個時辰的美妙歌舞。

軍營裡紛紛議論：「蘇大人又有文才，又有政績，又有艷福，眞令人羨慕啊！」

接著是朱信強來了。朱信強坐了轎子來，另外還有三頂空轎，也是非要蘇軾攜王閏之和大月去不可。

蘇軾覺得自己有愧於朱信強，當然很高興地攜妻妾去了。

酒酣耳熱之際，蘇軾說：「朱翁！在這徐州，我最對不起的就是你。我原想在這裡至少還有一年多，讓你再挖一年石炭我心裡才踏實。我這麼快要走，你得的實惠還不足以補償你的貢獻。當時沒有你資助一大筆錢，我派八十個人尋找石炭的計畫就實現不了。現在我要走了，也管不著這裡的事情了。接任我的知府還不知是哪一個，我也沒辦法交代一聲。現在我想了兩個辦法來補救：第一個辦法，我已叫仲伯達去刻一塊石碑，立在衙門口，由我寫了一首《石炭》詩，並作了小引刻上，紀念徐州發現石炭這個千古盛事。碑尾，特別加刻了一段鳴謝言詞——

徐州士紳朱信強先生慷慨解囊，捐銀一千兩，使本府得以達成組織大批人力找到石炭之目的；本州能有石炭方便黎庶，實有朱翁一份不可磨滅之功勞。謹此誌謝。

元豐治下徐州太寧　蘇軾

第二個辦法，我這裡寫了一份公函，交朱翁暫收，將來轉呈給我的繼任者知府大人，請他考慮繼續履行我的承諾：讓朱翁每天派五個人免費挖取石炭，滿一年為准。這公函請朱翁收下吧！」

朱信強接過公函，老淚縱橫說：「蘇大人！朱某三生有幸，結識了你這位愛民如子的知府大人！回想起來，我當初表現出來的小肚雞腸眞叫我自慚形穢！把大人你比作一座人格的高山，我朱某不過是一抔黃土。今天能與大人同列名字於《石炭》碑刻之上，已是我朱信強最大的榮幸了。比這再免費挖一年石炭的意義要重大得多！這公函就不必留了。」

啪地幾下，朱信強把蘇軾留下的公函撕碎了。

54

錢塘觀潮湖州夢碎
昔日遺禍無心有心

蘇軾此次徙知湖州，憶及五年前在杭州刺史任上的往事，最大的感觸是杭州、湖州均是水鄉，此次從徐州南下也就選了水路，乘船從大運河一直往南。

杭州與湖州相隔不遠，而自己與湖州又多有淵源，回想起來頗多感慨。先是表兄文同比自己還先一步貶知湖州；及至自己貶往杭州時，湖州知府又換成了另一位老友孫莘老，自己爲修西湖之事還向他請教過；等自己從杭州調往密州時，湖州知府又換成了另一位好友李常，他邀了衆文友在此遊覽相送，還爲此在湖州修建了「六客堂」……

南下船宿高郵湖上，蘇軾想起這些，睡不著了。彷彿外面起風，風中似有雨，便起來到甲板口看看。一看笑了：哪曾下雨，竟是月光滿湖。一時詩興大發，將眼前景物與個人思緒雜揉起來，吟成詩句。

舟中夜起

微風蕭蕭吹菰蒲，
開門看雨月滿湖……
夜深人物不相管，
我獨形影相嬉娛。
暗潮生渚吊寒蚓，
落月掛柳看懸蛛……
雞鳴鐘動百鳥散，
船頭擊鼓還相呼。

是啊！夜深人靜，獨自嬉娛，人鳥同夢，潮水暗湧，其聲低咽，多像是蚯蚓蠕動之聲。再看柳枝上的落月，又多像是蜘蛛懸於絲網。這一切似乎都告訴我：此生憂患連綿，清泰平安之境界都只一個須臾……人生艱難，前途又將怎樣？不知怎的，蘇軾此次赴湖州上任，總有一種不祥的預感，似乎前面有什麼陷阱深淵。

不久經過揚州，他情不自禁登岸，去拜謁恩師歐陽修的平山堂。這是蘇軾第三次拜謁了。平山堂是歐陽修任揚州太守時所建，位於大明寺東。

二十三年前的嘉祐二年（一〇五七年），歐陽修任朝廷主考，視蘇軾爲奇才而選拔。蘇軾視他爲恩師，執弟子之禮，每次路過揚州，豈有不瞻仰平山堂之理！

但這第三次瞻仰時已物是人非，歐陽修已仙逝八年矣。但恩師當年揮毫寫下的《朝巾指》詞，仍在壁上龍飛鳳舞——

平山闌檻倚晴空，
山色有無中。
手種堂前垂柳，
別來幾度春風。

文章太守，
揮毫萬字，
一飲千鍾。
行樂直須年少，
尊前看取衰翁。

如今衰翁何在？竟已墓骨早枯。然而，「文章太守」人雖去，「楊柳春風」景依然，仙翁終至不朽。

蘇軾詩興大發，連呼文房四寶。

守堂詩僧德洪，一聽蘇軾要即席賦詩，高興得將侍從小僧斥退，親自爲蘇軾研墨展紙，一邊說：「子瞻此舉，將告慰地下仙翁。想歐陽公在世時曾對貧僧說過，他的『文壇盟主』已經卸任，由蘇子瞻登壇掛帥了。如今仙翁不在，有子瞻之親筆詩章留此，老仙翁九泉之下，豈不含笑寬舒？」

蘇軾文名早已滿播天下，他來拜謁恩師所建之平山堂，尾隨觀眾自然不少。見他即席賦詩，頃刻間圍攏文人學士、紅妝女流，全都聚精會神看著。

蘇軾略作思忖，揮筆就寫，一如駿馬奔騰，頃刻寫就。

西江月．平山堂

三過平山堂下，
半生彈指聲中。
十年不見老仙翁，
壁上龍蛇走動。

欲吊文章太守，
仍歌楊柳春風。

休言萬事轉頭空。
未轉頭時皆夢。

寫完擲筆，凝神望遠，似要看看飄仙的恩師究在何方。

詩僧德洪為避免以後忘記，忙將場景記錄下來：

……蘇子瞻視歐陽永叔為恩師，每過揚州必至平山堂瞻仰……此第三次來時歐陽公已仙逝八年。師生情深恩重，子瞻即席賦詞並當場作書。其時紅妝成輪，名士堵立，看其落筆置筆，目送萬里，殆欲仙去爾……

德洪對蘇軾十分敬仰，忙吩咐侍從小僧將蘇軾撰寫之詞章原件裱好收藏，再拓片刻碑放置堂內。他對蘇軾說：「文同仙逝可悲，然因他去世而換來了子瞻你，未必不是幸事，不然哪有今日之華章？」

蘇軾驚問：「什麼？德洪是說與可表兄他逝世了？」

德洪也一驚：「哦？文與可原是你表兄？他從洋州（陝西）調任湖州，高高興興來湖州上任，死在宛丘驛館（今河南淮陽）。你正是來頂他的急缺。你們表兄弟一場，也當如此了。」

蘇軾恍然大悟道：「啊！原來是這樣！怪不得朝廷此次不容許我拖延，限定四月底前要到湖州任上。與可表兄長我十八歲，對小弟勉督有加，送我墨竹畫多卷，我當為他出個畫集，作跋記述我與他之相同觀點——

今畫竹者乃節節而為之，葉葉而累之，豈復有竹乎？故畫竹必先得成竹於胸中，執筆熟視，乃見其所欲畫者，急起從之，振筆直遂，以追其所見，如兔起鶻落，稍縱則逝矣。

此乃與可表兄對我之教言，我雖同意，卻總難畫得如他所畫墨竹一樣的神韻啊！」

蘇軾的此番議論，正是成語「胸有成竹」之來源。

湖州曾到過多次，這次是舊地重遊，但使蘇軾震驚已極。這裡城廓蕭條，土地荒蕪。一問才弄明白：早二年的熙寧八年，這裡曾流行過一次大飢饉，大時疫，包括杭州治下和湖州治下在內，十幾個縣竟餓死五十多萬人。

蘇軾心感悲戚之餘，聽說杭州、湖州這大片地區唯有報恩寺（即淨慈寺）學者日盛，雖然原任住持僧無邊廣緣法師已然仙逝，香火卻反而更興旺鼎盛了。

於是，蘇軾寫了一首七律寄到淨慈寺去：

來往三吳一夢間，
故人半作冢壘然。
獨依舊社傳真法，

要與遺民度厄年……

果然未有多久，湖州治下又發蝗災。蘇軾心急如焚，急急趕到治下蝗災最重的于潛縣去指導滅蝗。其時于潛縣令毛國華也是老熟人和老詩友。毛國華也曾爲梅堯臣（聖俞）所賞識，梅堯臣是安徽宣城人，毛國華曾爲宣城主簿，得梅堯臣薦於朝廷爲官。但梅堯臣不久便死了，毛國華便又轉徙在地方官任上。

蘇軾比毛國華年長幾歲，科考進士時幸喜梅堯臣是副主考官，與歐陽修共同擢拔了蘇軾，蘇軾亦把梅堯臣當成恩師。

這樣，本不相識的蘇軾與毛國華二人，因梅堯臣這紐帶而成了密友。而這兩位老友再見時，梅堯臣已逝世十五年了。人生眞是太短暫。

蘇軾將在密州任上從老百姓那雖學來的治蝗經驗指導農夫滅蝗。但見飛蝗成群鼓噪，飛將起來，遮天蔽日，白天甚是猖獗。

于潛屬丘陵地區，小山小堆頗爲不少。一到夜來，各山包土堆四處燃火，通明透亮。飛蝗自是昆蟲，昆蟲向都戀火，全朝這「光明」撲去，霎時被燒掉大半。未及燒死的蝗們，天將亮時，露重飛難進，燒傷翅膀威勢大減，農夫們打起燈籠火把去捕捉，用茅草裹著，埋進路邊挖的洞裡，正如當年蘇軾在密州所見連綿不斷的「飛蝗冢」一般，這裡也不見頭尾。

各地互相傳授經驗，蘇軾推介的「舉火滅蝗」立見大效，蝗災很快被撲滅了。

蘇軾寫詩送給毛國華說：

宦游逢此歲年惡，
飛蝗來時半天黑。
羨君封境稻如雲，
蝗自識人人不識。

蘇軾那「要與遺民度厄年」的勤政決心，總算有了一點成績。

轉眼來湖州兩個多月了，八月中秋即將來臨。蘇軾想也該休息一、兩天了。

這天回到家中，愛妾大月捧出兩件東西來說：「蘇郎！今天參寥上人來了，送給你兩件禮物四句話。」

蘇軾接過兩件禮物，一是《維摩經》摘句，一是唐朝茶仙盧仝的詩《謝孟諫議寄新茶》。

這文字的東西等一下再看，蘇軾先問：「大月！參寥上人送我四句什麼話？」

大月說：「釅茶飲七碗，觀潮宜一行。任憑風浪起，無心對有心。」

蘇軾說：「啊！這是一首五言絕句詩。高僧詩中有禪，莫非參寥又在提醒我什麼事？」忙將這首詩寫出來，一句一句參悟……「任憑風浪起」？難道我面前又有風浪？想起從徐州一路來湖州，總有不祥的預感，難道真有險嗎？

禪機不可能一參便悟透，蘇軾便看兩件文字「禮物」。

首先是《維摩經》摘抄：

推摩詰言：從痴有愛，剛我病生；以一切眾生病，是敵我病；若一切眾生得不病者，則我病滅。

蘇軾明白這話的意思，是告誡人們對某一事物不要偏頗痴愛，否則就會生病了；同時要把自己放到眾人之中去看待，眾人病了，我沒病也病了，眾人沒病了，我有病也好了。

蘇軾笑笑，自言自語說：「有趣的佛經，只怕還會有一百種不同的解釋。我這解釋也就姑妄存之。參寥無非要我豁達大度罷了。」

附在這經文之後，參寥還抄錄了《傳燈錄》中的一段話：

烏窠巢師曰：汝若了淨神僧自我得空寂，即真出家，何假外出，汝當為在家菩薩戒施俱修，如謝靈運之流也。

「傳燈」是佛家語言，說佛法能破眾生之昏暗，所以用「燈」作比喻，傳法於他人便叫做「傳燈」。

蘇軾一看又笑了，自己對自己說：「呵！參寥要我當不出家的和尚，在家裡供奉菩薩，像南朝宋國的那個康樂侯謝靈運一樣。」

在這《傳燈錄》之後，參寥還抄錄了魏文《折楊柳行》詩句：

西山一何高，
高高殊無極。
山上兩仙童，
不飲亦不食。
賜我一丸藥，
光耀有五色。
服之四五日，
身體生羽翼。

蘇軾看完又笑說：「嗨！參寥你乾脆送我一丸藥，讓我羽化成仙好了，何必弄一些禪機來作難我？」

這才接下來看參寥的第二件「禮物」：盧仝的《謝孟諫議寄新茶》詩一首：

一碗喉吻潤；
二碗破孤悶；

三碗搜枯腸，
唯有文字五千卷；
四碗發輕汗，
平生不平事，
盡向毛孔散；
五碗肌骨輕；
六碗通仙靈；
七碗吃不得也，
唯覺兩腋習習輕風生。

蘇軾看罷大笑起來：「哈哈哈哈！好個吝嗇的參寥，連魏帝小小一丸藥都不願給，就要我每天飲七碗釅茶：『平生不平事，盡向毛孔散』，還會兩翼生風，飄飄仙去也！」隨即大喊：「大月！大月！」

大月應聲道：「蘇郎你怎麼了？我不就在你身邊嗎？這麼晚了還大叫大喊幹什麼？」

蘇軾說：「快去！快去！給我泡七碗釅茶來！」

大月說：「蘇郎！你怎麼突然晚上要喝釅茶了？這參寥上人給你灌了什麼迷糊藥？」

蘇軾說：「他呀！小氣得很，連小小一丸藥都不願給呢！你聽我做一首七言絕句回敬他！」

朗朗念出：

示病維摩元無病，
在家靈運已忘家。
何須魏帝一丸藥，
且盡盧仝七碗茶。

蘇軾把參寥兩件「禮物」內的故事一一講給大月聽，大月也哈哈笑了起來。笑完後認眞地說：「蘇郎！其他事先不管，以後我天天給你準備好七碗釅茶！只求你這次再去錢塘觀潮要帶上我。參寥上人不是叫你去觀潮嗎？」

天下聞名的錢塘潮，也叫海寧潮，因爲地處海寧縣境內。

東海的杭州灣，像個很大的喇叭，喇叭外口有四百里，到海寧縣鹽官鎮縮爲二百里。每年中秋前後，地球、太陽、月亮處在同一條直線上，引力特別強，海潮自「喇叭口」湧入「喇叭頸」，兩倍之水擠壓在一倍的距離中，可掀起高達二丈七尺的巨浪，這便是天下奇觀錢塘潮。

蘇軾在上次杭州刺史任上，曾去鹽官鎮觀潮，他根據印象最深的五件事，寫了《八月十五日看潮五絕》，即五首七言絕句詩。

第一件印象最深的是看潮在中秋之夜。他的第一首詩便是：

定知玉兔十分圓，

已作霜風九月寒。
寄語重門休上鑰，
夜潮留向月中看。

第二件事是萬人爭看，潮頭特高，那潮頭忽如冰山玉碎，忽如雪浪排空，活脫脫是老頑童作耍的氣派。蘇軾第二首詩便是：

萬人鼓噪懾吳儂，
猶是浮江老阿童。
欲識潮頭高幾許，
越山渾在浪花中。

第三件事是潮流方向反常。蘇軾從西到東，從南到北，橫跨了大半個中國，無處江水不東流，有些即是從北向南或從南向北，但都是匯入滔滔東去的大江大河。這裡潮頭恰恰相反，而是自東向西。他的第三首詩便是：

江邊身世兩悠悠，

久與滄波共白頭。
造物亦知人易老，
故教江水向西流。

第四件事是弄潮兒不自憐愛，偏偏迎著潮水狎玩，死傷甚眾。然而前仆後繼，似乎那生命並不屬於自己。蘇軾第四首詩便是：

吳兒生長狎濤淵，
冒利輕生不自憐。
東海若知明主意，
應教斥鹵變桑田。

第五件事是潮水氣勢如虹，即使是江神、河伯這兩個水中統帥，也不過如同酒水生成的「醯雞」小蟲一般，任憑潮水作弄。他想起古來的傳說故事：吳王夫差有三千水犀弓箭手，逆射潮頭，使其低落。蘇軾第五首詩便是：

江神河伯兩醯雞，

海若東來氣吐霓。
安得夫差水犀手，
三千強弩射潮低。

蘇軾怎麼也揣想不出，參寥上人叫自己再去觀潮，是何用意呢？難道今年潮水會不同往夕？他初到湖州，今年本沒有觀潮的打算，但既然參寥上人叫去，高僧總有道理，那就去看看吧！

蘇軾攜大月及侍從於八月十五日下午到達鹽官鎮。鹽官鎮安濟寺是一個最好的觀潮處所。新來的守門僧雖不認識蘇軾，但見他穿高官朝服並帶有女眷隨從，自然迎進寺去。

進得門來，蘇軾被許多人圍觀的一座大石碑所吸引，走近一看，竟然是上述那《八月十五日看潮五絕》詩碑，寬有三尺餘，高約七尺。五首詩是某個仿自己字體的書家所寫，連自己的簽名式「蘇軾」二字在內，熟練模仿，幾可亂眞。

蘇軾仔細看了一遍，竟然一字不差。誰有這份好心，在此地將自己的詩作勒石立碑呢？蘇軾一時覺得是非莫辨。記得自己上次在杭州任刺史時，惠思大師告誡自己「謹言愼行」，不要將詩詞立碑或出版，如今應該沒有事了吧？王詵將我的詩作匯成《錢塘集》出版都好幾年了，不也平安無事嗎？

回頭又一想，參寥上人是得道高僧，他絕不會無緣無故叫自己到這裡來一次，絕不會僅僅是提醒自己來觀潮。難道與這個詩碑有什麼關係？他立刻有點不安起來，就問寺內小和尚：「這塊詩碑是何人所書？」

這個小和尚新來，不認識蘇軾，很驚詫地說：「你這位大人也太沒有見識了吧？前杭州通判蘇軾大人詩、書、畫三絕，他能要別人代寫？怎麼？你看著不像？許多見過蘇大人字的人都說這是蘇大人眞跡呢！」

蘇軾更吃驚：「怪了！我並沒有寫這幅字啊！」

小和尚訕笑：「你是誰？蘇軾大人豈能被你冒充了去？」

蘇軾的侍從正色道：「小和尚你胡說些什麼？這就是蘇大人，現任湖州太守！」

小和尚撲通跪下說：「大人原諒！大人原諒！小僧法號茂覺，崇拜蘇大人你的文名，怕別人冒名頂替，剛才冒犯大人了！」

蘇軾說：「你快起來吧！茂覺，你還沒告訴我，這詩碑是怎麼立起來的呢？」

茂覺起來正要說話，誰知已起喧嘩，裡面有人聽說蘇軾來了，一傳十，十傳百，全都圍過來，爭相和蘇軾搭訕，爭作自我介紹，然後是滿院子的讚美。

這個說：「蘇大人眞是才高八斗，出手不凡。萬千人看過的錢塘潮景，你一下就寫出五篇佳構！」

那個說：「蘇大人，你這字也是獨具風骨，直逼唐朝顏、黃、歐、柳，取他們各自特點而融會之……」

蘇軾簡直應接不暇了。但他這幾年都在地方官任上，結交的只是本地官員，如今朝廷調徙官吏又頻繁往復，幾年不去，一個地方全換了新人。蘇軾新來湖州不久，今天所見來觀潮的地方官竟一個也不認識。

安濟寺住持可久，原系錢塘人，天聖初年得以剃度，學教觀於靜覺，喜作古律詩。他原居西湖祥符，是蘇軾的老詩友。蘇軾調離杭州以後他才來此當住持，所以蘇軾並不知道，要不早就叫小僧茂覺引見於他了。他一聽是蘇軾來了，急忙撇下一屋的貴客，來到前廳會見蘇軾，遠遠就向蘇軾行佛禮說：「阿彌陀佛！眞是子瞻來了！」

蘇軾自是十分驚喜：「啊！可久法師！久違了，法師也來觀潮嗎？」

茂覺趕緊報白說：「蘇大人！可久法師如今是安濟寺住持了。」

蘇軾說：「哦！是這樣，眞該祝賀你了，可久法師！」

可久說：「子瞻，其實你的祝賀早就到了。你雖然不知道老衲已僭任住持，但是把你手書的《看潮五絕》詩送本寺勒石留念，不是給本寺的最好賀禮嗎？」

蘇軾急急地說：「可久！你這玩笑也開大了點吧，我幾時到寶剎送詩作來了？」

可久笑笑說：「呵！我沒說你親自來了，是你剛到湖州上任太守不久，你派人送來了這一幅字，還有二百兩銀子，說是要給天下奇觀錢塘潮留個紀念，增一處景觀。你的字我還能不認識？這明明是你的眞跡嘛！剛好寫滿一張六尺大宣紙，勒一座七尺石碑還餘天有地，不是你這行家寫得來？」

蘇軾連連搖頭：「不不不！我根本沒寫過這幅字，更沒派什麼人送二百兩銀子來請寶剎勒石立碑，未必這事有人冒名頂替？」

可久說：「子瞻是太謙虛了吧？你的詩，在《錢塘集》中早已拜讀過；你的字，不僅是我，還有許多人都認得。是你做了這好事不願張揚也行，或是別人冒名頂替也好，反正增加觀潮意趣不是壞事，就不必計較了。」

忽然有人在人叢中說：「子瞻！詩佳字妙，立在這觀潮最好的處所，是觀潮者萬人之福啊！你還講這許多的客氣話？」

蘇軾一看，說話的竟是前杭州知府柳暮春，他那兒女親家錢伯溫緊隨其側。恐怕剛才是從可久禪房裡出來，故意躲在人後面，這時出來搭訕了。蘇軾心裡猛然一個冷縮：不好！這兩人出現，是禍非福！想到五年前自己修西湖時沒識破他們的眞面目，接受了錢伯溫十萬兩捐銀，修好西湖後還作上賓看待他倆……原來他們正是利用這法子來麻痺自己、巴結自己，以便收集自己的詩詞出書，再來坑害自己找「反詩」，還好王安石不吃那一套……推翻了柳暮春的彈劾奏章……王安石還托弟弟帶話給自己：千萬不要再結交柳暮春、錢伯溫之流！如今王安石第二次罷相下野，沒人再保護自己，柳、錢小人更接近不得！

可是偏偏冤家路窄，今天在這觀潮的安濟寺碰面了。蘇軾已敢斷定，「冒名頂替」立《觀潮五絕》詩碑之事，一定是柳暮春與錢伯溫合謀而成。但這目的是什麼呢？自己半點也想像不出，難道是要在這些詩中尋找「反詩」嗎？《錢塘集》出幾年了也沒見出事，不怕他們！

於是，蘇軾虛與委蛇說：「柳翁！久違了。」意猶未盡，覺得不反擊一下心裡不舒服，便補充說：「柳翁！這詩碑是我書寫還是別人書寫都無關緊要，緊要的是『錢塘潮』永遠不會成爲『反潮』！」

錢伯溫笑著快口接上說：「蘇大人別來無恙！五年來更是老辣了許多，蘇大人言下之意是『錢塘潮』不會成『反潮』，《看潮五絕》自然也不會成爲『反詩』，那就讓別人去品頭論足吧！哈哈哈哈！」

蘇軾已聽出了話中的「來者不善」，但局外人並聽不出弦外之音，現在當著這麼多人也說不明白，萬一被以訛傳訛，後果不堪設想，還是早點各自分開爲好。於是敷衍兩句「錢翁好說，好說」，便與可久交談著走了。

錢塘潮按時而來，排山倒海，震耳欲聾，冰山玉碎，逆水西流……大月看得目瞪口呆了。她是第一次看潮，只覺那雄渾的氣勢無與倫比，回味著丈夫的詩句：「『江神河伯兩醯雞，海若東來氣吐霓』。蘇郎！一點不假，在錢塘潮面前，誰都只是酒水中如同蟲子的泡沫了，哈哈！」

突然，遠遠瞥見幾個弄潮兒迎潮而上，再不見了，大月關切地詢問蘇軾：「那幾個人哪去了？他們能在水中泡多久？何以總不出來？」

蘇軾說：「天可憐見！他們已變成魚鱉之食了。我第四首詩就是寫這件事。」

大月回憶地念誦著：「吳兒生長狎濤淵，冒利輕生不自憐。東海若知明主意，應教斥鹵變桑田……」

蘇軾一下驚醒了：唉呀！不好！「東海若知明主意，應教斥鹵變桑田。」這兩句詩若是叫歹毒之人牽強附會，難免不被捏造成爲辱謾皇上的「反詩」啊！像是受到寒潮猛襲，蘇軾想到這裡冷噤連連。心裡已全然明白：參寥上人叫自己來觀潮，原是讓自己來迎接一場殘酷的打擊！

心裡這個念頭一旦出現，蘇軾再也控制不住自己了。只覺那潮水如山潑來，全都沖向自己、壓向自己、推向自己、打向自己，前途將會如何？蘇軾感到了自己的身心一同顫慄……

「來往三吳一夢間……要與遺民度厄年。」這湖州夢難道就此破碎？……

（第三部完）

蘇東坡之湖州夢碎

著　　者／易照峰
出 版 者／生智文化事業有限公司
發 行 人／林新倫
責任編輯／賴筱彌
執行編輯／鄭美珠
登 記 證／局版北市業字第 677 號
地　　址／台北市新生南路三段 88 號 5 樓之 6
電　　話／(02)2366-0309　2366-0313
傳　　真／(02)2366-0310
E-mail／tn605547@ms6.tisnet.net.tw
網　　址／http://www.ycrc.com.tw
印　　刷／科樂印刷事業股份有限公司
法律顧問／北辰著作權事務所　蕭雄淋律師
初版一刷／2001 年 8 月
定　　價／新台幣 250 元
郵政劃撥／14534976
ISBN／957-818-292-9

本書如有缺頁、破損、裝訂錯誤，請寄回更換。
版權所有　翻印必究

國家圖書館出版品預行編目資料

蘇東坡之湖州夢碎 ／ 易照峰著. -- 初版.
-- 台北市：生智，2001 [民 90]
面； 公分. --

ISBN 957-818-292-9（精裝）

857.7 90007685

§ 生智文化事業有限公司 §

D0001B	生命的學問(二版)	傅偉勳/著	NT:150B/平
D0002	人生的哲理	馮友蘭/著	NT:200B/平
D0101	藝術社會學描述	滕守堯/著	NT:120B/平
D0102	過程與今日藝術	滕守堯/著	NT:120B/平
D0103	繪畫物語—當代畫體另類物象	羲千鬱/著	NT:300B/精
D0104	文化突圍—世紀末之爭的余秋雨	徐林正/著	NT:180B/平
D0201	臺灣文學與「臺灣文學」	周慶華/著	NT:250A/平
D0202	語言文化學	周慶華/著	NT:200B/平
D0203	兒童文學新論	周慶華/著	NT:250A/平
D0301	後現代學科與理論	鄭祥福、孟樊/著	NT:200B/平
D0401	各國課程比較研究	李奉儒/校閱	NT:300A/平
D0501	破繭而出—邁向未來電子新視界	張　錡/著	NT:200B/平
D9001	胡雪巖之異軍突起、縱橫金權、紅頂寶典	徐星平/著	NT:399B/平
D9002	上海寶貝	衛　慧/著	NT:250B/平
D9003	像衛慧那樣瘋狂	衛　慧/著	NT:250B/平
D9004	糖	棉　棉/著	NT:250B/平
D9005	小妖的網	周潔茹/著	NT:250B/平
D9006	密使	于庸愚/著	NT:250B/平
D9401	風流才子紀曉嵐—妻妾奇緣（上）	易照峰/著	NT:350B/平
D9402	風流才子紀曉嵐—四庫英華（下）	易照峰/著	NT:350B/平
D9501	紀曉嵐智謀（上）	聞　迅/編著	NT:300B/平
D9502	紀曉嵐智謀（下）	聞　迅/編著	NT:300B/平

胡雪巖　異軍突起
縱橫金權
紅頂寶典

徐星平／著

本書以史實爲依據，運用文學形式的體裁來書寫，增加其可看性，是一本截然不同於高陽《胡雪巖》的書寫模式的一本極具價值的小說；胡雪巖傳奇般的身世，萬花筒般的生平，常在風口浪尖上展現其人生價值、在商戰中表現其民族氣節，其傑出的才智和多變的家世，是人們寫不完、道不盡的話題。

元氣系列

D9101	如何征服泌尿疾病	洪峻澤/著	NT:260B/平
D9102	大家一起來運動	易天華/著	NT:220B/平
D9103	名畫與疾病—內科教授爲你把脈	張天鈞/著	NT:320B/平
D9104	打敗糖尿病	裴　騆/著	NT:280B/平
D9105	健康飲食與癌症	吳映蓉/著	NT:220B/平
D9106	健康檢查的第一本書	張瑹文/著	NT:200B/平
D9107	簡簡單單做瑜伽—邱素眞瑜伽天地的美體養生法	陳玉芬/著	NT:180B/平
D9108	打開壓力的拉環—上班族解除壓力妙方	林森、晴風/著	NT:200B/平
D9109	體內環保—排毒聖經	王映月/譯	NT:300B/平
D9110	肝功能異常時該怎麼辦?	譚健民/著	NT:220B/平
D9111	神奇的諾麗—諾麗果健康法	張慧敏/著	NT:280B/平
D9112	針灸實務寶典	黃明男/著	NT:550B/精
D9113	全方位醫療法	王瑤英/譯	NT:250B/平
D9114	一生的性計畫	張明玲/譯	NT:700B/精
D9115	妳可以更健康—正確治療婦女疾病	李奇龍/著	NT:300B/平
D9116	性的魅力	范琦芸/譯	NT:300B/平
D9117	讓瑜伽當你健康的守護神	陳玉芬/著	NT:300B/平
D9118	十全超科學氣功	黃明男/著	NT:250B/平
D9201	健康生食	洪建德/著	NT:180B/平

健康檢查的第一本書

張瑹文/著

怎麼選擇健檢機構?診所好,還是醫院好?而且健檢的等級那麼多,應該選擇哪一種?

做完健檢後,許多人看著出爐的報告仍是一頭霧水。有的人因爲一、兩個異常數據而緊張得半死,有的以爲一切正常就是健康滿分。這種情況恐怕有檢查比沒檢查還糟。

本書提供所有讀者最實用的資訊,包括健檢機構的介紹、檢查項目的說明、健檢結果的說明等,是關心健康民衆不可錯過的好書。

紀曉嵐智謀

上、下冊

闡　迅◎編著

風流才子　登峰造極

他的一生充滿著風流韻事

幽默笑話　聰明智慧等故事

《四庫全書》主編紀曉嵐被譽爲清朝第一才子絕非偶然。他的絕頂聰明，過目不忘，出口成章，斷案如神等軼聞故事，活靈活現，栩栩如生。

本書是這些傳說故事的集大成者，洋洋灑灑，聚沙成塔，蔚爲大觀。

（上冊）定價：300元　（下冊）定價：300元

蘇東坡之飲酒垂釣
之把酒謝天
之湖州夢碎
之大江東去

易照峰◎著

蘇東坡享年66歲，歷經了北宋從中興到滅亡的最後五個皇帝，他身邊集結了政界文壇的所有傑出人物：變法宰相王安石；《資治通鑑》作者司馬光；唐宋詩文八大家中屬於宋朝中期的歐陽修、蘇洵、蘇轍、曾鞏等六人。

蘇東坡閱歷壯闊，歷任八州知府，均有獨特建樹，杭州人爲其建立生祠廟祭祀；他四次出入朝廷，官至兵部尚書及內丞相等要職；反被奸人陷害投入監獄，幾被處死，並被流放嶺南直至海南島。總之榮辱迭宕，構成了蘇東坡悲壯的人生歷程。

本部小說共計六本，通篇以蘇東坡人生閱歷爲依托，以他的詩詞散文創作的背景結構故事，揭示人生的善惡美醜，輻射震撼人心的魅力。同時著重描繪了蘇東坡與神佛有緣的種種遭際，他一生都在神佛的保佑之中，所有陷害他的奸人全都被用不同的方式處置，揭示了歷史終將懲惡揚善的永恆主題。

本書尤爲獨特的是描述了宋朝的官妓制度，直白展示了蘇東坡與包括當朝駙馬在內的高官嫖妓史，他們狎妓而不下流，洩慾而不肆慾，高層次的男歡女愛別有風姿。書中並高雅地講述了房中術奧義與長壽養生方，對男女老少都有借鑑意義。

每本定價：250元